la librería de Venecia

La librería de Venecia

REBECCA RAISIN

Cualquier forma de reproducción, distribución, comunicación pública o transformación de esta obra solo puede ser realizada con la autorización de sus titulares, salvo excepción prevista por la ley. Diríjase a CEDRO si necesita reproducir algún fragmento de esta obra.
www.conlicencia.com - Tels.: 91 702 19 70 / 93 272 04 47

Editado por HarperCollins Ibérica, S. A.
Avenida de Burgos, 8B - Planta 18
28036 Madrid

La librería de Venecia
Título original: The Little Venice Bookshop
© 2023 Rebecca Raisin
© 2023, para esta edición HarperCollins Ibérica, S. A.
Publicado por HarperCollins Publishers Limited, UK
© De la traducción del inglés, HarperCollins Ibérica, S. A.

Todos los derechos están reservados, incluidos los de reproducción total o parcial en cualquier formato o soporte.
Esta edición ha sido publicada con autorización de HarperCollins Publishers Limited, UK.
Esta es una obra de ficción. Nombres, caracteres, lugares y situaciones son producto de la imaginación del autor o son utilizados ficticiamente, y cualquier parecido con personas, vivas o muertas, establecimientos comerciales, hechos o situaciones son pura coincidencia.

Diseño de cubierta: Caroline Lakeman de HQ

ISBN: 978-84-19883-54-4
Depósito legal: M-25699-2023

*Esto es para ti, Jules Percival.
Somos muy afortunados de tener tu brillante luz
en nuestras vidas. Sigue brillando.*

PRÓLOGO

Hace diez años

A lo lejos, las Montañas Rocosas de Missoula se asientan sombrías bajo una extensión de cielo tan grande que parece que seamos los únicos que quedan en el mundo. Me recuesto sobre los codos en la hierba aterciopelada mientras mamá entrelaza margaritas como la última niña de las flores.
—Es hora de que vueles libre, pequeña...
Ella siempre lo sabe.
—¿Cómo...?
Mamá me dedica una lenta sonrisa.
—¿No crees que una madre reconoce cuando a su propio hijo le pican los pies? El deseo de viajar puede ser una maldición tanto como una cura. Pero tengo que dejarte marchar, por muy duro que sea. Espero que me llames cada semana.
—Al menos, cada semana, mamá...
Se queda en silencio durante un rato mientras juega con las margaritas. Cuando vuelve a mirarme, la sonrisa se le ha borrado.
—Luna, quiero que me hagas una promesa: nunca huyas de las cosas difíciles. Enfréntate a tus problemas, ¿vale? Huir nunca resuelve nada.
—De acuerdo, mamá, lo prometo...
No es propio de mamá hablar tan en serio. ¿Es que mi partida es inevitable y ella lo está aceptando? ¿Le preocupa que me quede sola cuando viaje? He intentado instalarme aquí, pero la emoción de estar quieta se ha desvanecido. Está arraigado en mí el seguir vagando, seguir buscando. Cuando me quedo quieta, me siento como si presionara el botón de pausa.

—Pero... —continúo diciendo.

—No hay peros que valgan. Si te he enseñado algo, es que tienes que seguir tu corazón. Hay un gran mundo ahí fuera que necesita ser explorado. Cuando llegue la oscuridad, encontrarás la luz.

¿Oscuridad? ¿Se refiere a nuestro viaje cancelado a Venecia hace poco? Tuvimos que regresar a Missoula a toda prisa; nuestra escapada se había interrumpido sin ninguna explicación. Mamá había estado diferente allí, muy callada. Más contenida, reguardándose, como si sus secretos pudieran salir a la luz. No lo entendí; todavía sigo sin entenderlo. Pero no se le pregunta por ello. Así es mamá. Abierta un minuto, cerrada al siguiente. Aun así, me quiere con locura y siempre está de mi lado, como una leona que protege a su cachorro.

—Es que siempre hemos estado juntas —digo—. ¿Quién voy a ser yo sin ti?

Hemos viajado por todo el mundo toda mi vida, hasta que mamá anunció en Venecia, hace unos meses, que se iba a instalar en Missoula. Para siempre. ¿Extrañaría viajar? ¿Echaría de menos despertarse bajo un cielo diferente? ¿Me echaría de menos? Veintitrés años hemos estado juntas contra el mundo.

—Vas a ser tú misma, Luna. Una mujer independiente, inteligente y fuerte que sabe lo que quiere y con el corazón en la mano. Puede que te encuentres a océanos de distancia, pero hay un hilo invisible que conecta nuestros corazones y almas para que la distancia nunca se interponga entre nosotras.

Mamá sabe que he estado matando el tiempo aquí, que quería escapar, pero no tenía el valor de decírselo.

—Será tan raro sin ti.

¿Disfrutaré de la emoción de un lugar nuevo si estoy sola?

—Puede ser raro al principio, pero encontrarás a otros trotamundos y nunca mirarás atrás.

—Como hiciste tú...

—Como hice yo, cariño. Como hicimos nosotras.

Me coloca la cadena de margaritas en la cabeza como si fuera una corona. Miro hacia las montañas una vez más. Han estado aquí durante milenios y estarán aquí cuando vuelva. Igual que estará mamá. Es hora de dejar el nido.

1

Diez años después

En la isla de Koh Phangan, la luna llena se hunde en el horizonte donde el cielo se une con el mar. Pronto llegará el crepúsculo náutico. Las relucientes estrellas brillan en la profunda oscuridad, ayudando a los viejos marineros tailandeses a navegar de vuelta a casa.

Por lo general, me encanta este momento previo al amanecer, ver el manto negro como la tinta disolverse en tonos púrpura y lila, arremolinándose como las pinceladas de una acuarela. El tiempo se ralentiza, como si la tierra respirara hondo, y se renueva para el día siguiente, un nuevo amanecer, un nuevo comienzo.

Pero con el ruido, entre la multitud, es difícil absorber la belleza del cielo que se desliza. La presión de los cuerpos: una masa rítmica. Incluso la arena vibra al ritmo de la música. Las olas que alcanzan la orilla se mueven al compás. Pero ¿qué esperaba? ¿Una hilera de apacibles yoguis haciendo la postura del loto?

La playa de Haad Rin se llena de juerguistas pintados con colores que brillan en la oscuridad y bailan como si nadie los estuviera mirando. El ambiente está electrizado, como si todos estuvieran hipnotizados por la luna llena. Tienen tanta energía como si sus baterías estuvieran completamente cargadas. Los asistentes a la fiesta saltan por encima de cuerdas en llamas. Gente con las piernas tambaleantes llevan cubos de cerveza de un lado a otro de la orilla.

Fuertes carcajadas se imponen sobre el sonido de la música mientras busco la cara de mi amiga Gigi, a la que perdí hace una hora entre la multitud.

Unos minutos después, llego al extremo de la playa. Es como atravesar un portal que lleva a otro mundo. Ya se han ido los *ravers*, que se movían como un solo hombre al ritmo de los temas de *trance*. Aquí, Bob Marley se cuela perezosamente en la atmósfera junto con el olor dulce y terroso del humo de las hogueras y los cigarrillos liados a mano. Abundan las rastas, todo el mundo lleva estampados desteñidos fluorescentes y su pintura facial relumbra bajo la luz negra. Los fiesteros se apiñan en grupos y tocan instrumentos o se miran con fervor. Algunos parlotean, poniendo el mundo en orden. «El vegetarianismo es el único camino. La única manera de que sobreviva el planeta». Y la suave refutación: «El veganismo, hombre. Esa es la única manera».

Veo a Gigi sentada en un círculo, está rasgando un ukelele mientras escucha a medias a un británico que le habla de los derechos de la mujer. Vuelvo a mirar al cielo; ¿alguien se ha dado cuenta de que la luna ha desaparecido? Pronto saldrá el sol y el aire ya se espesa con la humedad.

—¡Aquí está! —Gigi deja caer el ukelele, se levanta de un salto y me aleja del grupo—. Si vuelvo a oír a un tío decir que es feminista solo para meterse en mis bragas, voy a gritar. ¿Has visto a ese tipo y su camiseta de ABAJO EL PATRIARCADO? ¡Como si aquel mensaje fuera con él!

—Salgamos de aquí. Esto se está apagando.

Hay un cambio sutil en la energía, como si fuera una advertencia de que hay que terminar la noche.

Gigi se vuelve hacia mí.

—Se acabó. Volvamos al bungaló y podrás contarme cómo te criaste en una comuna de la selva tailandesa.

Llevo años prometiéndole a Gigi que le voy a contar mi infancia, y no es que no confíe en ella; es que la gente suele asociar las comunas con las sectas, y no me gusta tener que defenderme ante quienes no tienen la gracia de escuchar. Pero no puedo seguir postergándolo y sé que Gigi no es como la mayoría de la gente.

—¡Vamos, Luna, lo prometiste!

—Vale. Ponte el cinturón. —Enlazamos los brazos y caminamos por la suave arena—. Las comunas eran un lugar de pertenencia. —Hago un pobre intento de imitar a la narradora de un documental, como si hubiera contado esta historia tantas veces que se ha convertido en algo habitual—. Un entorno de apoyo sin prejuicios en el que las mujeres se unían para criar a sus hijos como querían, y no como les decían que lo hicieran.

—Ya me lo imagino. —Hay una nota de nostalgia en su voz.

Me remonto a las historias que me contaba mi madre.

—Empezaron en los años sesenta, cuando ser madre soltera se consideraba un pecado en la mayoría de las culturas occidentales. Pero eran igual de importantes para mujeres como mi madre, que vinieron después.

—¿Te lo puedes imaginar? —dice Gigi—. Como si, de todas las cosas por las que hay que preocuparse, ser madre soltera fuera lo primero de la lista. Una locura.

—¡Exacto! ¿Por qué tener un bebé sin estar casada iba a cambiar el curso de sus vidas? Aquello fue mucho antes de la época de mi madre, pero, incluso cuando yo nací, las mujeres aún no tenían autonomía total. Todavía no la tenemos.

Cuando pienso en esas mujeres revolucionarias y en lo valientes que fueron al ir a contracorriente, me maravillo.

Los recuerdos me llegan con rapidez.

—Mamá no estaba bien en casa, así que en cuanto pudo se fue y viajó sola durante años antes de tropezar con la comuna tailandesa cuando estaba embarazada de mí.

—¿Kismet?

—Lo parece, ¿verdad? Fue una alegría crecer aquí rodeada de tantos otros niños. Los tailandeses nos acogieron. Ellos entendían lo que eran las mujeres, mientras que los occidentales claramente no lo hacían.

Aunque era pequeña, recuerdo las miradas cuando íbamos al pueblo a por provisiones. Las miradas de reojo de los occidentales que no formaban parte de las comunas. Recuerdo que murmuraban acerca de mamá y sus amigos allá donde íbamos

(«¿Cómo se atreven estos vagabundos a vivir sin reglas y sin brújula moral y a andar descalzos?»).

Aquellas madres de la tierra dejaban que el juicio les resbalase por su piel bronceada. Se tenían las unas a las otras. Éramos una familia. Todavía lo somos, aunque estemos dispersos por el mundo, como tantas semillas de diente de león.

—Nos fuimos de Tailandia cuando yo tenía unos cuatro o cinco años y no dejamos de movernos hasta que mi madre se instaló en Montana hace diez años. Todavía me parece mentira que vaya a quedarse en un sitio fijo. Pero le hace feliz vivir en una gran extensión de terreno con otros entusiastas de la desconexión de internet.

Gigi niega con la cabeza como si estuviera asombrada.

—Tu madre es un espíritu libre por excelencia. Estoy deseando conocerla algún día. En los años noventa ya se dio cuenta de que no seguiría las expectativas de la sociedad sobre cómo debería ser la vida de una mujer. Eligió romper esquemas para encontrar lo que le importaba. Seguro que no fue fácil, pero mereció la pena. Las mujeres que vinieron antes allanaron el camino.

Yo sabía que Gigi iba a entenderlo. Mi vida comenzó aquí, en Tailandia. En una pequeña comuna dirigida por mujeres y para mujeres. Dicen que se necesita una aldea para criar a un niño, y eso era lo que yo tenía. Un pueblo entero de mujeres con ideas afines que se cuidaban las unas a las otras y a sus hijos. Hasta que sintieron la llamada de la siguiente aventura a través de la brisa cálida, entonces con los niños atados al pecho siguieron a su corazón y continuaron vagando. Hace tiempo que desaparecieron las comunas. Aquellas hermosas mujeres descalzas con un bebé al pecho están ahora en otra parte. Se adelantaron a su tiempo con su bravura, su sentido de la aventura...

—Ahora lo único en lo que lucha mamá es en vencer al cáncer. Pero ella tiene su botica para eso, y está ganando. Cada día se hace un poco más fuerte.

Hace un año me dio la noticia de su diagnóstico. Mamá me dijo que no acortara mis viajes ni me apresurara a volver a casa.

Estaba bajo control. Aunque mamá sea la mejor sanadora del mundo, no le gusta ser una paciente mimada. Aun así, ella lo es todo para mí, así que regresé corriendo a casa. Me quedé unas semanas y vi con mis propios ojos que estaba recibiendo los mejores cuidados y que el pronóstico era bueno.

—Me alegro mucho de que lo esté superando, Luna. El mundo necesita a Ruby, no hay duda.

Gigi adora a mi madre, aunque nunca se han visto salvo en videollamadas.

—Seguro que sí.

Nos quedamos calladas un momento.

Gigi apoya la cabeza en mi hombro mientras caminamos.

—Siento que la fiesta de la luna llena haya sido un fracaso. Se suponía que esta noche iba a estar dedicada a ti. Se suponía que íbamos a invocar a los dioses de la luna y a ofrecer un sacrificio, uno humano si fuera necesario (tal vez el tío que lleva la camiseta de ABAJO EL PATRIARCADO habría valido), para que obtuvieras las respuestas que necesitas.

Gigi solo bromea a medias. Hemos venido a la fiesta de la luna llena por mi pasado. Gigi insiste en que algo mágico va a suceder porque me llamaron Luna en honor a este lugar. Se suponía que yo debía estar abierta a alguna señal, a alguna luz intermitente que me mostrara el camino. Que me diera algunas respuestas. No era la fiesta de la paz que me esperaba por las descripciones de mi madre en su día.

Podría ser folclore —lo es en lo que respecta a mi madre—, pero, según dicen, mamá celebró aquí una noche mágica en 1990. Aquello fue antes de que se convirtiera en el espectáculo que es hoy en día. Por aquel entonces era una pequeña fiesta en la playa, con la orilla de arena llena de *hippies* bailando a la luz de la luna.

Me imagino a mi madre por aquel entonces, con su larga melena rubia sucia, la parte superior del bikini y los pantalones vaqueros cortados, balanceándose al ritmo de la música. Aquella noche dijo que se había enamorado de un chico de voz lírica y sonrisa sensual. Cuando se despertó al amanecer del día siguiente, él ya no estaba, y ella pensó que había soñado toda la experiencia. Hasta que un par de meses después descubrió que estaba embarazada de mí. Su bebé de luna llena, Luna.

Siempre me he preguntado por el hombre que me engendró. Sé que me parezco a él físicamente: pelo oscuro, ojos oscuros, piel aceitunada. La forma en que mamá describía mi nacimiento era tan mágica que crecí creyendo ser un regalo del universo que le enviaron cuando más me necesitaba. Además, siempre me dije que no necesitaba tener padre. Tuve todas las madres que un niño podría desear, pero la verdad es que siempre me he sentido como un puzle al que le faltaba una pieza.

Me invade una oleada de nostalgia. El hilo invisible que une a la madre con la hija tiene un límite en este gran mundo. No la he vuelto a ver desde aquella visita a casa que hice a toda prisa, aunque hablamos por teléfono al menos una vez a la semana y nos enviamos memes divertidos de gatos y fotos de puestas de sol casi a diario.

Es una señal, tengo que quedarme un tiempo en su casita sin conexión a internet. El enclave bohemio y relajado que se adapta a su temperamento artístico. Una especie de comuna moderna. Una gran parcela de tierra, llena de sus amigos, que viven en paz. Pero sé que ella odiará que la vigile. Odiará que haya interrumpido mi viaje a Tailandia por ella. Aun así, a veces tienes que seguir tu instinto. Y mi instinto me dice que es hora de volver. Será agridulce dejar tan pronto Tailandia, el lugar donde empezó mi vida. Un paraíso tropical en el que lo único seguro es que el sol sale y se pone. Supongo que era inevitable que volviera aquí. Y probablemente regrese de vez en cuando. Todavía quedan muchas preguntas sin respuesta.

Aunque mi madre y yo estamos bastante unidas, ella a veces es una cámara acorazada. ¿Por qué dejamos la comuna de aquí? La romántica que llevo dentro se pregunta si mamá se quedó todo lo que pudo, si esperó que el hombre que la hizo madre volviera. Sobre ese tema, solo tiene detalles breves.

Con el tiempo, mi imaginación se ha disparado. ¿Reconocería a mi padre si me lo encontrara? ¿Tengo su sonrisa, sus mismos gestos?

Mi lado sensato sabe que él no está aquí. Sabe que no voy a cruzarme con un hombre en la calle y reconocer mis rasgos en los suyos. Era un turista, las posibilidades son remotísimas, pero ¿y si también la ha estado buscando?

Los deseos son mi especialidad.

Por eso vago. Buscando esa esquiva utopía. Buscando respuestas que nunca encontraré. Buscando a un mochilero de hace treinta y tres años que sigue sin tener nombre. Sin rostro. Mamá dice que estaba destinado a pasar. Un nacimiento divino. Así que deambulo tratando de encontrar mi lugar en el mundo. Por eso me quedo en las ciudades concurridas. Puedo perderme entre la multitud. Ser invisible entre tantas caras mientras busco la suya.

Gigi y yo nos levantamos de nuevo a media mañana para ir a la playa a tomar el sol y quitarnos el letargo tras la fiesta de la luna llena. Me llevo un par de libros en la mochila, un bote de crema solar y un pareo.

Gigi no tarda en adoptar la posición: brazos en alto, boca abierta, dormida. Mientras ella ronca suavemente a mi lado, yo observo a la gente según paso las páginas de una épica historia de amor. Las novelas románticas me dan la vida. ¿A quién no le gusta el amor? Quiero mi propio cuento de hadas. Pero es difícil mantener una relación duradera, viviendo como yo vivo. Hasta ahora, nunca ha funcionado. Tal vez soy demasiado rebelde, demasiado voluble. Sin embargo, creo en las almas gemelas. Está escrito en las estrellas, en el tarot y en la numerología también. La esperanza sopla más fuerte en la brisa algunos días.

Mientras espero a don Perfecto, me deleito leyendo sobre enredos ficticios. Multimillonarios. Cerebritos. Chicos malos. Hombres que van por el mal camino. Me he enamorado de todos ellos.

Vuelvo a sumergirme en mi libro, con la esperanza de que mi heroína le dé una segunda oportunidad a su primer amor después de todos estos años. Han tenido que lidiar con el estallido de la guerra, la pérdida de contacto, el matrimonio de ella, los hijos de él. Estos amantes cruzados se merecen una oportunidad para el amor.

Finalmente, Gigi cambia de posición y se sienta.

—El aire salado está haciendo maravillas en mi cerebro privado de sueño —dice.

Levanto una ceja.

—Eso y la siesta de dos horas que te acabas de echar.

Mira el reloj.

—Vaya, dos horas, ¿en serio? —Gigi se quita el pareo que le he puesto para protegerla del sol—. Gracias, Luna. A estas alturas ya me habría quemado y me habría vuelto naranja como un cangrejo.

Sonrío, ya me ha pasado muchas veces. Gigi se duerme en cualquier sitio, sin previo aviso. Incluso se ha quedado dormida en medio de una frase. Estoy segura de que es una forma de narcolepsia, pero ella afirma que simplemente está en sintonía para saber cuándo su cuerpo necesita descansar.

—Has vuelto a hablar en sueños.

—¿Sobre comer?

Me río.

—¿Cómo lo has sabido?

Gigi está obsesionada con la comida. Prueba cualquier cosa, por muy rara que sea.

—Echo de menos esos tacos de pescado que comí en Tijuana. Hablando de comida...

—Déjame adivinar: ¿tienes hambre? —Y con eso su estómago retumba en conformidad—. ¿Qué tal un poco de *khao niew ma muang*? —le ofrezco.

—Pronuncias muy bien los nombres, pero no tengo ni idea de lo que es, lo cual me fastidia, ya que se supone que soy la fuente de conocimiento.

Gigi es una bloguera gastronómica y una *influencer* prometedora. Ha sido un salvavidas cuando los fondos han disminuido, y nos han invitado a comer a cambio de un *post* patrocinado. Aparte de eso, aceptamos cualquier trabajo que podamos hacer. Recogemos fruta, lavamos platos, atendemos aparcamientos, damos clases de inglés, hacemos encuestas *on-line*... Lo que sea que se te ocurra lo hemos hecho.

—Es arroz pegajoso dulce con mango y no cuesta casi nada aquí.

Aprendí el idioma tailandés con la facilidad con que aprenden los niños a esa edad y todavía recuerdo algunas cosas sueltas, ya que los carteles de la ciudad me han refrescado la memoria.

—Ooh, cuenta conmigo. ¿Recogemos y vamos a buscar algo de comer?

—Sí.

Cierro el libro y me disculpo en silencio ante los personajes por hacerles detener su romance por mí.

Cuando voy a recoger mi toalla, siento un extraño estruendo. Miro a mi alrededor, pero nadie más parece darse cuenta: chicas en bikini se hacen selfis, parejas de ancianos toman el sol, niños juguetean en las aguas poco profundas.

El mundo se inclina sobre su eje, alterando mi equilibrio. Me preparo, pero ¿para qué?

Hago un balance mental, pero ahí está de nuevo: el suelo se mueve bajo mis pies. Hay un rugido, como si se avecinara una tormenta. Miro hacia arriba y solo veo el cielo azul brillante y las nubes en forma de bola de algodón.

—¿Has sentido eso? —le pregunto a Gigi, y busco en los rostros de los desconocidos que me rodean, cuyas expresiones permanecen serenas. ¿No lo notan?

—¿Sentir qué? —pregunta Gigi mientras recoge sus cosas.

Mi primer pensamiento es un tsunami, pero ninguna de las alarmas ha sonado y lo que siento es más sutil. Casi parece interno, en cierto sentido, porque nadie más reacciona. Ni siquiera pestañea o echa un segundo vistazo.

—Nada —respondo con una sonrisa, pero me invade un presentimiento. ¿Debemos marcharnos de aquí, dejar la playa?

Observo cómo el agua se acerca y se aleja. El agua está lisa como una balsa, sin amenazas, así que ¿por qué me siento tan mal de repente?

Gigi me observa, con las cejas fruncidas.

—¿Estás bien? —pregunta.

—Sí, estoy bien.

Desvío la mirada y observo la playa; me pregunto qué significa, porque siempre significa algo. Tengo estas premoniciones de vez en cuando, pero nunca son descifrables cuando importa. No se puede crecer como la niña de las flores del cartel y no tener algún tipo de conocimiento, supongo.

—Vamos a llenarnos la barriga antes de que haya demasiado ajetreo, cuando los demás se levanten de la cama y salgan a la calle a curarse la resaca.

Ninguna de las dos somos grandes bebedoras, lo que ayuda cuando llevas el estilo de vida que llevamos. Los juerguistas de anoche se pillaron una buena, y apuesto a que hoy habrá unos cuantos que se levantarán con dolor de cabeza.

Encontramos una vendedora de comida callejera y pedimos dos platos de *khao niew ma muang*. El aire está cargado de humedad, mientras el sol se eleva en el cielo. Le damos las gracias a la vendedora, una mujer diminuta a la que le faltan los dos dientes delanteros y que luce una amplia sonrisa.

—Chicas guapas —dice, y le damos las gracias una vez más.

Estoy demasiado distraída para prestarle mucha atención.

—Necesito una sombra —dice Gigi.

Nuestra humilde cabaña de playa no está lejos de aquí. Se avecina un dolor de cabeza y me siento increíblemente mal. Los coches pasan a toda velocidad; la carretera es una cacofonía de ruido.

—¿Y si volvemos al bungaló? —propongo.

—Sí —dice Gigi, con el sudor cayéndole por la frente—. Parece que te vendría bien un tiempo a solas. ¿Qué tal si comemos y luego te dejo en paz un rato?

Gigi sabe leer a la gente como nadie que haya conocido antes. Ella siente que estoy inquieta. Lo que sea que me esté pasando persiste, sigue mi estela. El mundo gira, pero no quiero desentrañar su significado. Para cuando lo descubra, será demasiado tarde para hacer nada. ¿Qué clase de regalo es ese? Las cartas del tarot suelen aportar claridad, así que probaré a echarlas en el frescor del bungaló.

—Un poco de tranquilidad suena bien. Estoy agotada —le digo a Gigi—. Tal vez solo sea la reacción de mi cuerpo a trasnochar. Normalmente soy de las que se acuestan temprano y se levantan temprano. Meditaciones matutinas y un poco de yoga, y no lo he hecho desde que estamos aquí, así que mi equilibrio se ha roto.

—Tailandia es genial, pero seguro que es agitada. ¿Quizá necesitemos un *ashram* cuando nos vayamos de aquí? Un lugar donde podamos relajarnos un poco —sugiere Gigi—. Podría hacer un artículo sobre comida vegetariana para los que tienen curiosidad por las plantas.

—Está de moda ahora, pero los fondos son escasos. Tendremos que conseguir trabajo bastante pronto.

—Qué aburrido.

—¿Verdad? Y me encantaría ir a ver a mi madre. Podemos conseguir trabajo en Missoula fácilmente.

—¡Ahora sí! Por fin voy a conocer a nuestra reina.

Gigi y yo conectamos en un albergue de Bondi, Australia, y desde entonces estamos juntas. Ella envía mensajes de texto a mamá casi tanto como yo. Dimos una vuelta a Oz en una vieja autocaravana oxidada cuyo apodo era Rusty Rust Bucket. Si una amistad puede sobrevivir a una convivencia tan estrecha, puede sobrevivir a cualquier cosa. Claro que a veces nos peleamos por cosas insignificantes, pero lo superamos igual de rápido. Gigi es del tipo de personas que dicen las cosas como son, con una risa fácil, y no se toman la vida demasiado en serio. Una vez que terminamos nuestro épico viaje por carretera alrededor de Australia, fuimos a Nueva Zelanda, la tierra de la larga nube blanca, antes de venir aquí. He visto tanta belleza que en ocasiones me pregunto si es real.

De vuelta al bungaló, comemos en silencio. La fruta es jugosa y dulce y nos trae muchos recuerdos de los niños de la comuna, que se dan festines de mangos frescos del árbol, con la cara pegajosa por la gula.

Nos quedamos calladas un rato, luego pregunto:

—¿Vas a estar bien explorando por tu cuenta?

Nos hemos vuelto protectoras la una de la otra, siempre en alerta en un lugar nuevo hasta que encontramos nuestro sitio. Aunque estoy vagamente familiarizada con Tailandia, fue hace mucho tiempo, y Gigi nunca había estado aquí antes.

—Claro que sí. Voy a buscar algunos contenidos para Instagram. Relájate, Luna, luego iremos a la playa a ver la puesta de sol, ¿vale?

—De acuerdo, buen plan.

Con un movimiento hacia atrás se va. Busco mis cartas del tarot y las limpio. Enciendo un poco de incienso y dejo que el humo ondule en el aire. Concentrándome en la respiración, me sitúo en el espacio mental adecuado. Cierro los ojos y barajo las cartas, mientras me hago las siguientes preguntas: «¿Qué significa esa sensación de desplazamiento?», «¿Por qué la Tierra se inclina sobre su eje?». Les ruego en silencio que no me digan lo que ya sé. Mi cuerpo lo sabe. Mi corazón reconoce la ruptura.

Expongo las cartas. Mientras traduzco su significado, me suena el móvil y me sobresalto. Conteniendo la respiración, vuelvo a examinar las cartas. El dolor del pecho se me agudiza al sonar incesantemente el teléfono. No quiero contestar porque sé que tengo razón. Lo sé desde que el suelo se movió bajo mis pies en la playa, desde que sentí el estruendo del cambio.

2

—¿Hola?

—Niña. —La única persona en todo el mundo que me llama así es mi tía Loui. Mi tía honoraria, una de esas mujeres que entró en nuestra vida y nunca se fue—. ¿Luna? —Le tiembla la voz—. ¿Me oyes?

La tía Loui suele ser ruidosa, fuerte y protectora, con su voz ronca al estilo de Janis Joplin y su personalidad directa, pero ahora suena como una versión hueca de sí misma. Mansa, de alguna manera.

—Tía Loui, estoy aquí. —Hay un sonido de resoplido, como si tratara de serenarse. ¿Cuánto tiempo ha tardado en armarse de valor para llamar?—. Es mamá, ¿no? —En cuanto las palabras salen de mi boca, el suelo se mueve de nuevo. El cambio es tan sísmico que tengo que apoyarme en la pared para no caer.

—Ella se ha ido. Lo siento mucho, Luna.

—¿Se ha ido? —Hablamos hace dos días, justo después de aterrizar yo en Tailandia. Me dijo que tenía algo que contarme, pero me quedé atrapada en la cola de la aduana y un funcionario me ordenó que colgara el teléfono. Mamá me dijo que no me preocupara, que me llamaría más tarde—. Pero...

Hay una pausa y luego:

—El declive ocurrió tan rápido que... De lo contrario, te habría llamado a casa. Nos pilló a todos por sorpresa.

—¿Sufrió?

¿Cómo es posible? Si bien no parecía la misma de siempre en nuestra última llamada, tampoco parecía que se estuviera muriendo.

—No, una muerte tranquila. Todos estábamos con ella, esperando, contra toda esperanza, que nos equivocáramos. El día anterior estaba en pie, así que pensamos..., pensamos... —Sus palabras se apagan—. Era tan luchadora, pequeña, que ninguno de nosotros esperaba esto.

«Era». Ya estamos hablando en tiempo pasado de una mujer tan vital que había presumido de que viviría para siempre. Una mujer cuyo espíritu era a veces tan ilimitado, una llama brillantemente encendida que nunca expiraría. Esto no puede estar pasando.

—Ojalá hubiera estado con ella.

Habíamos vagado juntas durante tanto tiempo. Había vivido dentro de su bolsa toda mi infancia. Y luego me fui de nuevo, sabiendo que tenía un lugar al que volver cuando lo necesitara. Su experiencia humana se acabó. (¿Así de fácil?). ¿Qué quería decirme aquel día por teléfono cuando yo intentaba atravesar el caos del aeropuerto tailandés? ¿Que su viaje por la tierra estaba llegando a su fin?

—Ojalá, Luna. Ojalá.

Por eso el suelo se movió, el cielo retumbó. El aire se espesó mientras ella se dirigía al siguiente lugar. Decía el último adiós mientras flotaba por el camino celestial hacia el más allá. ¿Me esperará allí?

Las lágrimas caen, ríos silenciosos que corren por mis mejillas hasta que creo que me voy a morir de dolor. Esta repentina sacudida de mi organismo la siento casi como mi muerte también. Una parte de mí se ha ennegrecido, carbonizada, ha muerto. Sin previo aviso, sin palabras, estoy repentinamente desatada. El hilo que nos une se ha roto. Ya no existe y ¿cómo puede ser?

Ruby, madre de la tierra de espíritu libre, acogió bajo sus alas a los extraviados, a los perdidos y rotos, a los dañados y magullados. ¿Se veía a sí misma en ellos? Esas alas eran anchas, había suficiente espacio para todos los que necesitaban ser apuntalados. ¿Cómo nos las arreglaremos sin ella?

Mamá cantaba, enseñaba a pintar con acuarelas, tejía, creaba. Ponía al sol sus cristales. Escribía poesía y leía en voz alta en los *slams*, rodeada de artistas melancólicos que tenían la mitad de años que ella y que la animaban. No tenía edad. Todo el mundo quería estar en su punto de mira, incluso yo. Incluso con sus complicados estados de ánimo. Sus caras de circunstancias. Sus altibajos. La amé con cada aliento de mi cuerpo. ¿Cómo es posible que no la vaya a volver a ver nunca más?

—¿Vendrás a casa, pequeña? Celebraremos su vida como se merece.

¿Cómo puedo ir a casa cuando no hay casa si ella no está?

—Ven a casa, Luna. —Se quiebra la voz de la tía Loui. Perder a mamá no solo me duele a mí.

—Estaré allí tan pronto como pueda. Te quiero.

Las lágrimas caen con tanta fuerza que los ojos se me nublan. ¿Cómo pudo esa alma, ese espíritu, esa estrella del *rock* de una mujer, levantarse y dejar este mundo, así como así? Tenía sus defectos, claro, pero ¿no los tenemos todos? Lo compensó cuando encontró la luz una vez más.

—Yo también te quiero. Vuelve a casa sana y salva.

Cuelgo y me vuelvo a sentar en la cama, aturdida por esta nueva realidad. Intento conectar con ella, a través de todos estos océanos, planos espirituales y el maldito éter, y espero una señal. No llega nada más que una turbia oscuridad. Mamá se ha llevado toda la luz consigo. No puedo sentirla ni percibirla aquí.

Le mando un mensaje a Gigi para que vuelva al bungaló e intento hacer una lista de lo que tengo que hacer para irme.

Una diosa metafísica ha pasado a la siguiente fase, ha desaparecido entre tanto polvo de estrellas.

—Voy contigo —dice Gigi y me envuelve en un abrazo.

Me aprieta con fuerza y me permito llorar hasta que se me faltan las lágrimas. Debo de quedarme dormida, porque, cuando me despierto, la habitación está impecable y nuestras mochilas se hallan junto a la puerta del bungaló.

—Hola —dice Gigi, sentada a los pies de la cama, con el teléfono en la mano—. He reservado un barco para salir de aquí y dos vuelos para volver a Missoula. He cancelado el resto de la estancia en el bungaló y he empaquetado nuestras cosas. ¿Qué necesitas? ¿Qué puedo hacer?

Me duelen los ojos de tanto llorar, y el amor y el apoyo de Gigi son suficientes para que vuelva a sentirme mal. Mamá adoraba a Gigi por su capacidad para leer a la gente y no conformarse con menos que lo mejor, lo que se ve reforzado por su gran corazón.

—Estoy... —Voy a decir «bien», que estoy bien, pero no es verdad—. No sé lo que necesito. No sé quién tengo que ser ahora. ¿Adónde voy a partir de ahora?

Me acaricia la pierna a través de la fina manta que pica.

—Escucha tu corazón. Eso es lo único que puedes hacer. Si quieres llorar, llora. Si quieres golpear la almohada, adelante. Si quieres ahogarte en kombucha, haré lo posible por encontrarla. O podemos charlar sobre tu madre. ¿Eso te ayudaría?

Considero mis opciones. La lectura es el lugar al que acudo cuando el mundo se vuelve demasiado pesado, pero incluso eso parece imposible ahora. ¿Qué importan las palabras?

—Dormir, creo que dormiré.

Y tal vez me despierte en una nueva realidad. O al menos olvidaré esta por un tiempo.

Me besa en la frente, como solía hacer mi madre.

—Duerme, Luna. Y me aseguraré de que nos levantemos a tiempo para ir al puerto.

3

Estoy agotada y entumecida por el viaje interminable y la pena cuando la tía Loui nos recibe en el aeropuerto. Corro hacia el confort de sus brazos extendidos. Como siempre, huele a sándalo y pachulí, también a tierra de su jardín. Como a casa.

—¡Oh, cielo, me alegro de verte! —Su voz suena apagada entre mi pelo.

—Yo también. —Al cabo de un rato nos soltamos, pero le agarro la mano con fuerza. La tía Loui es casi como una extensión de mamá y la necesito cerca, como necesito el aire que respiro—. Esta es mi amiga Gigi. Gigi, esta es la tía Loui.

Gigi le sonríe, le brillan los ojos de emoción. Ha oído muchas historias sobre las escapadas de la tía Loui.

—¿La tía Loui? ¿La que corría desnuda por la calle principal de Missoula?

La tía Loui se vuelve hacia mí y levanta una ceja.

—¿Esa es la historia que has elegido contarle?

Me río.

—Tu reputación te precede. ¿Qué puedo decir?

Me aprieta la mano con fuerza y se vuelve hacia Gigi.

—Bueno, espero que Luna te haya contado la historia entera.

—¿Dónde está la gracia en eso? —bromeo.

La tía Loui se carga mi mochila al hombro, como si no pesara nada, y nos saca del aeropuerto.

—Es cierto. Bueno, en aquella ocasión protestaba por el comercio de carne viva. No sé de dónde eres Gigi, pero aquí es imposible llamar la atención de la gente. Quiero decir, literalmente tienes que estar desnudo para conseguir una segunda mirada, e, incluso entonces, cuesta.

—¿Funcionó? —pregunta Gigi.

La tía Loui sonríe.

—Supongo que hice que se entendiese mi punto de vista. También me arrestaron. Pero, bueno, cualquier cosa por los animales, ¿no?

No es el momento de decirle que Gigi es una bloguera gastronómica y que está bastante lejos de ser vegetariana. A mi tía le basta con que sienta curiosidad por las plantas.

—Bien —asiente Gigi como si también fuera una de sus creencias fundamentales.

—Vamos a casa, ¿eh? Hay un montón de gente esperando para verte.

Cobijada por el amor y la energía de mi tía, me siento menos inestable.

Volvemos a casa en la destartalada camioneta de la tía Loui. No entiendo cómo la chapa de la carrocería sigue pegada al chasis del vehículo, con la cantidad de óxido que tiene. No la usa a menudo, sino solo para ir al pueblo a por provisiones de vez en cuando. Al igual que en las comunas, todos viven cerca y cultivan o buscan lo que necesitan.

Mamá era la caprichosa creativa de la pareja, mientras que la tía Loui es práctica. Es el tipo de mujer que quieres a tu lado en un apocalipsis. Ella enlata la fruta. Fermenta verduras. Muele su propia harina. Puede darle a alguien un puñetazo en la garganta si es necesario, pero principalmente es una pacifista, a menos que la presionen.

Mientras recorro el camino de los recuerdos, la tía Loui le cuenta a Gigi chismes sobre la vida en el pueblo de las casas pequeñas, y me pregunto cómo va a sobrevivir sin mamá. Ella es el ying de su yang. Han sido las mejores amigas durante tanto tiempo que es difícil recordar cómo era la vida antes de que apareciera la tía Loui. Siempre ha habido firmeza en ella: me gusta que con ella siempre sé a qué atenerme y que siempre estará de mi lado, pase lo que pase.

Eso es lo que ocurre en gran medida con muchos de nuestros amigos. No importa en qué lugar del mundo me encuentre: hay una red que dejaría todo en un santiamén si le pidiera ayuda, y viceversa.

Pronto la conversación se desvanece y el silencio acapara mi atención. Miro a la tía Loui y veo que le tiembla el labio inferior.

—Déjalo salir —le digo, frotándole el brazo mientras ella mira la desolada carretera—. No hace falta que te hagas la fuerte y la dura por mí.

—Cariño, el mundo se ha vuelto tan aburrido y gris. Como el invierno.

El pueblo de casas diminutas aparece a la vista. Cuando oyen escupir y maldecir al cubo oxidado de la tía Loui, los amigos se desparraman por la hierba para venir a saludarnos. Estoy agotada de tanto viaje y la cama me llama, pero cuando veo todas las caras conocidas mi corazón se expande.

Se reúnen en torno a la camioneta y hacen cola para abrazarme. Respiro su vida, su vitalidad y lo que significaron para mamá. Hasta que no termino de abrazar a todos, no caigo en la cuenta de que Gigi también está aquí y de que es de mala educación por mi parte no presentarla personalmente. Pero Gigi no es de las que necesitan una presentación: ya está con uno de los vecinos inspeccionando las camas elevadas de verduras y charlando sobre verduras fermentadas. Me pregunto si la vida *hippie* se me pegará al estar expuesta aquí, casi como una comuna moderna, diseñada con el espíritu de los que vinieron antes.

La tristeza está pintada en muchos de sus rostros; llevan sonrisas de madera, igual que yo, aunque todos fingimos estar bien. Por muy iluminados que estén, nadie sabe muy bien qué decir. La muerte es así, supongo. Hace que el ambiente se vuelva pesado. Palabras forzadas y tópicos mascullados. ¿Qué puede decir nadie? Están tan desconsolados como yo.

Le hago un gesto a la tía Loui para que entre en la casita a tomarse un respiro. Cuando entro, me asaltan recuerdos de mamá.

El espacio está repleto de chucherías y obras de arte. Está limpio y ordenado, aunque con cada año que pasaba parece que aprendió a expandirse un poco más, como si en realidad supiera que no iba a necesitar meter todo en una mochila nunca más.

Sus acuarelas están colgadas donde hay espacio en la pared. Hay una nueva de mí, de perfil. Está borrosa y no se me distingue bien, pero reconocería el fondo en cualquier parte: los canales de Venecia. El fulgor del agua se me refleja en el pelo y lo dora bajo el sol cuando, en realidad, es mucho más oscuro. Tal vez ella me vio así, un poco más brillante, un poco más soleada de lo que realmente soy.

Antes de que se instalase en Missoula, mamá y yo hicimos una última escapada a la veraniega Venecia. Dimos un paseo en góndola, comimos ostras en un lugar elegante, nos hartamos de *pizzas* a la leña. Gastamos más dinero en cuatro días de lo que solemos gastar en un mes.

Pero, echando la vista atrás, ¿pasó algo más allí? Ella había acortado nuestro viaje a Venecia, lo que siempre me pareció raro. De repente, me habló de sus planes de establecerse en Missoula, así que supuse que no quería echar mano del dinero del depósito para su casita, y yo también quería conservar lo que tenía para lo que pudiese venir después.

Luego nos mudamos a Missoula y la instalamos allí. Mamá estaba más callada de lo normal. ¿No estamos todos más apagados cuando llegamos a un lugar nuevo? Había mucho que hacer. Estuvimos pintando paredes, plantando flores y ayudando en el jardín comunitario. Convertimos la casa en un hogar y, una vez que supe que ella estaba lista, que no me necesitaba, me fui de nuevo. ¿Pasó algo en Venecia de lo que no me di cuenta? En retrospectiva, me parece que ella se puso nerviosa, pero ¿por qué? Estuvimos juntas la mayor parte del tiempo. Una vez más, busco respuestas que sé que no voy a encontrar. Dejo pasar este pensamiento.

La casita es cálida y acogedora, con una decoración *kitsch*. Hay platos de cerámica tambaleantes que ha hecho en el horno de un amigo. El sofá está adornado con colchas de ganchillo y cojines de batik que compró en Bali hace un millón de años. Subo por la escalera a su dormitorio, que está en el altillo, abierto a la planta baja. El techo es tan bajo que me muevo a gatas. Me tumbo en la cama, un colchón demasiado blando que ocupa todo el espacio. Está lleno de almohadas, como si ella necesitara sentirse encajonada, segura. Encima hay atrapasueños, talismanes de plumas que, según ella, son cruciales para dormir bien y protegerse de los malos sueños.

Alargo la mano y paso los dedos por las plumas. ¿Por qué necesitaba tantas? ¿La atormentaban las pesadillas? A través de la ventana con forma de ojo de buey cae la oscuridad. Las estrellas parpadean despiertas. Abrazo una almohada contra mi pecho, mientras pasan el olor y el sonido de una hoguera. Todos me esperan fuera. Voy a descansar un momento.

4

Mientras vuelvo lentamente en mí, oigo murmullos e intento comprender dónde estoy. En este espacio de transición entre el sueño y la vigilia, olvido por un momento que ella se ha ido. Es el perfume de mamá, una mezcla casera de naranja y enebro que me la recuerda. El golpe demoledor. Sus almohadas conservan su esencia, la forma de su cabeza, su propia alma. Es lo más cerca que he estado de sentirla, aquí, en este lugar.

Fuera todavía está oscuro. ¿Es posible que sea el mismo día interminable? Ni siquiera puedo huir del tiempo y dormir la tristeza porque está ahí detrás de mí, como mi sombra.

Mi pobre niña está agotada. Dejémosla en paz y veamos qué pasa mañana.

Me arrastro sobre las almohadas. Debería bajar a ver a la tía Loui y ayudar a Gigi a instalarse al menos. No sabrán cómo desplegar el sofá (tiene truco). ¿Y han comido? Gigi tiene hambre cuando no come. Pero esa misma desgana me invade. La idea de moverme me parece demasiado esfuerzo, como si de repente mi cuerpo pesara el doble y todo fuera duro, como caminar por el barro.

Sí, necesita descansar. Dormiré en el sofá para estar cerca si me necesita durante la noche.

Van de un lado a otro durante un rato. Sus voces zumban como el sonido de mil abejas y yo vuelvo a quedar a la deriva.

Duermo dieciséis horas seguidas. Cuando me despierto, el sol está en lo alto del cielo y hace calor en el desván. Mi estómago ruge mientras bajo por la desvencijada escalera y encuentro a Gigi con una taza de té, hojeando una revista de arte.

—Buenas tardes, sol —dice.

—Hola. Siento haberme marchado así. Yo solo...

Me hace un gesto como si retirase algo con la mano.

—No te disculpes. Haz lo que tengas que hacer. Yo simplemente estoy aquí para ayudar en lo que pueda. La tía Loui ha traído huevos frescos y un pan de masa madre que ha horneado esta mañana. Hay mantequilla recién batida de... ¿Cómo se llamaba? ¿Pilar? La que vive en una casa flotante. Una casa flotante de verdad en tierra.

Aquí hay todo tipo de rarezas y maravillas. Hacen que funcione.

—Sí, esa es Pilar. También hace unos pasteles increíbles.

—Ahora entiendo por qué no necesitan salir de aquí. Aquí tienen todo lo que precisan. Entonces, ¿utilizan un sistema de trueque para intercambiar bienes, o cómo lo hacen?

Me encojo de hombros.

—Solo comparten. La tía Loui es la *gourmet*. Las despensas de todos estarán llenas de sus productos fermentados. Mamá fabricaba objetos artísticos y textiles, así que, si echas un vistazo a las casas de todos, seguro que encuentras exactamente la misma decoración. —La idea de que las creaciones de mamá seguirán vivas me hace sonreír—. Todo el mundo tendrá al menos una de sus colchas de ganchillo, alguna de sus fundas de cojín serigrafiadas. También era alquimista, llevaba la botica con Jillian. Hay un montón de remedios homeopáticos a mano para aquellos que prefieren un enfoque más natural de la atención médica.

—Tengo que ver eso. ¿Dónde lo guardan?

Me rasco la barbilla.

—Todo estaba guardado aquí, pero, por lo que parece, mamá lo trasladó a otro sitio. Antes había un botiquín lleno de todo tipo de frascos, lociones, pociones y polvos.

—¿Tal vez Jillian lo tiene todo?

Tal vez mamá no quería la intromisión de la gente que entraba y salía cuando ella no estaba bien.

—Tendré que preguntarle a la tía Loui.

—¿Qué tal unos huevos con tostadas? Debes de estar hambrienta.

¿Cuándo fue la última vez que comí? Cuando estábamos en Tailandia. Que ahora parece otra vida, parece que fue una persona diferente la que recorrió ese camino, una chica despreocupada sin apenas preocupaciones en el mundo.

—Eso estaría genial.

—Ve a tomar un poco de aire fresco y lo sacaré fuera cuando esté listo. Ve a tomar un poco de vitamina D.

—Oh, Dios, ya hablas como nosotros.

Su risa me sigue fuera. Es un hermoso día soleado de primavera, tan brillante que tengo que entornar los ojos hasta que se ajustan. Me viene a la mente la noche anterior y espero que no piensen que he sido una maleducada al marcharme así.

Veo a la tía Loui cuidando su huerto. La visión de su espalda encorvada, de cómo hunde las manos en la tierra fértil, es reconfortante, pero también un poco perturbadora. La vida sigue... Pero ¿cómo puede ser? ¿Tan pronto? ¿No deberíamos estar con los puños en alto, clamando a los dioses por que nos han arrebatado a mamá? Cuando me acerco a ella, la oigo sollozar. Tal vez la vida continúe, pero no de la misma manera que antes. Lo de poner cara de valiente es algo muy extraño aquí, donde normalmente los sentimientos se sienten y se discuten con franqueza. La muerte es diferente.

—Tía Loui, ¿te ayudo?

Se limpia los ojos con la manga de la camisa.

—¡Oh, pequeña! No, solo estoy haciendo el tonto. ¿Cómo has dormido?

Se levanta, se quita los guantes y me abraza.

—Caí redonda y dormí como un tronco. Dieciséis horas seguidas.

—Lo necesitabas.

—Sí. ¿Y tú?

Hace un gesto con la mano, como para cambiar de tema.

—Bien, bien. —Hay sombras oscuras bajo sus ojos que dicen lo contrario, pero lo dejo pasar, cara de valiente y todo eso.

—¿Dónde está la botica ahora?

—En la casa de Jillian. Tiene el botiquín de tu madre y han hecho un área ambulatoria. Hay más espacio allí y planearon ampliar el lado alternativo de las cosas. Jillian está practicando *reiki* y masaje *shiatsu*. Juro por Dios que ha intentado sacarme el alma del cuerpo, pero no le digas que he dicho eso. Es un poco susceptible al respecto. Tuvo algunas quejas sobre su técnica de *shiatsu*, pero cree que tiene que doler para que funcione.

Me río.

—Entonces, ¿no haré cola para una sesión?

—No, no te lo recomiendo. Pero no dudes en ir a visitarla, y, si quieres que te devuelva el armario de tu madre y sus cosas de botica, puedo pedírselo...

—Oh no, no. Solo me preguntaba, nada más. Me alegro de que Jillian se esté ocupando de todo.

Sé que a mucha gente le puede parecer friki, pero la medicina natural y alternativa siempre me ha fascinado. Estos tónicos y tinturas se hacen con productos orgánicos locales con recetas que se remontan a tiempos pasados —hay algo casi mágico en ello—. No estoy en contra de la medicina moderna; sin embargo, siempre probaría primero los remedios de mamá.

Gigi sale con nuestro desayuno.

—Luna, tu banquete te espera.

La tía Loui me da unos golpecitos en el trasero.

—Ve a desayunar. Y yo iré en un rato.

Ocupo mi lugar en la mesa exterior.

—Gracias, Gi.

Nos sentamos y hago todo lo posible por comer, pero es como si la comida no bajara. Casi como si hubiera un bloqueo, y supongo que forma parte del duelo. Cuando te desbordan las emociones, no te entra nada.

Gigi me mira con los ojos entornados y me doy cuenta de que está preocupada, así que reduzco mis porciones y trato de comer, regando cada bocado con un té dulce.

Un rato después, la tía Loui se une a nosotras, vestida con ropa limpia, tras abandonar el jardín por el momento.

—Sé que es pronto, pequeña, y que va a ser difícil hablar de ello, pero tenemos que organizar el funeral.

—Sí. Supongo que sí.

—Jillian va a limpiar el cuerpo y a preparar los rituales, y le encantaría que la ayudaras. Puede que suene a confrontación, pero es una experiencia hermosa. El alma de Ruby ha hecho la transición, así que Jillian va a realizar ese rito sagrado para que podamos dar las gracias al cielo por habernos dado a nuestra Ruby y va a preparar el cuerpo para el entierro para que pueda continuar su camino celestial.

Se me forma un nudo en la garganta.

—Allí estaré. Por supuesto.

Una parte de mí se preocupa por no querer dejarla ir, pero sé que Jillian me guiará. Mamá y Jillian han hecho esto con otras mujeres, muchas veces, y he oído hablar de los cantos, de la forma en que se preparan para la siguiente etapa. Y, por muy desgarrador que sea, es importante para dejar ir a mamá y asegurar que su transición sea tranquila.

La tía Loui me da una palmadita en la rodilla y dice:

—En cuanto al funeral, aunque sé que es un topicazo, Ruby querría que fuera divertido, que fuera una verdadera celebración.

Respiro hondo. Es cierto. Ella odiaría que fuéramos sensibleros, pero es imposible no serlo.

—Tienes razón. Tendremos que tocar su música tradicional tailandesa *luk thung* favorita.

—Y tenemos que tocar *Ruby Tuesday*.

—¡Oh, sí, lo haremos! —La tía Loui llamaba a mamá «Ruby Tuesday» por la canción de los Beatles desde que tengo uso de razón—. No te vas a creer lo acertada que es esa letra en este momento. Es como si esa canción se la hubieran dedicado a ella.

No recuerdo la letra, así que la busco en el teléfono y leo. Vaya. Es mamá en una cáscara de nuez y tan apropiada para esta ocasión sombría.

—Es perfecta.

Voy a llorar con esa canción, ya que recuerdo su amistad y lo que significaban la una para la otra. Las almas gemelas pueden venir en todas las formas, y realmente creo que estaban conectadas en un nivel más profundo, a pesar de ser algo platónico. Las amistades femeninas son tan importantes, si no más, que el amor verdadero. He crecido creyendo eso, y es evidente en cada línea y cada plano de la cara de la tía Loui. Su pérdida es grande, su alma gemela ha desaparecido para siempre.

Me dedica una sonrisa triste.

—¿Y qué pasa con las fotos, pequeña? ¿Quieres hacer un montaje que podamos reproducir en pantalla? Puedo coger prestada la televisión de Jillian y en el templo hay energía solar.

Le devuelvo una sonrisa acuosa.

—Sí, lo sé. Si hay algo que tenemos en abundancia son fotos. Incluso tengo una caja por ahí llena de Polaroids de mi infancia. Tengo que buscarlas.

Discutimos a fondo nuestras ideas para celebrar la vida nómada de mamá y elaboramos un plan.

—De acuerdo, busca las fotos y yo me encargaré del resto —dice la tía Loui dándome unas palmaditas en la mano y parpadeando mientras se levanta para irse.

Todo parece tan real de repente. Tan definitivo. Quiero que la despedida de mamá haga honor a quien ella era, así que me concentro en eso por ahora, para poder superar esta etapa. Pero internamente me desgañito, me ahogo, grito ante la idea de quedarme atrás. Hay un sentimiento de abandono. Tal vez se deba a que no he podido verla por última vez. Besarle la suave mejilla de almohada. Decirle lo que significaba para mí.

¿Sabía que el final estaba cerca y no me lo dijo? Esa fue siempre la forma de actuar de mamá, protegiéndome del daño si podía, pero yo no siempre estaba de acuerdo con que me ocultara cosas. A menudo me parecía evasiva, como si yo solo conociera un lado de mi madre, el que ella decidía mostrarme. Probablemente estoy dándole demasiadas vueltas a las cosas. Tengo la sensación de que mi cerebro está fallando, de que va demasiado rápido para que pueda encontrarle sentido a algo.

No puedo quedarme aquí sentada y obsesionarme con ello, pero es difícil dejar de lado ese pensamiento para poder sentir todo lo demás que exige ser sentido.

—¿Quieres que te ayude a buscar las fotos? —dice Gigi al recoger nuestros platos, y con ello me arrastra hacia el ahora.

—Claro. Pero déjame llevar los platos. Los friego, doy una ducha y luego las buscamos.

Finge, Luna. Finge que todo esto está bien. Paso a paso.

5

Dentro de la casita, nos sentamos en el suelo, sumidas en los recuerdos y con las fotos esparcidas a nuestro alrededor. ¿Cómo voy a elegir cuando tantas de ellas capturan el espíritu salvaje y maravilloso de mamá? Esta es la mujer que conocí y que tanto quise: esta trotamundos despreocupada que contaba chistes groseros y cacareaba como una bruja.

—Mira esta —dice Gigi y le da la vuelta a la foto para enseñármela.

Es de mamá y yo con un gajo de naranja a modo de dientes mirando fijamente a la cámara.

—Eso fue en Sumatra. —Pienso en el viaje—. Nos quedamos allí unos meses en la cabaña de un amigo, en la selva tropical. Yo debía de tener unos nueve o diez años. Allí vi mi primer tigre de Sumatra merodeando. Quería ir a jugar con él, pero mamá se opuso. Ahora están en peligro de extinción por la deforestación.

—Oh, Dios, qué pena.

—Sí, es horrible.

Gigi rebusca en otra caja de zapatos mientras yo añado otra foto a la pila del montaje. Hay una de mamá en la cima de una montaña con los brazos en alto en señal de triunfo. Hay una de la tía Loui y de mamá vestidas con la ropa típica de los ochenta, calentadores y bandas de sudor, dobladas de la risa. Le doy la vuelta a la foto y en el reverso está escrito: «Primera y última clase de aeróbic de 1987». Eso explica las bandas de sudor.

Hay una de nosotras juntas en Venecia con un gondolero que lleva la camisa de rayas blancas y negras de rigor. Está ocupado mirando a mamá, que se queda mirando a lo lejos sin darse cuenta de que él la tiene en el punto de mira.

—Mira esto, Luna. —Gigi me entrega un montón de sobres sujetos con cordel.

Al desenvolverlas, me pregunto quién era el amigo por correspondencia; por lo que parece, la correspondencia duró bastante tiempo. El papel está amarilleado por el paso del tiempo, así que tal vez sean de cuando mamá era adolescente. La escritura es formal, en cursiva. ¿Querría mamá que yo las leyera? Tengo un momento de indecisión. Parecen privadas, escondidas en un fardo. No recuerdo haber visto nunca a mamá leer algo así, ni que hubiera mencionado la llegada de cartas. No recuerdo haberla visto contestar a nadie. Lo más que hacía era enviarle una postal a algún que otro amigo. Un garabato rápido con una dirección de reenvío, nada más.

El paquete pesa. Las cartas tienen una gravedad que palpita en la página. Ya todo cambió. Tal vez estas cartas proporcionen algo de claridad.

Solo hay una forma de averiguarlo.

Cojo la carta del sobre superior.

Mi querida Ruby:

Los días son tan largos sin ti. Tan vacíos. Estoy desesperado por saber que estás bien. Me desperté oyendo llorar y te habías ido. Piensa en lo que has dejado atrás...
Por favor, vuelve.

Por siempre tuyo,
Giancarlo

El aire de la habitación se escapa con un silbido. Otro misterio que deja Ruby Hart al marchar.

—¿Qué es? —pregunta Gigi.

—Parece que mamá se marchó y desapareció para este tipo.

Se me eriza el vello de los brazos. Instintivamente sé que hay algo más. El saber late, aunque no lo suficiente como para que pueda calibrar por qué.

—Enséñamelo. —Le entrego la carta y la lee por encima—. ¿Qué significa esta parte: «Piensa en lo que has dejado atrás»? ¿Su corazón? ¿A él? ¿Su amor? ¿Qué piensas de eso?

—¿Todo junto, tal vez?

Saco otra carta.

Dices que trato de cortarte las alas, de impedirte ser libre..., y tal vez sea cierto, pero no de la manera que tú crees. Supuse que nuestro amor y lo que hicimos juntos sería suficiente para retenerte aquí y que tú también querrías eso. Nunca quise que te sintieras atrapada. Eso es lo último que le haría a mi farfalla. Si pudiera dar marcha atrás al tiempo, lo haría todo de forma diferente.

—*Farfalla*, ¿qué es eso?, ¿italiano o español? —pregunto.

Gigi saca el traductor de Google.

—Significa «mariposa» en italiano.

—¿No crees que...? —Las palabras se me secan en la lengua.

—¿Qué? —pregunta Gigi, con los ojos muy abiertos.

Esta mujer, esta santa a la que amaba más que a la vida misma, mantenía ocultas estas cartas. ¿Fue una aventura amorosa que se había vuelto rancia para ella? ¿Bajo el amparo de la oscuridad dejó a este hombre? ¿O hay algo más...?

—Por alguna razón, tengo una sensación muy extraña cuando sostengo estas cartas. Como si hubiera un secreto que hay que desenterrar aquí. Un gran secreto. Pero no quiero pensar demasiado en las cosas. Tal vez me equivoque. Podría ser una explicación simple. Ella era joven, salió con un chico y luego aquello terminó. Mamá no era de las que continuaban si no había buen rollo, ¿sabes?

—Esa es la cuestión, sin embargo, Luna. Nunca te equivocas cuando tienes esas premoniciones, ¿verdad?

—Como siempre, solo puedo adivinar el significado.

Y tengo una teoría, pero no me atrevo a tentar al destino expresándola.

Saco otra carta.

Querida Ruby:

Gracias por las fotos. Te he enviado algunas a cambio. ¿Cómo puedes soportar que nos separemos? Me esfuerzo por no presionarte, pero, a medida que pasa el tiempo y la distancia entre nosotros se hace más grande, me pregunto si alguna vez volverás. Peor aún es pensar que no lo harás. Y, entonces, ¿qué? Se me rompe el corazón. Pero supongo que ese es el precio que pago por enamorarme de un canto rodado. ¿Hay alguna posibilidad para nosotros? Solo dime que la hay. Puedo esperar. Puedo esperar toda una vida por ti. Y lo haré.

Por siempre enamorado,
Giancarlo

Busco en el sobre pistas sobre dónde vive, pero no hay remitente. Tampoco hay nada en la carta. Italia es un país grande; podría estar en cualquier parte. Y aquí hay un montón de cartas de amor escritas a mano que hay que devolverle a su remitente. Recuerdo nuestro viaje a Venecia. Esto tiene que estar relacionado con eso. Tiene que estarlo. ¿Por qué nos fuimos con tanta premura? Y, por lo que se dice en estas cartas, no era la primera vez que mamá hizo algo así. ¿Por qué? ¿Qué fotos se enviaron?

—Busquemos más fotos de este tipo mientras revisamos las demás cajas.

—Pero ¿cómo lo conoceremos?
—Bueno. —Me meto un mechón de pelo detrás de la oreja—. Estas fotos son en su mayoría de mujeres; un hombre, por fuerza, destacará.
—Bien.
Hay todo un misterio que desentrañar, pero nos interrumpe un golpe en la puerta y aparece una pequeña cabeza con un brillante peinado de duendecillo rosa.
—Luna —dice y me abraza de puntillas.
—Me alegro de verte, Jillian. Me encanta el nuevo peinado. Te queda bien.
Jillian siempre me ha recordado a un hada, igual de ágil y llena de brío. Hay algo totalmente convincente en ella, como si estuviera encantada de verdad y no fuera de esta tierra. Cuando se trata de la botica, tiene un don como el que tenía mamá. Por eso se llevaban tan bien y compartían cada una su sabiduría con la otra.
—Siento mucho lo de mamá osa. Sabes que lo hemos intentado todo, de verdad. Funcionó, durante mucho tiempo también. Realmente pensamos que habíamos hecho un gran avance.
—Gracias por ayudarla. Sé que estaba en las mejores manos.
—No quiero que Jillian se aferre a ninguna preocupación por ello.
—Lo hicimos lo mejor que pudimos y pensamos que habíamos demostrado que todos esos médicos elegantes estaban equivocados.
Mamá tampoco estaba en contra de la medicina tradicional y siguió adelante con la quimioterapia al principio, hasta que sintió que la botica funcionaría mejor para lo que ella necesitaba a largo plazo.
—Hiciste que el final de su vida fuera mejor, Jillian.
Levanta la palma de la mano.
—Estoy un poco atascada en los sis, pero eso es la pena, que me arrastra al vórtice. Grace me ayudó con una limpieza de chakras y, sinceramente, Luna, tienes que probarla. No va a ha-

cer que el dolor desaparezca, pero hará que sea más fácil vivir con él. ¿Quieres que vea si está libre hoy?

Oh, cómo me gustan estas mujeres. Existe cura para todo, tan solo con que seas abierto de mente. ¿Que tienes el corazón roto? Haz una limpieza de chakras. ¿Que estás triste? Participa en un círculo de tambores para elevar tu vibración.

—Tal vez más tarde. Esta es mi amiga Gigi. Gi, esta es Jillian, que trabajaba en la botica con mamá.

—¡Ooh, hola! He oído hablar de ti y de tus habilidades.

—¿De verdad? Me has alegrado el día. Acabo de empezar con el *shiatsu*. ¿Por qué no vienes a una sesión? He oído que habéis tenido un largo viaje de vuelta a casa y esto liberará esos músculos que han estado acalambrados durante tanto tiempo en el avión.

Recuerdo la advertencia que me hizo la tía Loui de que le sacó el alma del cuerpo. ¿Cómo puede alguien tan pequeño y delicado tener tanta fuerza como para pinchar tan fuerte? Tal vez la tía Loui exageraba.

—Me encantaría —dice Gigi, siempre dispuesta a probar nuevas experiencias.

No hay forma de advertirle, sin que Jillian lo oiga, de que su cuerpo puede separarse de su alma, así que lo dejo estar con la esperanza de que no sea tan malo como dijo la tía Loui.

—¡Genial! ¿Y Luna vendrá en otra ocasión?

—Seguro que sí.

Jillian me coge las dos manos y me mira profundamente a los ojos.

—La tía Loui está sentada con mamá ahora y si estás lista mañana por la mañana haremos los rituales...

Cuando una mujer muere aquí al cuerpo nunca se le deja solo hasta el entierro. Se turnan para sentarse en la sala iluminada con velas, y para cantar, bailar o rezar, cualquiera que sea su confesión. Todavía no he podido ir a ver a mamá. Para hacerlo realidad. La verdad es que me aterra no ser capaz de dejarla ir físicamente.

—Estaré lista.

Mis últimos momentos con mamá serán especiales. Se lo prometo en silencio.

Jillian coge a Gigi de la mano y se la lleva. Va hablando todo el rato. Tal vez Gigi vuelva relajada y renovada mientras yo averiguo más cosas sobre ese hombre misterioso y por qué mamá lo dejó tan bruscamente.

Unas horas más tarde, Gigi vuelve cojeando. Oh, no.

—¿Qué ha pasado?

—Para ser una mujer del tamaño de un niño de doce años, ¡menuda fuerza tiene! Pensé que sus dedos iban a atravesarme el cuerpo. Quiero decir, ¡quizá lo atravesaron! ¿Estoy sangrando?

La hago girar.

—No, que yo vea. Tal vez sea una de esas cosas relacionadas con el placer y el dolor.

Gigi gime.

—Sí, sí, libera los músculos. Ya he oído hablar de eso.

—¿Puede darte algo para el dolor?

—¿No sería eso un fracaso del tratamiento? Además, no puedo decirle que me duele. Bueno, ella debería haberlo supuesto por mis gritos...

—¿Eras tú? Pensé que alguien estaba de parto.

Hace una mueca.

—Era yo. Fue como si estuviera pariendo. Me sentí como si me estuvieran arrancando el diablo. Igual que un exorcismo.

No puedo evitar reírme de la descripción de Gigi.

—Vaya, querida. Bueno, ¿qué tal un agua con limón refrescante?

—Lo sabías, ¿no? Por eso dijiste que no.

Miro al suelo.

—Sí. La tía Loui me avisó. Pero gracias. Te debo una.

—Sí, me debes una. Y sí al agua con limón. Jillian me dijo que tengo que eliminar toxinas.

Voy a servirle a Gigi un vaso de agua de la jarra y corto unas rodajas de limón fresco.

Mientras preparo las bebidas, una voz llega desde la puerta.
—¡Hola! Luna, soy yo, Maggie.
—¡Maggie, pasa!
Le presento a Gigi.

Nos abrazamos y Maggie me balancea de un lado a otro como solía hacer cuando yo era niña. Es la que más tiempo lleva en mi vida, ya que conoció a mamá en la comuna tailandesa. Después de Tailandia se fue a la India unos años hasta que regresó aquí y fundó lo que se conocería como el pueblo de las casas pequeñas.

—Siento haberme perdido tu llegada anoche. Estaba ayudando a Lhama con su retiro budista en el pueblo de al lado.

—Me acuerdo de Lhama. ¿Cómo le va?

Maggie practica el budismo y ha viajado por todo el mundo como anfitriona en varios retiros. Contactó con Lhama hace un millón de años y, por alguna razón, parece como si ninguno de los dos envejeciera, como si hubieran encontrado la fuente de la juventud.

—Tan descarado como siempre. —Sonríe—. Hemos ayunado para purificar el cuerpo y aclarar la mente. Pero, por supuesto, Lhama no me dijo que era un retiro de ayuno hasta que llegué; sabe bien lo tediosos que me resultan esos retiros. ¿Qué puedo decir? Soy una budista fracasada la mayor parte del tiempo, porque vivo para comer en lugar de comer para vivir. —Se encoge de hombros como si ello fuera una cruz con la que ha de cargar—. No se equivocaron con las cuatro nobles verdades. —Se refiere a las enseñanzas de Buda—. Siempre hay sufrimiento cuando quieres alcanzar la iluminación.

—Por si sirve de algo, pareces purificada y aclarada —le digo sonriendo.

¡Qué alegría verle el rostro brillante y soleado! Maggie es una de las buenas. Mamá solía bromear con que, si fuera más relajada, estaría muerta. Nada le molesta, ni siquiera un retiro de ayuno. Es una verdadera budista, por mucho que bromee con ello, y eso la ha convertido en la mujer que es: una persona pacífica y alegre cuyo objetivo en la vida es conectar con la gente a un nivel espiritual profundo.

—Si te apetece una meditación de sonido, esta noche voy a organizar un pequeño grupo. Puede que te ayude a relajarte, a despejar la mente...

—Me encantaría. ¿Y a ti, Gigi?

Los ojos de Gigi se abren de par en par y levanta las manos.

—Eso no es para mí, gracias. Tengo... cosas que hacer esta noche.

—¿Oh? —dice Maggie—. Podemos dejarlo para mañana.

—Por favor, no lo cambies por mí. Déjalo como está.

La pobre Gigi sigue rígida y dolorida por el masaje *shiatsu*.

—¿Seguro que tienes cosas que hacer esta noche? La meditación con sonido es muy tranquila —le digo—. Es una forma estupenda de relajarse y simplemente estar.

—Tengo muchísimo que hacer. Estas comedias románticas no se leen solas, por desgracia. Te tomo la palabra.

Maggie asiente a Gigi con la cabeza sonriendo y me atrae hacia sí para darme un último abrazo de lado a lado.

—Vale, cariño, nos vemos esta noche. Me voy a meditar con mi Ruby un rato.

Querida Ruby:

Algunos días pienso que eres fruto de mi imaginación. Una mujer de ensueño, una invención. Caminas por esta tierra, eres real, simplemente no me amas como yo te amo. Estoy tratando de entenderlo. Algunos días uno siente el amor no correspondido como una maldición. Como un castigo. ¿Y por qué? Ojalá supiera cómo funciona tu mente. Ojalá supiera por qué no puedo dejar de pensar en ti. Ojalá no hubiera accedido a la idea que tuviste. Entonces fue cuando todo se vino abajo.

Te quiere siempre,
Giancarlo

¿A qué idea accedió? Esto parece más complejo que una simple ruptura. Estoy desesperada por saber más. Voy a tener que preguntarle a la tía Loui qué sabe de este tema.

6

Con el corazón apesadumbrado, paso la mañana ayudando a Jillian a limpiar a mamá y a preparar los rituales. Es agridulce verla así. La animación en su cara se ha ido, no queda luz. Con lágrimas en la cara, la abrazo por última vez y le digo lo que significa para mí.

Gracias por quererme con locura.

Sé que mamá me escucha, esté donde esté. Conservaré estos últimos momentos de la mano de mi madre para siempre.

Una vez más, estoy agradecida a estas mujeres por el amor que muestran a sus muertos. Como mamá me hizo prometer hace tantos años, no debo huir de las cosas difíciles. Y, por muy duro que sea verla así, hay una conmoción desesperada en ello, y la sensación de que se cierra el círculo de su vida al acompañarla yo y las mujeres de su comunidad en el final del viaje: al vestirla para el entierro, realizar rituales sagrados y decirle lo mucho que la quiero y que la llevaré en mi corazón el resto de mi vida. Cuando suelto la mano de mamá por última vez, Jillian me abraza con fuerza y susurra una oración en mi nombre.

¿Por qué huyes cuando las cosas se ponen difíciles, Ruby?

Esa línea es suficiente para cimentar este hecho en mi mente. Que esto, sea lo que sea, hay que investigarlo. Hace años, cuando mamá se mudó a Missoula, recuerdo que estábamos sentadas en la pradera de hierba con las Montañas Rocosas a lo lejos. Aquel día ella me liberó. E insistió en que le prometiera que nunca huiría de las cosas difíciles, porque correr nunca resuelve nada. Y esta frase que un hombre escribió demuestra que eso es precisamente lo que ella hizo. ¿Qué era lo difícil? ¿Por qué huyó?

Al caer la tarde, estamos todos sentados alrededor de la hoguera. Los días de primavera son cálidos aquí, pero al llegar la noche refresca.

Sentados en círculo alrededor de las llamas, parece que mamá siga aquí, como si acabara de salir a reponer su té.

Es más fácil fingir que estoy aquí esperándola. La dinámica del grupo del pueblo de casas pequeñas ha cambiado. No hay tantas risas y la gente habla en voz baja, como si un repentino estallido de conversación bulliciosa fuera inapropiado.

Si mamá estuviera aquí, los amonestaría y les explicaría que la vida es para vivirla y que las risas y las buenas conversaciones son cruciales, especialmente cuando se está de duelo. Pero yo no soy mi madre. No soy tan vivaz como ella, así que permanezco en silencio y me siento arropada por el amor de todos ellos y la forma en que lo demuestran, a través de pequeños regalos caseros de comida y fuertes abrazos, y por la disposición a escuchar si necesito hablar.

La clase de meditación de sonido de la noche anterior fue tan relajante que casi me sentí de vuelta en mí misma y centrada, pero, como este día siguiente se ha convertido en noche una vez más, esa sensación se ha desvanecido. Era de esperar. Esto va a doler y tengo que esperar y sentir el dolor.

Gigi se queda mirando a lo lejos. Sus parpadeos se vuelven cada vez más largos.

—¿Ya es hora de dormir? —le pregunto.

Suelta una especie de... ¿mmmph?

—¿Te has comido uno de los *brownies* de Francine o algo por el estilo?

Olvidé advertirle a Gigi de que no son *brownies* comunes, sino la solución de Francine para todo. ¿No puedes dormir? Cómete un brownie. ¿Te duele la espalda? Toma un brownie.

—¿Qué? No —dice con sueño—. Creo que es el *shiatsu*. Sí, el exorcismo me dolió en su momento, pero ahora me siento casi como si no tuviera huesos. Si estuviera más tranquila, sería líquida. Tiene manos mágicas, esa Jillian.

Mis cejas se disparan.

—Bueno, ¿ves? Y te quejabas ayer.

—Bien. Entonces, ¿qué es lo que llevan exactamente los *brownies*?

—Digamos que son «medicinales» y dejémoslo ahí.

Se ríe.

—Tomo nota.

La tía Loui se une a nosotras y acerca una silla a mi lado.

—Has estado bien hoy, Luna.

—A pesar de lo triste que fue, nunca olvidaré lo que sentí en ese momento.

Fue una experiencia espiritual tan pura, con cantos y gritos, sonrisas y lágrimas cuando rendimos homenaje a mi madre y preparamos su cuerpo para que volviera a ser uno con la tierra antes del funeral.

Estas mujeres me enseñan que hay belleza en todas partes, incluso en la muerte.

—Ahora estoy en piloto automático, pero tal vez estoy agotada.

La forma en que echo de menos a mamá es tan brutal que es como si cada célula del cuerpo sintiera el impacto. La profunda pérdida.

—El dolor es así. —Toma un trago de kombucha, y el aroma del jengibre perfuma el aire que hay entre nosotras—. Eres como un robot que sigue los movimientos, y tratas de pensar en cada pequeña cosa que hay que hacer y en todas las personas a las que se lo tienes que contar, con las que compadecerte y que tranquilizar. Pronto se acabará y caerás en un pequeño vacío. Pero ahí es donde empieza la verdadera curación, cielo, así que no quiero que eso te asuste.

La tía Loui es una gran contadora de la verdad, así que sé que probablemente tenga razón. En esta espera, en esta pausa, te sientes como si pisaras agua, como si me sostuviese con fuerza y aguantase lo inevitable para poder desmoronarme en privado después. Pero esta comunidad no me dejará desmoronarme. No me dejará hacer esto sola y agradezco a mis estrellas de la suerte el que mamá eligiese esta vida para nosotras. Incluso sin ella, y sin el enorme abismo que ha dejado, habrá otros que ayuden a llenar lentamente ese vacío. Nunca será lo mismo, pero estaré rodeada de amor.

Ello hace que la siguiente parte sea difícil. Porque no quiero quedarme aquí. No, cuando el misterio de las cartas me llama por mi nombre. ¿Entenderá la tía Loui mis razones para actuar por capricho? ¿Para actuar de forma tan precipitada a partir nada más que de un sentimiento? Incluso yo misma me lo cuestionaré, hasta la próxima vez que sostenga esas cartas llenas de hermosa caligrafía y las sienta palpitar, casi como si estuvieran vivas y me enviaran un mensaje.

Me acerco.

—Tía Loui, he encontrado unas cartas.

Le observo la cara, pero no reacciona. Se le da bien poner cara de póquer. He perdido dinero con ella en varias ocasiones al jugar a las cartas a la luz de la luna.

—¿Cartas?

—¿No sabes lo de las cartas?

Ella frunce los labios, como si estuviera pensando.

—Si no me das más información, no te puedo decir. ¿Cartas de quién?

—De un hombre llamado Giancarlo.

Se queda pensando.

—Nunca he oído hablar de ningún Giancarlo. ¿Por qué? ¿De qué tratan las cartas?

—Él dice que mi madre se fue porque no quería que le cortaran las alas, no quería estar atrapada. Está en Italia, pero no sé dónde. Tengo la sensación de que está relacionado con el viaje a Venecia que hicimos hace tanto tiempo. Pero no lo sé a ciencia cierta. Cuando tengo esas cartas en las manos, me invade una sensación abrumadora de que he de hacer algo con ellas. Desenredar el nebuloso hilo que contienen. —Dejo escapar una risa sofocada. Incluso a mí me suena rara—. ¿Por qué no se quedó con él? No quería quedarse en un sitio fijo porque tenía un corazón nómada, así que podría ser por eso. Necesito saber por qué y quién es ese tal Giancarlo. Qué tipo de relación tenían. —No menciono la promesa que le hice a mamá de no huir de las cosas difíciles, pero me zumba por dentro.

—Si crees que hay que investigar eso, ¿por qué no? Confío en ti, Luna, y, si tienes alguna percepción acerca de esto, entonces sabes que tienes que seguir ese camino y ver a dónde te lleva. —La tía Loui mira fijamente al fuego, como si se quedara perdida en sus pensamientos. Se queda un rato callada—. Me da que pensar también el hecho de no haber oído hablar de ningún Giancarlo. Ruby siempre tuvo sus secretos. Sabes tan bien como yo que había momentos en los que iba a otro lugar dentro de su propia mente, y todos los demás estaban bloqueados. Siempre salía de esos estados de ánimo con el tiempo, y era mejor dejarla sola para que se ocupara de ellos a su manera... —Sus palabras se interrumpen.

Tiene razón. Mamá tenía esos estados de ánimo que la catapultaban a grandes alturas y con la misma rapidez hacían que su sonrisa se desvaneciera y que ella se escondiera. Esos hechizos no duraban mucho; utilizaba su botiquín de pociones y volvía a estar con nosotros cuando se sentía preparada. Aprendimos a reconocer las señales y a dejarla en paz, como nos pedía. ¿Aquellos estados de ánimo están relacionados con esto?

La tía Loui me toca la rodilla.

—¿Y supongo que no crees que sean viejas cartas de amor de una aventura de vacaciones?

Niego con la cabeza.

—Hay muchas cartas. Por lo que parece, ella también respondió muchas veces. Hay algo más. O puede que sea que yo me aferro a algún tipo de esperanza, algo que me acerque a ella de nuevo..., pero no lo sé bien.

No soy una persona que dude de sí misma cuando tengo estas premoniciones. Por lo general, tengo una fe ciega en que, si escucho lo suficiente, me guiarán por el camino correcto, pero todo parece estar en el aire desde que mamá se fue. Y siempre dudo.

La tía Loui exhala un largo suspiro.

—Niña, sabes lo que tienes que hacer, ¿verdad?

Mi corazón se estremece al pensarlo. Confío en que la tía Loui sea tan clarividente. Es una prolongación de mi madre, como otra madre en realidad, y tengo mucha suerte de tenerla cuando la pérdida a la que me enfrento es tan grande. Ella conoce mi corazón. Sabe que tengo tantas preguntas y que, por mucho que mamá dijera que yo era un regalo, yo necesitaba algo más que la evasión que siempre recibía por respuesta acerca de este asunto tan importante. ¿Podría esto estar relacionado conmigo? Tal vez sí, o tal vez no.

—Tengo que ir a Italia y encontrarlo. Hay cientos de cartas más. Si las reviso, quizá haya una pista.

—Prométeme una cosa: que volverás a visitarme cuando hayas encontrado lo que buscas. Que no te olvidarás de tu familia de aquí... —Su fuerte voz se quiebra y me doy cuenta de que me necesita tanto como yo a ella.

—Puede que revolotee aquí y allá, pero siempre volveré, tía Loui. —Un suave aterrizaje en los brazos de la tía Loui me da el valor para ir. Si no la tuviera a ella para volver corriendo, no sé si sería lo suficientemente valiente. ¿Y si este Giancarlo es alguien a quien es mejor evitar? Mi madre no tenía una gota de maldad en el cuerpo; sin embargo, era furtiva a veces—. Una parte de mí se pregunta si mamá dejó esas cartas a sabiendas de que yo las encontraría.

—Podría ser. Ruby podía ser astuta cuando quería.

Exhalo toda la angustia.

—Primero tenemos el funeral, luego investigaré un poco y veré si puedo averiguar dónde está este tipo y, en caso de que esté en Italia, veré si puedo ir.

Tengo algo ahorrado en mi fondo de emergencia, aunque puede que no sea suficiente.

Es mejor poner tierra de por medio entre yo y el pueblo de casitas mientras lo que ha ocurrido siga siendo tan reciente. Espero que esto sea la distracción que necesito para afrontar el duro camino que me espera.

—Tu madre te dejó algo de dinero, ya sabes. No es mucho, pero te ayudará a salir del apuro.

—¿Me dejó dinero?

Mamá nunca tuvo mucho, como yo. Teníamos lo suficiente para ir tirando, pero normalmente no nos sobraba nada, y yo le había prometido a la tía Loui que abriría una cuenta de emergencia, por si alguna vez necesitaba volver a casa.

—No puedo evitar sentir que ella quería que siguiera este rastro...

—Claro, eso parece ahora, ¿verdad, cariño?

Parece que la tía Loui, siempre tan sabia, piensa lo mismo que yo. ¿Sabía mamá que yo encontraría las cartas y que luego querría investigar el misterio? ¿Y me dejó algo de dinero para que ello me ayudara? ¿Es eso lo que quería decirme cuando aterricé en Tailandia? Tal vez mamá sabía desde el principio que esto sería el tónico perfecto para ayudar a curar mi corazón roto...

Querida Ruby:

Dejar ir es la parte más difícil. Ni siquiera creo que pueda dejarte marchar, al menos no el recuerdo de ti. Nuestras cartas son mi fortaleza vital, pero también me hacen regresar a días pasados. Quiero decirte que no escribas, pero el silencio sería peor. No puedo cortar esa conexión. No sé cómo despedirme de ti.

Con todo mi amor,
Giancarlo

Dentro del templo donde suelo participar en la meditación de sonido y el yoga, subo al púlpito para hablar. Mis manos tiemblan, mi corazón se acelera. Respiro para centrarme y recuerdo a la mujer fuerte y valiente que me dio la vida.

Me aclaro la garganta y me concentro en la multitud reunida. Me regalan sonrisas alentadoras.

—Parece que haga toda una vida que me llamó la tía Loui para contarme lo de mamá. En aquel momento, la vida, tal y como la conocía, dio un vuelco. Me sentí a la deriva, como si mi ancla al mundo se hubiera soltado y estuviera perdida en el mar.

»Pero debería haberlo sabido. Mamá nunca me dejaría sola. Nunca me dejaría sola. Aunque me duele el corazón por ella y por el espacio que deja atrás, me dejó una habitación llena de madres. Mujeres que siempre se esforzarán por levantarme y quererme. Por ayudarme cuando me caiga. En los días que me trajeron hasta aquí, pasé mucho tiempo pensando en las motivaciones de mamá. Mamá vivió una vida menos ordinaria, y lo hizo en sus términos. Siempre. Lo hizo por mí. Por nosotras. Por una forma de vida que tantos tratan de empañar, de destrozar.

»Entonces, ¿por qué fue a contracorriente? No debe de haber sido fácil ser una madre soltera que viaja por el mundo en busca de su nirvana particular. No hay mucha gente que pueda decir que ha experimentado cien vidas diferentes en una sola vida, pero eso es lo que hizo ella. Primero, como aventurera, y luego, como boticaria, pintora, espiritista, inventora, amiga y madre.

»Recogió fruta tropical en la cálida Tailandia y se enamoró de sus costumbres, su música y su idioma. Nunca se me olvidará cuando íbamos a los mercados de pescado y regateaba en tailandés como si fuera una lugareña. En Indonesia estudió hinduismo y aprendió a hacer estampados de batik. Se enamoró de un mono del templo que le robó los zapatos. Hubo un viaje a Camboya en el que fue voluntaria en un refugio que ayudaba a los niños heridos por las minas terrestres; nunca les mostró su tristeza, pero regresaba a casa y lloraba por ellos cada noche; aquel lugar y muchos otros obraron en ella un cambio indeleble. En cada nueva ciudad que visitaba, había una nueva experiencia, nuevas personas a las que amar, nuevos rostros a los que aferrarse.

»Puede que mamá solo tuviera cincuenta y ocho años en la tierra, pero su experiencia humana fue nada menos que extraordinaria. Cuando la herida sea demasiado pesada y el dolor haga brotar las lágrimas, voy a recordarla como era: un espíritu valiente que valoraba a las mujeres de su vida por encima de todo. Que valoraba la amistad y los lazos que nos unen. El mayor legado que ella deja es la comunidad que comparto con vosotras, y estoy realmente agradecida por ello.

»Te echaré de menos, mamá. Gracias por quererme.

Se desata una mezcla de lágrimas y risas cuando el montaje de fotos de mamá se reproduce en la pantalla grande al ritmo de su música *luk thung* favorita. Me lleno de amor por dentro mientras los recuerdos fotográficos van pasando. Ella y la tía Loui encadenadas a un viejo ciprés que se empeñaban en salvar con una feroz determinación en sus ojos. Mamá y Jillian, con los rostros iluminados por la luz de las velas mientras mezclaban sus numerosas pociones. En cada foto mamá aparece con una mujer que la motivó, que añadió valor a su corta vida. Hay una de mamá en Venecia, con un libro apretado contra su pecho. No recuerdo qué había estado leyendo. *Ruby Tuesday* suena a todo volumen en los altavoces, y la tía Loui levanta la vista, como si pudiera sentir a mamá aquí.

Aquella noche, más tarde, con un vacío en el cuerpo leo a la luz de las películas en el desván para no molestar a Gigi, que ronca suavemente y duerme en el sofá cama de abajo. Me pesan los párpados después de leer tantas cartas de amor. Estoy a punto de dar por terminada la noche cuando veo algo.

Esta librería del Canal de Venecia fue una vez mi sueño, pero, sin ti, parece tan vacía. Los clientes me resultan tediosos. Sus peticiones de novelas románticas son una puñalada en el corazón. Cuando trabajabas aquí, cada día era glorioso. Leer poesía juntos con el suave chapoteo del agua, mientras exponías por qué te emocionabas tanto. Me podría haber pasado todo el día escuchándote, incluso cuando el tiempo perdía todo su sentido, o cuando hablabas tan rápido que yo no conseguía desentrañar tus palabras en inglés. Sin embargo, estoy atrapado aquí, ya que mis padres dependen de los ingresos que produce este lugar, y no puedo romperles el corazón y marcharme para encontrarme contigo. Y, por supuesto, una familia necesita estabilidad, así que tengo que ser yo quien se la proporcione. Sinceramente, me encanta mi nuevo papel. Pero solo somos media familia sin ti.

Me tiemblan las manos cuando suelto la carta y cojo el teléfono para abrir Google y buscar librerías del Canal de Venecia. Solo aparece una. Una librería de segunda mano llamada La Libreria sul Canale.

Busco en varias páginas web, intentando encontrar una cara, un nombre, pero no aparece nada. Hay algunas entradas de blog sobre una maravillosa librería de segunda mano en la orilla del Canal en el distrito de San Polo. Rápidamente busco en los *posts* y me entero de que la librería del Canal es un revoltijo de libros sin ningún orden en particular, pero con una oferta de muchos idiomas y géneros. Hay fotografías de lo que parece ser una de las librerías más singulares del mundo. Una bloguera tiene fotos de cuando llega a la librería en góndola. Es como un sueño para un ratón de biblioteca como yo y, una vez más, parece que el destino ha intervenido y me ha puesto en el camino correcto. Los libros siempre han sido mi salvación. Por primera vez ese día, me renuevo con la sensación de tener un rumbo en la vida. Y con este extraño fuerte sentimiento que es la esperanza.

Guardo las cartas para dormir y apago la luz. Mañana es el cumpleaños de Gigi. No lo ha mencionado porque no quiere interferir en mi duelo. Ese es el distintivo de la clase de persona que es. Pero cuando visitas el pueblo de las casitas no puedes dejar de celebrar otro viaje alrededor del Sol al más puro estilo comunitario. La tía Loui y yo hemos estado haciendo planes en secreto para que Gigi pase un cumpleaños inolvidable. Y todo empezará con un refrescante baño de barro y avanzará a partir de ahí.

7

Gigi y yo salimos a trompicones de la embarcación con nuestras pesadas mochilas, que nos hacen tambalearnos como tortugas a punto de volcar. Damos las gracias al conductor y nos detenemos en una carretera empedrada de la ciudad de la laguna. Pestañeo al acordarme de cuando mamá y yo hicimos este viaje hace mucho tiempo. ¿Me trajo aquí para conocer a Giancarlo y luego cambió de opinión? ¿Es por eso por lo que nos fuimos a toda prisa y por lo que se cancelaron nuestros planes como una promesa rota?

Mamá me reñiría por perderme en los recuerdos cuando tengo esta vibrante ciudad ante mí. No hay ningún otro lugar como Venecia en el mundo. El amante Casanova vivía aquí. Esta ciudad tiene más de cuatrocientos puentes sin coches: la hora punta tiene lugar en el tráfico a pie o en el de los taxis acuáticos. Aunque es un poco chocante no tener los habituales pitidos y gemidos del ruido de los coches, se sustituye por una especie de teatro acuático. Los gondoleros se gritan unos a otros a través de los canales y el chapoteo del agua acompaña sus bromas de ida y vuelta. Los taxis acuáticos se acercan y depositan a turistas con los ojos tapados. La luz del sol brilla en el oro de los edificios ornamentados, que son tan hermosos que casi cuesta creer que sean reales. En los balcones, gente sentada bebe vino y come queso mientras la ropa de cama recién lavada se agita con la brisa. El lugar está tan vivo que vibra.

Otro taxi acuático llega al muelle y la gente se desparrama.

Es un centro neurálgico y por un momento me pierdo viendo cómo se desarrolla todo.

—¡Será mejor que nos quitemos de en medio! —dice Gigi mientras un niño pequeño le pasa por encima con su pequeña maleta con ruedas.

Nos apretamos contra la fría fachada de piedra de un edificio mientras los turistas recién llegados pasan con caras decididas, como si tuvieran prisa, no como Gigi y yo, que nos hemos deleitado tanto rato con las vistas que ahora hemos quedado bloqueadas por la cola de gente que pasa a toda prisa.

El último en pasar es un tipo con la cabeza llena de rizos desordenados. Esperamos pacientemente a que pase. Está perdido en un libro. Desde donde estamos no se distingue si es una guía o una novela, pero hay algo que te magnetiza cuando ves a una persona que está demasiado absorta en las palabras como para prestar atención a la belleza y el caos que le rodea. Como si estuviera en su propia burbuja y el mundo real no existiera.

Conforme se va acercando, intento distinguir el título del libro que lleva en alto, entonces me pilla mirando. Se me corta la respiración cuando me sorprende mirándole tan fijamente, y enseguida desvío la vista para otro lado. En mi afán por parecer despreocupada, alzo la mochila y oigo un «¡Oh!».

Me giro para ver de dónde viene el ruido y veo al tipo del pelo desordenado en el suelo. ¿Le he hecho caer yo? A veces me olvido de lo grande que es mi mochila.

—¿Estás bien? —le pregunto.

Extiendo la mano para ayudarle a levantarse. Su mano es cálida y siento una extraña chispa cuando mi piel se encuentra con la suya. Tengo una visión momentánea, pero desaparece antes de que pueda captarla. Su libro está tirado y empapado en un charco que ha dejado el taxi de agua al pasar. Exclamo:

—¡Oh, no, tu libro! *Hacia rutas salvajes* de Jon Krakauer. Una gran lectura. —¡Quién podría olvidar a Alexander Supertramp! Me agacho para recuperarlo, pero no hay nada que hacer: las páginas están empapadas y se han pegado todas juntas—. No se puede salvar.

—No pasa nada —dice, y me quita el libro de las manos.

—Sí que pasa. Lo siento mucho. ¿Puedo intentar compensarte encontrándote otro que lo sustituya?

Comprueba su reloj como si tuviera que estar en algún sitio.

—No es necesario. Puedo encontrar otro. —Y, con eso, se pone entonces a limpiar subrepticiamente las páginas del libro en sus vaqueros mientras avanza.

—¡Acabo de matar un libro!

Me da bastante pena. Ahí estaba él, tan enfrascado en la historia hasta que lo golpeé con mi mochila absurdamente grande. Es una suerte que no terminara en el canal. Podría haber acabado atropellándolo un taxi acuático, por ejemplo.

—Que tú... ¿qué? —pregunta Gigi, que solo ha escuchado a medias.

Su mirada se fija en una heladería que está haciendo el agosto en un día soleado.

—¿No lo has visto?

—¿A quién?

—A ese tío que lleva el pelo como si se acabara de levantar de la cama, con los rizos que le tapan un ojo, mientras arrastra los pies leyendo su libro como si fuera el último ser humano en la tierra.

Se ríe y me pone una mano en la frente.

—¿Tienes fiebre? Parece que estás describiendo a tu hombre ideal, pero, por desgracia, no he visto a ese hombre de ensueño, o lo recordaría.

Niego con la cabeza.

—Pobre hombre. Ahora nunca se enterará de lo que pasa en *Hacia rutas salvajes*.

—Sí, es un drama. Bien, entonces movámonos antes de que llegue el próximo taxi acuático. Estoy salivando por ese helado de ahí.

Mientras esquivo a los turistas que caminan lentamente con cámaras colgadas al cuello y guías en la mano, me saco el teléfono del bolsillo y trato de encontrar alguna conexión de wifi gratuita mientras me arrastro detrás de Gigi, que mantiene una conversación unidireccional acerca de lo bonito que es el casco antiguo y todas las delicias gastronómicas que se ofrecen.

Me conecto al wifi de un café cercano.

—Espera, Gigi —digo, y me apoyo contra la pared de piedra calentada por el sol, como si fuera una turista que comprueba su teléfono y no alguien que les roba internet sin la cortesía de pedir siquiera un *espresso*—. Tengo un par de rayas de cobertura aquí.

Tecleo la dirección del hostal en Maps y hago capturas de pantalla de las indicaciones. Aunque no estamos demasiado lejos, todos los giros y las numerosas vías de agua hacen que sea difícil de calcular. Tenemos que registrarnos y dejar en el hostal nuestras cosas antes de que anochezca. No me imagino tratando de aclimatarme a la luz de la luna, especialmente con todos estos callejones que no tienen un orden discernible. Aunque ya he estado aquí antes con mamá, fueron solo unos días antes de que ella tirara de la clavija y nos fuéramos casi tan rápido como llegamos, así que nada me resulta familiar.

—De acuerdo —digo—. Según Google Maps, estamos a unos diez minutos.

—Adelante. Voy a necesitar un poco de helado de sandía, y de inmediato. Quedémonos aquí para siempre; me he enamorado.

Sonrío. Gigi ha llegado a un paraíso culinario, y sé que pasará muchos días comiendo el equivalente a su peso corporal en deliciosas comidas cremosas y con ajo mientras yo... hago lo que sea que tenga que hacer.

Zigzagueamos y nos perdemos como Alicia por la madriguera del conejo hasta que por fin vemos un cartel que anuncia el albergue. Hay un balcón lleno de jóvenes viajeros que beben vino y fuman cigarrillos.

—Ya hemos llegado...

Nos registramos y nos llevan a un dormitorio femenino. El suelo se encuentra lleno de ropa y zapatos de mujer. Las mochilas y las maletas están metidas debajo de las literas de abajo. El aire apesta a perfume barato y a humo de cigarrillo. Sin embargo, hemos estado en lugares peores. Además, se ajusta a nuestro presupuesto.

—¿Piedra, papel o tijera para la litera de arriba? —dice Gigi.

—¿Qué tienes, doce años? —me burlo, pero hago el juego de todos modos.

La litera de arriba siempre es mejor porque parece que ahí estás más retirada de todos los ronquidos y sonidos nocturnos que abundan en un dormitorio.

Gigi gana la primera ronda.

—Al mejor de tres.

Gano la segunda y la tercera.

—Maldita sea. —Sonríe—. Te toca ser la princesa y el guisante, en lo alto, mientras que yo me quedo abajo, con los campesinos.

Me río.

—No por mucho tiempo, espero.

—Sí, eso espero yo también. Este desorden no me transmite precisamente vibraciones de *namasté*.

Es probable que Gigi reúna a las mujeres que duermen aquí y les pida que limpien sus alojamientos. A ella le gustan las cosas ordenadas y limpias. Como se puede imaginar, a algunas personas no les gusta que les digan lo que tienen que hacer, pero Gigi posee un gran encanto y suele salirse con la suya. Nuestro plan es encontrar trabajo y luego un apartamento barato, o un piso compartido, si las perspectivas son buenas.

—¿Crees que nuestras cosas estarán a salvo aquí? —Se le arruga la frente.

—Llévate el iPad por si acaso.

En ese iPad está toda la vida de Gigi. Ya le robaron uno una vez en la playa de Bondi, cuando dejamos nuestras pertenencias bajo una toalla y fuimos a retozar al agua. Un error de novato, deberíamos haberlo sabido. En las playas, la gente es presa fácil para los ladrones.

Una vez me robaron una comedia romántica en Córcega. Todavía me cabreo cuando lo recuerdo. ¿Quién iba a robar una novela de segunda mano ajada y a impedir que me enterase de si los enemigos se convertían pronto en amantes? No es tan caro como perder un iPad, pero no consigo recordar el título del libro para volver a comprarlo, así que me perseguirá para siempre.

—Estás pensando en ese maldito libro que perdiste otra vez, ¿no? —Gigi me mira de reojo.

—Tal vez. —Me río—. Me atormenta, Gi. Me atormenta. Buscaré ese libro el resto de mi vida hasta que lo encuentre. Tenía una cubierta azul con un...

—Para. Me niego a hacer esto otra vez. ¡Tú y tus libros! ¿No acaban todos igual? ¿Con que el chico consigue a la chica y todos viven felices para siempre?

Hago ademán de poner los ojos en blanco.

—Se trata del viaje, Gigi. Y, si sigues hablando así, me veré obligada a darte el tratamiento de silencio hasta que admitas que las novelas románticas son una guía para la vida, y no solo una forma de pasar el tiempo.

Se pone una mano en el corazón teatralmente.

—Por favor, no lo hagas. No volveré a hablar mal de los finales felices para siempre. Es el *jet lag*. Es porque me baja el azúcar cuando tengo hambre. Sabes que me encantan tus comedias románticas.

Nos echamos a reír. La verdad es que sorprendo a Gigi robándome los libros todo el tiempo, pero finge que el romance no es lo suyo para poder mantener su reputación de doncella de hielo que solo lee crímenes reales y luego duerme a pierna suelta.

No entiendo cómo puede devorar esas cosas y después caer en un profundo sueño. Especialmente cuando estábamos en el interior de Australia y Gigi insistió en que viéramos una película de asesinos en serie llamada *Wolf Creek*. Lo acompañó de un libro de no ficción sobre asesinatos que habían ocurrido en la misma zona y me contó todos los detalles. Digamos que reservé mi sueño para el día, cuando Gigi conducía su Rusty, y la noche la pasé agarrada a mi manta y mirando al negro vacío con la esperanza de que no hubiera nadie.

Sacamos algunas cosas de las mochilas y las metemos con fuerza debajo de la cama y tiramos de la manta para cubrirlas. Siempre es una buena práctica intentar esconder tus cosas lo mejor posible en un escenario compartido como este, pero, si hay un ladrón de por medio, no hay mucho que puedas hacer. Lo único que me llevo son las cartas de amor; no son reemplazables y me quedaría hecha polvo si desaparecieran.

—Y ahora ¿a dónde vamos? —pregunto, con un picor en la nuca.

Gigi se recoge los largos rizos rubios en una cola de caballo suelta.

—Seguro que tenemos que hacerle un reconocimiento a la librería.

—Sí, parece el mejor plan.

He pasado las dos últimas semanas planeando este viaje hasta que ha consumido todos mis pensamientos. Pronto marzo dio paso a abril y aquí estamos. Nadie te dice que cuando estás de luto a veces pierdes días de sueño. Es como si mi cuerpo se rindiera y tuviera que retirarse. Tengo la suerte de haber tenido ese tiempo, de que me hayan mimado y abrazado tantas mujeres mientras comenzaba el proceso de curación.

Compruebo la hora: son casi las ocho de la tarde. ¿La librería seguiría abierta un miércoles por la noche? Probablemente no. Lo que hace que sea el momento perfecto para pasar a conocer el lugar donde Giancarlo escribió esas cartas de amor a mi madre. Salimos, pero me detengo en cuanto llegamos a la calle empedrada.

—¿Y si él está allí?

Tengo que prepararme para cualquier escenario y que no se me escape nada por estar nerviosa.

—Entonces, entraré, compraré un libro y hablaré con él, veré qué vibra me da y te lo contaré.

Trago saliva ante la idea.

—Bien. ¿Qué le vas a decir?

—Diré lo bonito que es el clima primaveral y le pediré que me recomiende un libro. ¿Qué otra cosa se puede decir?

Asiento con la cabeza, distraída. Ahora que estoy aquí no estoy tan segura.

—¿Y si no está allí? ¿Y si vendió el negocio y se mudó a México o algo así?

Me preocupa. Tal vez, debería haber llamado primero y fingir que buscaba un libro.

—Entonces, pasamos al plan B. ¿Y a quién no le gusta la comida mexicana?

Sonrío. Gigi iría hasta el fin del mundo por mí, así que me relajo con su apoyo. Sin embargo, es difícil saber exactamente cuál será el plan de juego, porque en realidad no sé nada de ese tipo. ¿Y si está casado y tiene familia? Puede que no le guste que aparezca una desconocida con un puñado de cartas de un viejo amor. Hay que manejar la situación con cuidado.

Gigi debe de notar que sigo dudando.

—Oye, eh, Luna. —Me frota los brazos—. Solo vamos a pasar por delante. Si está abierto, entraré. Eso es todo. ¿Vale? Podemos ir tan despacio como quieras.

—De acuerdo.

—Vale, bien.

Todavía mis pies permanecen firmemente plantados.

—Mamá siempre decía que no necesitábamos a nadie, que nos teníamos la una a la otra. Y teníamos nuestra comunidad. Pero ¿quién fue este tipo para mamá? ¿Y si este asunto me explota en la cara?

—¿Y si no te explota?

Asiento con la cabeza.

—Hay mucho misterio en este tema y quiero saber por qué. Nada de esto tiene sentido. Y supongo que estoy diciendo que, si esto sale mal, me preocupa que otro golpe a mi psique me lleve al límite. Si tuviera un poco más de información, lo que fuera, cualquier cosa que me demuestre que mi madre aprobaría lo que estoy haciendo...

—Tu madre te hizo prometer que no huirías de las cosas difíciles. ¿Puede ser esto una cosa difícil?

Se me pone la piel de gallina.

—Sí, Gigi, eso es exactamente lo que creo. Estoy pasando de preguntarme qué demonios estoy haciendo a pensar que hay que resolver esto. Solo me gustaría tener un poco más de información. ¿Es esto una búsqueda inútil?

—¡Es una aventura! —Me atrae hacia sí para darme un abrazo—. Lo que sientes con este embrollo es legítimo. No te queda más remedio que aceptarlo.

—De acuerdo. —Considero el peor escenario posible; esto es, no encontrar ninguna respuesta. Y, si es así, pues seguiré donde estoy ahora—. Lo que me fastidia es la última llamada de mamá.

—¿Porque quería decirte algo?

Asiento con la cabeza.

—Había... una urgencia en su voz, pero terminé la llamada de una forma abrupta. Creo que nunca me lo perdonaré.

—Luna, no tuviste elección. El funcionario de aduanas te dijo que colgaras en aquel mismo instante.

Mi mente se remonta a aquel día, al calor sofocante, al bullicio de la aduana, a los gritos, a cuando el funcionario me arrebató el teléfono de la mano porque no me estaba enterando de lo que él me decía.

—Pero debería haberla llamado directamente.

Para entonces estábamos intentando averiguar cómo llegar a la isla de Koh Phangan en barco y después pasamos a buscar alojamiento. La llamada de mamá se me borró de la cabeza cuando el *jet lag* me atrapó y me dormí, antes de la fiesta de la luna llena del día siguiente.

—Tu madre dijo que te llamaría. Así que no hagas eso, Luna. No caigas en el círculo vicioso del sentimiento de culpa.

Ojalá me hubiera detenido en ese momento y lo hubiera visto como lo que era. Ojalá hubiera hecho tantas cosas de un modo distinto.

—Vale, es hora de un cambio de energía, o me quedaré atascada en este bucle para siempre.

—¿La *Macarena*?

Me río a pesar de todo. Por lo general, cuando estoy agotada, hago una limpieza del aura o una meditación, pero, desde que llegó Gigi, la solución ha pasado a ser un baile tonto como el *YMCA* o el *Time Warp*, lo que, para mi sorpresa, ha sido muy efectivo.

—La *Macarena* es nueva, pero ¿por qué no?

Encuentra la canción en YouTube y la pone a todo volumen. Atraemos las miradas de muchos transeúntes mientras hacemos los movimientos de la *Macarena*. Gigi se contonea y baila como si le fuera la vida en ello, y no puedo evitar seguir su ejemplo y estar totalmente presente en el momento. Cuando la canción llega a su fin, estamos sin aliento y sonriendo, y hemos conseguido atraer a una pequeña multitud.

—Piensan que estamos tocando en la calle —susurra, y se ríe mientras algunas personas nos arrojan monedas a los pies.

Nos vamos de allí riendo a carcajadas antes de que nos arresten o algo parecido. Como siempre que Gigi propone un baile, mi estado de ánimo se eleva y dejo que toda la angustia se desvanezca como si fuera polvo de hadas.

Nos dirigimos a la librería. Para ello, torcemos y giramos por varios callejones y cruzamos puentecitos venecianos. Al doblar otra esquina, aparece la librería. Si no supieras que está ahí, nunca la encontrarías.

—Bien, voy a poner un marcador en el mapa para saber cómo encontrar este lugar de nuevo —dice Gigi.

Hay un tío tapando la fachada, teclea algo en el teléfono y luego se vuelve hacia nosotras, todavía tecleando. Sus rizos desordenados le caen sobre la cara y me pregunto cómo puede ver algo. Cuando levanta la vista, se me corta la respiración. Es el chico del muelle, aquel cuyo libro ahogué. ¿Está aquí buscando uno nuevo? El sentimiento de culpa se apodera de mí. Me encantaría tener una novela para dársela. Antes de que pueda decir nada, gira hacia el otro lado y se adentra en un callejón oscuro.

—¡Era él! —le susurro a Gigi, que sigue con la barbilla hacia abajo, perdida en el teléfono.

—¿Quién?

—¡El chico del pelo suelto de antes!

—¿Me he vuelto a perder el barco de los sueños? —Agita el móvil como si fuera la causa de todos sus problemas.

—¿Un barco de los sueños? No exactamente. Debe de haber venido aquí para buscar un libro con el que reemplazar aquel que fue asesinado de forma tan trágica.

—Ratones de biblioteca, ¿eh? Suerte que no era un Kindle.

—Sí, suerte. —A lo mejor no habría sido tan amable si lo hubiera sido.

—Guau, mira este lugar... —exclama Gigi, con asombro en la voz.

Una lámpara amarillenta brilla sobre la fachada.

Hay allí unas ventanas de arco polvorientas con libros apilados unos encima de otros. Están desgastados por el sol, descoloridos y con telarañas, como si llevaran allí siglos. Un toldo a rayas rojas y blancas está abierto en forma de acordeón, pero el centro está caído, como si estuviera cansado. Un cartel que dice LA LIBRERIA SUL CANALE cruje hacia delante y hacia atrás con la brisa. La librería tiene casi un aire de abandono, como si el dueño, al levantarse un día, se hubiera marchado.

Tengo una sensación muy extraña, como si el tiempo se hubiera detenido de verdad aquí y desde ese mismo momento nada hubiera avanzado. ¿Fue cuando mi madre se fue? ¿Es posible que estos expositores hayan estado aquí todo ese tiempo? La tienda ya está cerrada por la hora que es, lo que me da tiempo de sobra para calibrar el entorno y empaparme un momento del espacio para ver qué consigo intuir.

Mi madre trabajó en esta misma tienda, caminó por estos adoquines que hay ahora bajo mis pies. Ella y Giancarlo se enamoraron aquí. Y luego sucedió algo que los separó. Toco la fría pared de piedra y siento la vida de los libros que laten dentro. Es una locura, lo sé, pero los libros tienen su propia fuerza vital, que es como un zumbido, un ronroneo, y que la mayoría de la gente no capta. Es una vibración casi imperceptible que hace que una persona se detenga y coja un libro. ¿Mi madre también sintió la energía de esta librería? Aunque tiene un aire descuidado, el interior está vivo, prácticamente zumba hasta la piedra del exterior.

—¡Parece que lleve cerrada cien años! —dice Gigi—. Déjame comprobar el horario de apertura.

Se acerca a un cartel de la puerta. Es entonces cuando me doy cuenta de que hay un cartel escrito a mano en la ventana. Reconocería esa caligrafía en cualquier parte. Es exactamente igual que la de las cartas. Aunque el cartel está escrito en italiano, puedo adivinar su significado.

—¡Gigi, mira! —Señalo las palabras—. ¿Es una oferta de trabajo?

—No tengo ni idea. —Le saca una foto—. Vamos a buscar un restaurante para cenar y activamos el wifi para averiguarlo. Esa podría ser perfectamente tu forma de entrar.

—¡Eso es justo lo que estaba pensando! Puedo conseguir un trabajo allí y ver cómo es Giancarlo. ¿No sería una manera mucho más fácil de hacer las cosas? La librería vende principalmente libros en inglés y atiende a un gran número de turistas de habla inglesa, así que no creo que la barrera del idioma sea un problema. —De esa forma, me haría una idea de él y vería si me apetece compartir con él las cartas y preguntarle por lo que mamá dejó en Venecia. Por qué me hizo prometer que no huiría de las cosas difíciles, cuando está tan claro que eso es justo lo que ella hizo—. Tenemos que estar abiertas a la posibilidad de que ella lo echara de su vida por una muy buena razón. Después de todo, él tampoco vino exactamente a buscarla, ¿verdad? Puede que haya escrito algunas cartas, pero eso es todo.

—Sí, pero tenía sus razones. ¿No dijo que estaba cuidando de sus padres?

—Se hizo cargo de la librería de ellos. Pero tal vez hubo algo de presión.

—Cuando lo único que tenemos para seguir adelante son las cartas escritas desde su punto de vista, no lo sabremos con certeza. Busquemos un sitio para cenar y averigüemos qué dice este cartel.

8

Encontramos un lugar llamado «Nonna's Trattoria». Está lleno de camareros vestidos de etiqueta y es ruidoso, con los sonidos de los comensales que charlan y ríen mientras los cubiertos chocan en los platos y el corcho de *prosecco* salta y es recibido con fanfarria. El ambiente es rústico y familiar, como si estuviéramos en la casa de la abuela de alguien, rodeados de una bulliciosa familia. Una persona que parece una *nonna* nos lleva a nuestro sitio. Es ágil a pesar de su avanzada edad y tenemos que apresurarnos para seguirla mientras nos guía hasta una mesa. Habla en italiano rápido, así que murmuro «Sì, sì», con la esperanza de que sea una pregunta de «sí» o «no», antes de que se vaya a saludar a una nueva oleada de clientes. Tengo que intentar aprender el idioma mientras estoy aquí. Es una de las mejores partes de explorar un nuevo lugar, tratar de aprender las palabras y sus costumbres. Algunos de los mejores momentos que he vivido deambulando por el país han sido cuando he utilizado una palabra equivocada en un contexto erróneo y la gente se ha reído a carcajadas mientras yo intentaba averiguar en qué me había equivocado.

—Espero ser igual de ágil a esa edad —dice Gigi al ver a *Nonna* moverse en tacones altos como si flotara en el aire.

Nos distraemos momentáneamente viendo el teatro de la *trattoria* antes de que Gigi le haga un gesto a un camarero.

—Disculpe, ¿podría traducirnos esto?

Saca el teléfono y le muestra la foto del cartel del escaparate de la librería. En lugar de concentrarse en el móvil que Gigi sostiene en alto, me mira fijamente. Me sonrojo con su mirada, sin saber por qué se muestra tan abierto.

Gigi mueve el teléfono delante de su cara para llamar su atención.

Retira su mirada de la mía y coge el teléfono.

—Dice que están buscando un empleado. Treinta horas a la semana para el candidato adecuado. Tiene que hablar inglés. Preguntar dentro.

—Perfecto —dice ella y luego pasa de mirarle a él a mirarme mí con una ceja levantada.

Intenta quitarle el teléfono de la mano, pero él está demasiado distraído para darse cuenta. ¿Me reconoce de algo? Me tiemblan las manos cuando me toco el pelo. Por un momento, me pierdo en la mirada del camarero, en sus insondables ojos marrones. Hay alguna conexión, algún vínculo, estoy segura de ello, como si intentara calibrar de qué me conoce. ¿Estoy vinculada a Venecia de alguna manera? En momentos como este, realmente lo parece.

Gigi interrumpe.

—¿Podría traernos unos menús tal vez? ¿La carta de vinos?

Se sonroja.

—... *Sì, sì.* No tardaré nada. —Se aleja a grandes zancadas a través de la concurrida *trattoria*.

—¡Oh, Dios mío! —dice Gigi—. ¿Qué demonios ha sido eso?

—¡Me ha reconocido!

Abre los ojos de par en par.

—¡Sí, seguro! Cupido ha enviado una flecha directamente al pecho de ese pobre tonto. No sabía que los ojos de amor eran una cosa real. Es precioso, Luna. Puede que hayas encontrado marido.

—¿Qué?

—¿Que qué? —Sus cejas se juntan—. ¿Es por lo del marido? Sé que eres salvaje y libre, pero solo digo que los italianos buenorros de ojos malhumorados y labios sensuales no aparecen dos veces en la vida, seguramente. Podría valer la pena el matrimonio. Es todo lo que digo. ¡Ese tipo está bueno, bueno, bueno!

Intento descifrar sus palabras.

—¿Crees que está interesado en mí?

Ella gruñe.

—No lo creo, ¡lo sé! Por Dios, Luna, todos los peces del mar sintieron esa sacudida. ¡El pobre no podía articular palabra! Estamos hablando de amor a primera vista. ¿No te has dado cuenta?

La preocupación se apodera de sus facciones, aunque parece que vemos esta situación de manera completamente diferente.

—Calla —digo—, que vuelve.

El camarero parece haber hecho acopio de ingenio y sonríe mientras nos entrega los menús. Gigi se ha equivocado en todo esto.

—¿Qué puedes recomendarnos? —dice Gigi con confianza, como si comiéramos en este tipo de lugares todos los días, no de Pascuas a Ramos.

Recita algunos platos en italiano y me tomo un momento para observarlo. Su voz es aterciopelada, la hermosa poesía de la lengua italiana se desliza por su lengua y me distrae momentáneamente. Quiero decirle que continúe hablando, que deje que esas sedosas palabras se deslicen, pero, por supuesto, no lo hago. No es que me guste el chico, es que me encanta el sonido de las palabras extranjeras, todas mezcladas en una frase.

Además, no voy a dejarme distraer, por muy sensuales que sean sus labios. Y, en lo que respecta a la boca, tiene los labios perfectos para un hombre, del tipo besable que se suele encontrar en las estrellas de cine. Pero no lo estoy mirando. No me importa. Estoy aquí por la comida.

—Yo tomaré los ñoquis con setas —digo con una sonrisa neutra y le devuelvo el menú.

—Lo mismo —dice Gigi—. Y una botella de *chianti*. ¿Te parece bien, Luna?

Asiento con la cabeza. No somos grandes bebedoras, pero tenemos la tradición de que la primera noche que pasamos en una ciudad nueva tiramos la casa por la ventana en una cena elegante con vino antes de volver a nuestras costumbres frugales.

—*Perfetto. Perfetto.* —Se va corriendo de nuevo.

Gigi finge abanicarse.

—Qué calor hace aquí, ¿no?

Pongo los ojos en blanco.

—Oh, para. Te estás pasando de la raya. —La verdad es que, al lado de Gigi, con sus largos rizos rubios californianos y su cuerpo playero, yo palidezco en comparación. Todavía soy un poco cautelosa a la hora de confiarle mi corazón a alguien en este momento—. No es que esté interesado en mí de esa manera; es otra cosa. ¿Crees que le resulto familiar, que se pregunte a quién le recuerdo? Hay toda una historia desconocida de mi madre en Venecia, y empiezo a preguntarme si estoy relacionada con la misma de alguna manera.

Ella lo considera.

—El tío te ha mirado como si le hubiera caído un rayo. No se ve ese tipo de cosas muy a menudo, así que llama la atención cuando ocurre. Estás buscando señales y símbolos, como siempre, lo cual es justo, pero en este caso ha sido una pura descarga de anhelo que se reflejaba en sus rasgos tan simétricos.

—Tal vez estoy buscando cosas que no existen.

—¡Don Pantalones Lujuriosos te echó un vistazo y, bum, amor a primera vista! —grita Gigi—. Ya veo cómo va a salir esto: Gigi la Sujetavelas, ese va a ser mi nuevo apodo. Si, y solo si, le das una oportunidad al amor.

Miro a Gigi, que parece atascada en esta loca idea.

—¿Don Pantalones Lujuriosos? Oh, por favor. Eres la última persona que creería en el amor. A muchos que tenían sus esperanzas puestas en ti los has fulminado con la mirada.

Se sacude el pelo por encima de un hombro.

—Es verdad. Pero eso es porque todavía no he conocido a la persona que ponga mi mundo del revés. No voy a perder ni un minuto en angustiarme por alguien que no lo haga. Lo sabré cuando encuentre a la persona indicada, entonces nos iremos a vivir juntos y tendremos *bambinos* en cuanto podamos.

Ladeo la cabeza.

—Bien, ¿por qué no se me aplican las mismas reglas a mí?

—¿Ese dios italiano no te hizo vibrar el corazón? ¿Su mirada abrasadora no derritió tu gélido corazón? ¿Estás segura?

—¿Mi gélido corazón? Lo dice la mismísima reina del hielo.
—Me río de su dramatismo. No es normal que me instigue a ser romántica. Creo que piensa que eso me hará olvidar mi dolor. Pero no lo hará—. Mira, es un tío muy atractivo, en una ciudad llena de tíos muy atractivos. ¿Y qué?

Para ser honesta, francamente él está que quita el hipo, pero, eh, ¿a quién le importa? Prefiero un chico más desaliñado. Alguien que no se deje llevar por la estética. La suya o la mía. Yo voy desaliñada la mayor parte del tiempo. La itinerancia no es propicia para la ropa fina y el pelo y el maquillaje inmaculados. Y no me molestaría en ese tipo de cosas, ni siquiera aunque viviera en un sitio fijo.

Gigi suelta un largo suspiro, como si la hubiera decepcionado.

—Veo lo que estás haciendo, ¿sabes?

Levanto una ceja.

—Ah, ¿sí?

—Este es tu típico caso de evasión. Pero a mí no me engañas, Luna Hart. Se me ha pegado todo tu *yuyu*, por lo que me siento obligada a informarte de que ese tío ha elevado tu vibración y tu interés se ha despertado.

Niego con la cabeza. Realmente se la ha ido la olla.

—¿Ha elevado mi vibración?

—Sí, te sientes más ligera, más feliz, porque tu alma reconoce la suya, pero eres demasiado terca para admitirlo porque crees que te va a estorbar para resolver el misterio de las cartas.

—¿Qué hiciste con mi amiga Gigi? ¿Quién eres tú?

—Ya estás cambiando de tema. Este es un buen ejemplo de evasión.

—¿Ahora también eres psicóloga? ¿Hay algún límite para tu talento?

—Sigues cambiando de tema. Ahora lo intentas con el sentido del humor.

—Haz que se detenga.

—Evasión.

Le lanzo mi servilleta de lino, pero cae en la mesa, entre las dos, tan cerca de la vela que me veo obligada a recuperarla. El camarero llega con una botella de *chianti*. La abre y la sirve, sin dejar de mirarme fijamente. Ahora esto se me hace raro porque Gigi lo ha trucado mucho. ¿Por qué me mira fijamente?

—¿Cómo te llamas? —le pregunta Gigi, sonriendo tímidamente como un gato que juega con un ratón.

Le doy una patada por debajo de la mesa.

—¡Tú, pequeña...!

—Uy, lo siento. —Le muestro la misma sonrisa tímida, insinuando que dos pueden jugar a este juego.

—Sebastiano. ¿Cómo os llamáis vosotras? —Es tan formal que cuesta creer toda la palabrería que suelta Gigi sobre las vibraciones elevadas, el matrimonio y esas tonterías.

—Soy Gigi y esta... —Agita las manos muy rápido con las palmas mirando hacia delante y los dedos extendidos, por el amor de Dios— es Luna. Acabamos de llegar a Venecia y no conocemos bien la zona. Nos vendría bien un guía turístico...

Deja la frase en suspenso. Voy a patearla de nuevo, pero la astuta zorra ha movido los pies en previsión de otro ataque.

—Me encantaría mostrarte el lugar, Luna. —Su mirada se dirige de nuevo a mí con toda su intensidad y es bastante desarmante; es como estar bajo los focos. De alguna manera me siento expuesta—. Y a ti también, Gigi —añade enseguida—. Estoy libre mañana por la mañana.

—Perfecto.

Voy a expresar que estoy en desacuerdo. Tengo que ir a la librería temprano. Quiero solicitar ese trabajo antes de que contraten a otra persona y mi plan se vaya al garete. ¿Quién necesita un hombre con todo lo que está pasando?

—Gigi, quiero...

—Lo sé, quieres el trabajo. Quizá Sebastiano pueda acompañarte a la Libreria sul Canale y presentarte. ¿Por casualidad conoces al dueño, Sebastiano?

Hace una pequeña reverencia formal que es realmente encantadora.

—Me encantaría acompañarte a la librería. Y, *sí*, conozco a Giancarlo, el dueño. Come aquí de vez en cuando. Si quieres, te lo puedo presentar, Luna.

Me aclaro la garganta.

—Sí, eso estaría bien, gracias.

No estoy segura de si necesito una presentación, pero no veo cómo echarme atrás ahora que Gigi ha organizado una mañana con Sebastiano. La idea me pone nerviosa, me recuerda que no sabemos prácticamente nada de Giancarlo. ¿Tal vez cuanto más sepa, mejor?

—¿Cómo es él? —pregunto.

—¿Giancarlo?

Asiento con la cabeza. Sebastiano se toma un momento.

—Un tipo normal. Tranquilo. Lo encontrarás en su librería, leyendo. La Libreria sul Canale no suele estar muy llena, a pesar de que a algunos turistas les gusta hacerse fotos en el interior.

Habíamos indagado un poco y encontramos algunas publicaciones en blogs sobre la desordenada librería de segunda mano que parecía una cueva de Aladino para los ratones de biblioteca.

—¿Giancarlo siempre ha vivido en Venecia? —digo, preguntándome si alguna vez se escapó y buscó a mamá.

—Hasta donde yo sé, sí. La librería ha pertenecido a su familia durante generaciones. Se hizo cargo de ella cuando su padre se jubiló. Lamentablemente, no mucho después, su padre murió.

—Qué pena. —¿Su padre murió? ¿Quizá eso fue lo que le impidió buscar a su amor perdido si no había nadie más que se pudiera encargar de la librería?—. Me imagino que tener una librería debe de ser muy divertido. Sobre todo, si puedes pasarte el día leyendo. ¿No es ese el sueño de cualquier ratón de biblioteca?

Sebastiano se encoge de hombros.

—No creo que sea un secreto que la librería tiene problemas. Se rumorea que está pensando en cerrar. Sería una pena que los venecianos perdieran su única librería de segunda mano. Tiene mucho *stock*, pero está desordenado, lo que hace imposible encontrar lo que se busca. Y, para ser sincero, Giancarlo no es de mucha ayuda cuando se lo pides.

Me entristece pensar que esa hermosa y desordenada librería a orillas del Canal veneciano tenga problemas económicos. Los ratones de biblioteca no pueden resistirse a la tentación de comprar un libro, como recuerdo, aunque sea. Pero, si Giancarlo no es hospitalario, supongo que eso echa para atrás a mucha gente. Además, la librería está un poco escondida, no está en un punto turístico muy concurrido, así que, si no la anuncia, que parece que no lo hace, ¿cómo espera que la gente la encuentre?

—¿Por qué quiere a un empleado entonces? —pregunta Gigi.

Sebastiano levanta una mano.

—Giancarlo es... reticente, digamos. No es un tipo sociable. La mayor parte del tiempo lo pasa metido en un libro, así que intuyo que busca ayuda para no tener que enfrentarse a los clientes y poder hacer más trabajo entre bastidores.

Parece que a Giancarlo no le gusta la gente y prefiere leer a atender a los clientes. En una de sus cartas mencionó algo al respecto, pero supuse que era porque entonces tenía el corazón roto. Esperaba que ya se hubiera puesto las pilas y se hubiera dedicado a ello, pero tal vez le haya perdido el gusto al hecho de ser librero.

¿O es que la librería fue la razón por la que no pudo irse en busca de mi madre y por eso está resentido? Puede que sea un anciano que se ha quedado anclado en sus costumbres y que no quiere adaptarse a los tiempos. Venecia está plagada de turistas, así que me imagino que envejece rápidamente. Todos los días atraca un crucero más y derrama miles de personas en esta pequeña isla, como hormigas que se dispersan en busca de migajas antes de subir al barco y alejarse de nuevo. Debe de volverse tedioso. Pero Giancarlo podría usar eso en su beneficio para vender más libros, así que ¿por qué no lo hace?

Sebastiano me trae de vuelta al presente cuando dice:

—¿Por qué no te acompaño cuando la librería abra mañana a las diez? ¿Quizá podamos tomar un *espresso* antes? Después podemos dar un paseo y te puedo enseñar algunas joyas secretas de Venecia que solo los lugareños conocen.

Tentador.

—¿Compartirías tus secretos así como así? —se burla Gigi.

—Solo con Luna. —Guiña un ojo—. Y contigo, por supuesto, Gigi, si cambias de opinión y vienes con nosotros.

—Llamadas de trabajo, lo siento. Instagram no se actualiza solo, por desgracia.

—Lo comprendo —dice él de forma que da a entender que no tiene ni idea de lo que Gigi está diciendo.

Con Sebastiano a mi lado, quizá no vaya tan mal conocer al misterioso dueño de la Libreria sul Canale, el hombre que lleva escribiendo a mi madre durante casi toda mi vida. ¿Conservará las cartas que ella le respondió? La mejor manera de avanzar es conseguir que me contraten y luego seguir desde ahí...

9

Me he despertado horas antes de que suene la alarma. Los ronquidos y las conversaciones de los que hablan en sueños en el dormitorio no han favorecido un buen descanso nocturno que se diga. Varias hipótesis me pasan por la mente sobre el encuentro con Giancarlo. ¿Sabré a primera vista si es un buen tipo? ¿Y que mamá siempre se arrepintió de haberlo dejado, lo que provocó la promesa que le hice? ¿Habrá esperado siempre que ella entrara a la librería con el sol en los talones y dolor en el corazón por haberlo echado de menos? ¿Devolverle sus cartas será una ayuda o un problema? ¿Hay algo más en todo este asunto y estoy involucrada de la manera en que estoy empezando a pensar que lo estoy? Es demasiado pronto para decirlo, pero sé que, cuando vea a ese hombre, probablemente tendré algún tipo de sentimiento...

El hombre que me imagino se aferró a su amor por mi madre, a pesar de que sabía que ella no sentía lo mismo. Un romántico a la antigua usanza que suspiraba por ella y acudía a los libros en busca de consuelo. Yo también soy callada y reflexiva la mayor parte del tiempo, así que me siento identificada con él.

¿O estoy viviendo en el país de la fantasía y Giancarlo se casó tan pronto como estuvo claro que mamá se había ido para siempre? Al final las cartas dejaron de llegar, probablemente porque decidió que había esperado lo suficiente. Existe una gran probabilidad de que tenga una prole de hijos que lo enorgullezcan y de que mamá sea solo un recuerdo lejano, un error de un pasado turbio en el que una vez conoció a una mujer salvaje que no iba a ser domesticada. Por nadie.

No tiene sentido atormentarse por ello, lo sé. Pero mi mente no para.

Echo hacia atrás la manta con suavidad y bajo de la litera. Gigi duerme como un tronco, con los miembros extendidos, como una estrella de mar, la mandíbula relajada y la boca abierta. Envidio su capacidad para dejarse llevar, esté donde esté. En los lugares nuevos, duermo rígida como un soldado de juguete, con la almohada de repuesto abrazada firmemente contra el pecho como si me protegiera de enemigos invisibles.

Cojo la mochila y voy al baño con la esperanza de que haya agua caliente en abundancia para lavar estos sombríos pensamientos.

Una vez que he terminado y me he vestido, vuelvo a la habitación. Las mujeres se despiertan lentamente como bailarinas de *ballet*, desplegándose como cisnes. Saludo con la mano y pienso que es hora de despertar a Gigi. A diferencia de las graciosas y silenciosas mujeres que están cerca de ella, se levanta de golpe, con los ojos muy abiertos, y dice:

—¿Qué hora es? —A todo pulmón. Sutil, no es.

—Shhhh. Son las 08:30. Voy a ver a Sebastiano. He quedado para tomar un café con él. ¿Estarás bien sola o te has dado cuenta del error que has cometido y de que intentar emparejarme con él es un error garrafal?

Gigi se restriega la cara y gruñe, sin importarle un comino el ruido que haga.

—Sufriré la soledad en la humedad matinal de estas solitarias calles venecianas para que florezca el amor. —Hace el gesto de poner los ojos en blanco.

—Deberías haber sido actriz, Gigi. Has confundido tu vocación. ¿Lo sabes?

—¡Venecia un día, Hollywood al siguiente! —La manta cae al suelo mientras ella se levanta y arquea la espalda—. Al menos, besa a ese pobre tonto y hazle saber lo que se está perdiendo.

—No haré tal cosa.

Se agacha a recoger la manta y la dobla en un cuadrado ordenado.

—Cuando hablas así de cursi, sé que te he pillado.

Suelto un suspiro como si estuviera muy ocupada y tuviera cosas mucho más importantes de las que preocuparme, lo cual es verdad, me recuerdo. Pero es agradable bromear después de lo agobiada que me he sentido últimamente. Echo de menos a la tía Loui. Estoy preocupada por saber cómo se las apaña sin su compinche, Ruby Tuesday. Y echo de menos a mamá. ¿Estará contenta de que yo esté aquí?

—Bien, entonces me voy. ¿Cuándo nos vemos? ¿Almorzamos tarde?

Compruebo que tengo todo lo que necesito: las cartas, el teléfono y el bolso.

—Sí. Nos encontramos aquí y pensamos en lo que vamos a hacer el resto del día.

Gigi bosteza de nuevo, un sonido que no es delicado, sino tan fuerte que es como si estuviera extirpando al mismo diablo.

—De acuerdo.

Me observa la cara.

—¿Estás nerviosa por conocerlo?

—... Sí.

—Nadie mantiene esa cantidad de correspondencia si no está enamorado.

Asiento con la cabeza. Tiene razón. Hombros atrás, cabeza alta. Puedo hacerlo y lo haré.

—¿Quieres que te acompañe como apoyo moral? Solo me llevará un minuto cambiarme.

—No, estoy bien. Tendré a Sebastiano si todo lo demás falla. Hasta luego.

Me despido de ella con un apretón en el brazo, cojo el bolso y salgo al luminoso día veneciano, donde me espera Sebastiano. Su pelo negro oscuro se vuelve plateado bajo la luz del sol y es tan guapo que pierdo el hilo de mis pensamientos por un momento. Los constantes ataques de Gigi me están afectando, obviamente.

Sin la ropa de trabajo formal, parece una persona diferente, más segura y es guapísimo. Lleva una camiseta de una marca de diseño cuyo logotipo reconozco incluso yo, que odio la moda, y que está cortada en uve por el cuello, de forma que deja ver el torso. Los vaqueros le quedan como si estuvieran hechos a medida y parece que acaba de salir de la portada de *Vogue Italia*. También lleva una fragancia seductora.

¿Qué pasa con los hombres italianos y su sentido de la moda? Son tan elegantes y van tan bien arreglados. Es todo lo que puedo hacer para no preguntarle sobre este misterio sartorial. Pero me muero por saberlo. ¿Sus madres guían su sentido de la moda? ¿Es una asignatura en el colegio? ¿O nacen sabiendo intuitivamente cómo combinar la ropa y cómo peinarse? Tal vez sean sus padres los que saben estas cosas.

Es una conversación para otro día, pero, mientras miro mi propio atuendo, unos vaqueros cortados y una camiseta arrugada, me pregunto si debería haber hecho un mayor esfuerzo. ¿Me juzgará Giancarlo por no ir a la moda? Incluso me he recogido el pelo en un moño desordenado. Y hace años que no me pinto las uñas. ¿Quién puede molestarse en esas cosas que necesitan un mantenimiento constante cuando tengo libros que leer y países que explorar?

—Buenos días.

—*Buongiorno, bella.* —Se inclina y me da un picotazo en ambas mejillas.

Su aroma flota en el aire, es casi digno de un desmayo. Me recuerdo a mí misma que debo estar en guardia. Claro que huele bien, eso es parte de la ofensiva del encanto. Y no puedo enamorarme de este chico solo porque use una colonia cara. Evito el impulso irrefrenable de olerlo de cerca. ¿Qué me pasa?

—¿Nos vamos?

—Sí, mataría por una taza de café. —Frunce el ceño como si no entendiera lo que acabo de decir—. Tengo mucha sed —añado con ánimo de ayudar—. De cafeína.

¡Para, Luna! Menos mal que Gigi no está aquí para presenciar mi repentino lapsus intelectual.

Echo un vistazo a la ventana del dormitorio y encuentro a

Gigi con la mitad del cuerpo colgando en una postura peligrosa. Me guiña un ojo, un guiño que solo puedo calificar de salaz. La ignoro debidamente y cojo a Sebastiano de la mano para que se aleje y no la vea, pero enseguida me vuelvo y le hago señas a Gigi para que entre y se aleje de la maldita barandilla. A veces es incorregible. Me imagino que se cayese del balcón y se matase solo porque quería poder burlarse de mí más tarde por haberle cogido de la mano o alguna maldita cosa.

Vamos a un pequeño bar que está lleno de lugareños, de pie en la barra, que beben *espressos* y charlan con el propietario en italiano. Hablan en voz alta y gesticulan de forma desenfrenada, y es muy divertido observarles e intentar traducir de qué demonios pueden estar hablando de un modo tan efusivo.

—¿Qué dice? —Señalo a un hombre mayor que lleva una boina a rayas.

Pronuncia cada sílaba con tanta fuerza que parece como si le hubiera tocado la lotería, o como si hubiera tenido una gran discusión.

Sebastiano escucha un momento, luego me explica:

—Dice que esta mañana se ha levantado tarde y que su mujer no le ha hecho el desayuno ya que no le habla porque se ha quedado hasta tarde jugando al póquer con sus amigos.

—¡Oh!

—El dueño bromea diciendo que debe de haber perdido mucho dinero y que por eso su mujer no le habla.

—¿Y es así?

—Niega haber perdido dinero. Dice que estaba en una racha de ganancias y que por eso llegó tarde. Va a comprarle a su mujer unos melocotones del mercado para compensarla.

—¿Con melocotones? ¿Es así como la gente se disculpa en Venecia?

—¿Por qué no? Si consigue los mejores melocotones. Depende de lo bien que le caiga al frutero. Si no goza del favor del frutero, no conseguirá los mejores melocotones, y la esposa se disgustará aún más.

—Vaya, no tenía ni idea. ¿No puedes escoger tus propios melocotones en el mercado de frutas?

—No, es el frutero quien elige por ti. De ninguna manera puedes tocar la fruta.

—¿Cómo? ¿Por qué no?

—Porque no te corresponde a ti escoger. Es su fruta y ellos son los que la escogen.

—Vaya. Siendo yo nueva en la ciudad, ¿qué fruta voy a conseguir?

—Depende.

—¿De qué?

Me hace un guiño.

—De lo seducible que sea el frutero.

Es un mundo completamente nuevo para mí.

—¡Bueno, tendré que acordarme de no tocar la fruta!

—Por favor, hazlo. De lo contrario, estarás en la lista negra.

—¿De verdad?

—No, pero no les gustaría, a pesar de que eres absolutamente preciosa.

—Venga, por favor.

Levanta las palmas de las manos en el aire.

—Lo eres, Luna. Y te vas a dar cuenta muy rápido en Italia, donde los hombres no tienen reparo en decir lo que sienten.

Internamente, me retuerzo. Las demostraciones explícitas de afecto no me gustan.

A nuestro alrededor la gente se toma sus cafés de una vez, como un trago de vodka, se quita el sombrero y vuelve a salir a la calle, como si solo necesitara una descarga de cafeína para empezar el día. Sebastiano pide dos *espressos* y tomamos asiento al sol. Detrás de sus gafas de sol oscuras es difícil saber lo que está mirando y la conversación es forzada. Dejo que mi mente divague mientras bebo el fuerte café, que me aporta el chute de cafeína que tanto necesito para afrontar este nuevo día...

—Espero que me den el trabajo —reflexiono, limitándome a temas seguros y en los que no se mencione mi aspecto.

—Estoy seguro de que te lo darán. Giancarlo lleva un tiempo anunciándose y no hay muchas personas que estén interesadas.

—¿Por qué crees que es eso?

Tal vez sea un ogro en el trabajo, con normas exigentes y elevadas expectativas. O el sueldo sea pésimo, algo que ocurre a menudo cuando los empresarios saben que los mochileros están desesperados por trabajar. Por lo general, sonreímos y lo soportamos, ya que cualquier cosa es mejor que nada, pero tendemos a dejar ese trabajo rápido. ¿Es eso lo que está pasando aquí? Si las ventas son bajas, quizá no pueda permitirse personal a tiempo completo y se conforme con un mochilero que acepte mucho menos.

—No estoy seguro de por qué no ha encontrado al candidato adecuado. Quizá lo descubramos cuando lo conozcas. ¿Es tu sueño trabajar en una librería?

Sebastiano debe preguntarse por qué estoy tan obsesionada con Giancarlo y La Libreria sul Canale. No había pensado en tener que venderme para conseguir el trabajo. La verdad es que debería haberlo pensado por si me ponen en un aprieto.

—Umm, sí. Me encanta leer. Me encantan las librerías. Las novelas son como un portal a otro mundo. No importa lo que pase en mi vida: sé que siempre puedo evadirme por las páginas de un libro y olvidarme de mis problemas un rato. La lectura es como una terapia y no se necesitan mucho dinero para acceder a los libros. Tengo carnés de bibliotecas de todo el mundo. Recorro mercadillos y librerías de segunda mano en busca de «joyas» olvidadas. Puede que no tenga mucho en términos de posesiones materiales, pero tengo esas historias en mi corazón.

Se desliza las gafas de sol en la cabeza, los ojos le brillan de asombro.

—Deberías contarle eso. Vaya, Luna.

Le dedico una sonrisa tímida.

—Me encanta leer. Me da pena que la librería tenga problemas en una ciudad que está llena de turistas.

Sebastiano asiente con la cabeza y se toma el café expreso. Incluso la forma en que lo sorbe es ingeniosa. Arqueado hacia atrás en la silla, como si no tuviera ninguna preocupación en el mundo. Yo soy tan torpe comparada con él. ¿Por qué algunas personas son tan seguras de sí mismas? Como si supieran cuál es su lugar en el mundo y cómo encajan exactamente en él.

—La librería es un espectáculo para la vista, pero hace falta que alguien la organice un poco.

¿Tal vez sea esa mi forma de entrar? Puedo ofrecerme a ayudar a ordenar la librería para que los clientes puedan encontrar lo que buscan.

—No sé cómo es posible entrar en una librería de segunda mano y salir sin un libro. ¿Te gusta leer, Sebastiano? —Si responde que no, no podremos ser amigos y sabré que es una señal del universo de que debo concentrarme en mi misión y no en... lo que sea.

—*Sì*. Lo que más me gusta son los clásicos. Oscar Wilde. Hemingway. Las Brontë.

¿Las Brontë? Oh, no, ahí va mi corazón. Un flechazo al pensar que es un bibliófilo. Si estuviera de vacaciones. Lo cual no es así. Le quito importancia a mi admiración por que sea un compañero bibliófilo mientras mi corazón hace bum bum.

—Qué bien. ¿Cuál es tu libro favorito de Hemingway?

Medita la respuesta.

—*París era una fiesta*.

El París de los años veinte, ¿qué podría ser mejor?

—A mí también me encanta ese libro. La última página me llega al corazón cada vez que la leo. Debería haberse quedado con Hadley. Realmente lo estropeó. Ella lo amaba por lo que era; no por lo que llegó a ser.

—Tienes una rotunda opinión al respecto.

Me sonrojo. No sabe ni la mitad.

—Bueno, sí. Es que también es uno de mis libros favoritos.

Sebastiano me dedica una lenta sonrisa de satisfacción.

—Tendré que volver a leerlo, con ojos nuevos.

—¡Hazlo, y podemos comentarlo!

¿He encontrado a un friki de los libros? Si es así, eso lo cambia todo. Puede que me haya equivocado con Sebastiano. Así que, ¿qué problema hay en que parezca un modelo de portada de revista? Si lee, entonces se lo perdonaré.

—¿Te dejaste llevar por el glamur de los locos años veinte? ¿O te quedaste más con su lado aventurero?

—Quizá un poco de las dos cosas, ¿por qué no?

—A mí me pasó lo mismo. ¿Y qué hay de las Brontë? ¿Qué novela te gusta más?

—Es imposible elegir.

—Sí, menudo catálogo tienen.

No parece querer sumergirse en la crítica de ningún libro, así que terminamos tranquilamente nuestros *espressos* mientras mis nervios aumentan por la inminente visita.

—Vamos a La Libreria sul Canale y veamos ese trabajo.

—De acuerdo.

Saco algunos euros del bolso y discutimos sobre quién debe pagar antes de que finalmente él acepte a regañadientes y me deja pagar cuando convengo en que tengamos otra cita para tomar un café.

Llegamos a la librería de segunda mano. Me detengo en el vestíbulo y miro con asombro alrededor. La única luz proviene de los arcos abiertos que dan al canal en la parte trasera de la librería. Los dedos de luz del sol se posan en suaves fragmentos sobre pilas desordenadas de libros, como si indicaran el camino (¡elige este!). Apesta al olor de los libros viejos, junto con la salinidad del agua, que chapotea suavemente en el exterior. Dondequiera que mire, un gato descansa perezosamente. Algunos me miran con los ojos medio cerrados, como si hubiera interrumpido su descanso matutino.

Doy unos pasos más. No hay una ruta marcada para recorrer la tienda. Las estanterías se apoyan en las paredes, caídas y combadas por el peso de las novelas que se desbordan y se apilan en el suelo de piedra de mosaico delante de ellas. Hay mesas cubiertas de novelas y jarrones con flores de plástico que se han vuelto grises por el polvo. Se diría que el local está abandonado de verdad si no hubiera tanta musicalidad en el lugar, desde el balbuceo del canal y el zumbido de los barcos que pasan hasta el murmullo de los libros y los gatos. Hay una corriente, como si la librería estuviera despertando lentamente de un profundo sueño después del invierno.

Es un espectáculo para la vista. Es la librería más bonita que he visto nunca, y eso que he visto muchas. Hay puertas que conducen a otras habitaciones y solo puedo suponer que son muy parecidas, con libros que ocupan todo el espacio disponible. Hay sillas antiguas salpicadas por aquí y por allá, con un rico terciopelo que ahora está pálido y descolorido, y cuyos cojines se han ablandado con el paso del tiempo. Me siento conectada. Casi como si hubiera estado aquí antes o lo hubiera visto en sueños. Un escalofrío de comprensión me recorre, la comprensión de algo que no he podido expresarle a nadie, pero que es lo que me ha impulsado a venir a Venecia. ¿Podría ser este hombre mi padre? Recuerdo que una de las cartas decía: «Ojalá no hubiera accedido a la idea que tuviste». ¿Mamá le dejó cuando se quedó embarazada y no regresó? ¿Le dijo que necesitaba un descanso, que necesitaba sentir el viento en el pelo o el sol en la cara en alguna ciudad tropical? ¿O estoy buscando respuestas que nunca encontraré?

¿Acaba ella de huir de esta vida? De la idea de estar atada a un hombre y a un lugar para siempre. ¿O se inventó el cuento de la fiesta de la luna llena para no tener que enfrentarse a sus acciones? El asunto con mamá es que nunca supe cuáles eran sus motivaciones. Si soy honesta conmigo misma, nos pasamos la vida corriendo, vagando, hasta que ella dejó de hacerlo, justo después de nuestro viaje a Venecia. ¿Por qué?

Durante unos instantes juego con la idea de que la librería y yo estamos conectadas. Veo a un hombre sentado en un sofá desgastado junto al arco del canal. Está absorto en un libro y solo reconoce nuestra presencia con un gesto de la mano, sin apartar los ojos de las páginas mientras acaricia el pelaje de un gato atigrado que se ha enrollado bajo su brazo. Estudio su perfil lateral, buscando pistas, sutiles indicios de que sea el dueño. Tiene una cabeza llena de pelo grueso y gris y cejas pobladas. De perfil, es difícil ver mucho en la penumbra de la tienda. Es más grande de lo que yo esperaba, alto y corpulento, sólido, como alguien que disfrutara de la buena comida y el vino. Va bien vestido, con estilo, como tantos hombres italianos. Espero una sacudida, una señal, que el suelo se mueva, alertándome de que estoy en el camino correcto al estar aquí, pero mis pies permanecen firmes en el suelo. La tierra sigue su ritmo normal.

—*Buongiorno*, Giancarlo —saluda Sebastiano.

Contengo la respiración cuando se vuelve hacia nosotros con el ceño fruncido, como si estuviera molesto: hemos interrumpido su lectura. Y, seamos sinceros, me siento totalmente identificada.

—*Sì?*

Ni siquiera nos devuelve los buenos días.

Sebastiano y yo intercambiamos una mirada furtiva antes de que él diga:

—Esta es Luna. Acaba de llegar a Venecia y está interesada en el puesto de librera.

—Hola. —¿«Hola»? ¡Qué manera de venderse, Luna!—. Tu librería es preciosa. Y tantos gatos de librería... No me lo esperaba.

Me mira fijamente a la cara sin reconocerme. ¿Es este sueño, el de que podría haber un vínculo entre nosotros, una vez más una ilusión por mi parte? Estudio sus rasgos: no es lo que esperaba.

—Como ha dicho Sebastiano, soy Luna, y tengo muchas ganas de hacer una entrevista de trabajo. Me encanta leer y estoy dispuesta a trabajar mucho.

—¿Tienes visado de trabajo?

Maldita sea.

—No exactamente.

Vuelve a su libro. Se desentiende de mí sin más. Resulta que sé que mucha gente hace la vista gorda cuando los trotamundos no tienen los visados adecuados. Y no voy a rendirme sin luchar antes.

Me apresuro a buscar una alternativa.

—¿Qué tal si hago una prueba gratuita? Puedo ayudar a limpiar un poco aquí. —Señalo una pila de novelas caídas que se encuentran cerca de un charco, en la entrada del canal. Aunque es primavera, los vientos agitados azotan el exterior, y el agua del canal salpica continuamente el interior—. Puedo... —Es inútil. Ha desconectado del todo. ¿Qué clase de hombre es este? No me extraña que no pueda mantener al personal. Me enfurece que sea tan despectivo—. Perdona, ¿has oído lo que he dicho?

Intento que no se me note la emoción en la voz, pero me sale floja y me entran ganas de reñirme por ello. Ahora que estoy aquí, tengo una sensación intensa de que debo quedarme. Hay algo dentro de estas paredes que necesito averiguar. Pero ¿qué? ¿Estoy totalmente desorientada?

—Te he oído. La respuesta es no.

Sebastiano me sonríe con pena.

—Vamos, hay más sitios.

Intenta sacarme de la tienda, pero me resisto.

—Pero quiero trabajar aquí.

La confusión se dibuja en el rostro de Sebastiano. Tal vez se pregunte por qué me quedaría aquí cuando me rechazan decididamente.

Me vuelvo hacia Giancarlo.

—Bien, veo que ahora no es buen momento. Volveré mañana.

—No hace falta —dice con voz ronca mientras pasa otra página.

El gato que está a su lado me mira de forma imperial mientras dudo qué hacer.

—¡Oh, yo creo que sí!

Me escabullo de la tienda y Sebastiano me sigue.

Fuera, Sebastiano se mete las manos en los bolsillos.

—Luna, creo que a Giancarlo no le hace mucha gracia que trabajes allí. Deberías buscar en otro sitio porque no tienes visado de trabajo. Hay muchos otros lugares en que pagan en mano a los mochileros.

Inclino la cara hacia el sol.

—No, Sebastiano. Ese es mi lugar. Al final se dará cuenta.

La férrea resolución de mi madre se ha trasladado a mí. No se me dirá que no. No me abandonarán de nuevo. Podría decirle quién soy, pero no voy a darle ese gusto a menos que se lo gane. No voy a compartir con él nada de mi vida hasta que me sienta cómoda.

—Vale, si estás segura...

—¿Por qué es tan grosero?

Siento que se me acumula dentro una lenta rabia. ¿Por qué siempre se olvidan de mí, me miran por encima, me ignoran? ¿Porque soy demasiado pasiva, demasiado pacífica, poco propensa a crear problemas o a causar impacto? Bueno, ahora eso va a dejar de ser así. Estoy aquí y estoy decidida a encontrar las respuestas que me merezco.

Sebastiano se encoge de hombros.

—Por las decepciones de la vida, supongo. ¿Por qué la gente es grosera?

—¿Por las decepciones de la vida? ¿Qué quieres decir con eso?

—Siempre he tenido la sensación de que la vida le ha pasado de largo. Se esconde en esa librería como si fuera una cueva, con todos esos gatos, y solo sale a comer y a beber vino, cosa que hace siempre solo. ¿No te parece una existencia solitaria? Como si se hubiera rendido.

—Entonces, tal vez no tenga esposa, ni familia.

Sebastiano me mira divertido.

—No tengo ni idea, pero nunca le he visto con nadie en la *trattoria*.

Bueno, eso invierte el guion. Tal vez él me necesite tanto como yo a él. Puedo perdonarle a ese hombre su hosquedad si está sufriendo porque tiene el corazón roto, como yo.

10

Sebastiano me propone ir a dar un paseo por las soleadas plazas y nos dirigimos al puente de Rialto. Cuando desliza su mano entre la mía, todavía estoy dándole vueltas al encuentro, así que tardo demasiado en reaccionar. Entonces me lo pienso demasiado.

Aparto a Giancarlo de mi mente. Está todo demasiado desordenado y enrevesado, y necesito procesarlo cuando esté sola. En cambio, me concentro en el momento con Sebastiano. Me aprieta la mano como si quisiera reconfortarme. Creo que se da cuenta de que mi cabeza sigue atrapada en esa vieja y mohosa librería.

¿No debería saber yo si quiero empezar algo con este chico o no? Mi corazón parece estar perdido en la acción, y no me ayuda. Casi como si hubiera puesto un cartel: cerrado por reparaciones. Sí, claro, Sebastiano es guapísimo, pero ¿y? Dame un hombre que tenga facilidad de palabra, un desaliñado pensador profundo que se pierda medio día en la cama leyendo. Un alma gentil que tranquilamente cumple su función y pisa con suavidad esta tierra. Sebastiano tiene algo de ostentación, pero tal vez sea un chico teatral con un montón de capas que aún no he descubierto.

Nos detenemos junto a la Corte Seconda del Milion y Sebastiano señala una placa de mármol que hay en la pared de piedra.

—En tiempos esto fue la casa de Marco Polo. El escritor y aventurero. Se cree que esta plaza tomó el nombre de su libro de viajes *Il Milione*. El palacio sigue siendo muy bonito.

—Es precioso.

Las impresionantes ventanas arqueadas dan al canal. El edificio en sí no es tan recargado como otros, pero tiene un aire místico, como si el fantasma de Marco Polo siguiera caminando por esos pasillos o algo igual de extraño.

—Hizo un viaje asombroso a Oriente que duró décadas —dice Sebastiano, con asombro en su voz—. Eso no era nada fácil en aquella época.

Me imagino a Marco Polo planeando su viaje desde estas mismas habitaciones.

—Cualquiera que tenga ganas de aventura tiene valor a mis ojos. Si no recuerdo mal, fue a conocer sus costumbres y su cultura y fue a la corte de Gengis Kan, una empresa tan exótica cuando los viajes eran tan arduos. —Mamá era muy dada a enseñarme la historia de los pueblos y lugares del mundo y Marco Polo formaba parte de esos estudios—. Pero no he leído ninguno de sus libros.

Sebastiano se ríe.

—¿Por qué ibas a leerlos? Los escribió hace más de setecientos años, pero se han reeditado. Quizá encuentres algunos en la librería si vuelves.

—Sí, apuesto a que Giancarlo tiene algunos en algún lugar en medio de ese caos. La mitad de la diversión será buscarlos; quién sabe lo que encontraré en ese laberinto.

Tengo la intención de encontrar todos los libros sobre Venecia que pueda mientras estoy aquí y luego puedo buscar los lugares mencionados en los libros. Aunque las novelas románticas son mis libros preferidos, un buen libro de memorias es el segundo en la lista. ¿A quién no le gusta asomarse detrás de la cortina de la vida de otras personas?

—¿Es tu amor por los libros lo que te tiene tan decidida a trabajar allí? —Sebastiano me lanza una mirada de desconcierto.

—Algo así. —Le sonrío.

Los lugares con libros suelen ser un imán para los que buscan algo que no saben nombrar, pero que encontrarán en una novela, una especie de sed que hay que saciar. El plus es conocer a otros lectores allí, gente que también ha estado en Narnia y conoce la magia que hay entre las páginas.

Caminamos lentamente hasta la Piazza San Marco. La plaza está llena de gente que disfruta del sol de principios de primavera. Venecia es realmente otro mundo, rodeada de mar, una isla que hace que parezca que todo vale. Aquí puedo redescubrirme. Reinventarme. Encontrar ese eslabón perdido. El hombre que ha vivido tan solo en mi imaginación cobrará vida y me cambiará de forma indeleble. Él lleva su tristeza como una armadura mientras que yo oculto la mía tras una sonrisa.

—¿Es demasiado pronto para un Aperol Spritz? —me pregunta Sebastiano.

Me lleva a un bar. Tengo la sensación de que sabe que estoy perdida en una ensoñación. Es difícil concentrarse directamente en Sebastiano, es casi como mirar al sol. La forma en que me mira es tan intensa que no he visto nada parecido antes. La parte sensata de mí me envía una advertencia, una alerta, para que vaya despacio.

Niego con la cabeza, no.

—Agua con gas para mí. Si bebo un Aperol Spritz antes del almuerzo, es muy probable que me quede dormida.

Ya estoy lánguida por el sol, la promesa de lo que podría ser aquí en la ciudad flotante. La posibilidad perfuma el aire. Solo tengo que estar abierta a las señales que me indiquen el camino correcto.

—Ah, por eso tenemos la siesta. —Me guiña un ojo y me frota la palma de la mano. En el mostrador pide las bebidas y volvemos a salir—. ¿Nos sentamos en una góndola?

Miro hacia donde señala. El bar tiene tres góndolas atadas a la orilla del canal. Han habilitado zonas para sentarse con cojines de colores y los viejos remos se han convertido en mesas improvisadas.

—¡Qué maravilla! Sí, sentémonos en una.

Sebastiano me lleva a la góndola más lejana que no tiene

clientes. Me ayuda a subir mientras la góndola se mueve bajo mis pies.

Con su acento seductor, tiene el encanto italiano a flor de piel. El arte del coqueteo es casi otro idioma en sí mismo aquí en Venecia. Me ahorro responder cuando el camarero se acerca con nuestro pedido. Es un lugar informal y ofrecen un puñado de platos recién hechos para compartir como aperitivo, casi como un bar de tapas. Parece que Sebastiano ha pedido uno de cada cosa, ya que el camarero vuelve con un plato tras otro.

Aunque debería deleitarme con sus atenciones, mi mente está en otra parte.

—Tengo que pensar en cómo conseguir ese trabajo. ¿Alguna idea?

Me gustaría consultar el tarot, pero no he traído mis cartas y probablemente no es lo que se hace en uno de estos pequeños bares.

—No entiendo por qué tienes tantas ganas de trabajar allí. Hay muchos otros lugares. Tengo la sensación de que Giancarlo no va a ceder, Luna. Siento decirlo.

Debe de haber una manera de convencerlo. Si no consigo el trabajo, no llegaré muy lejos en mi intento de averiguar qué clase de hombre es Giancarlo. Tal vez debería darle a Sebastiano algún tipo de razón por la que estoy tan empeñada en el trabajo también.

—Hace unas semanas, me topé con un blog sobre la librería y vine a Venecia con la esperanza de conseguir trabajo allí. Una tontería, lo sé. Pero ¿alguna vez has tenido una sensación tan fuerte sobre un lugar y has sabido que era el adecuado para ti? —Asiente con la cabeza, pero me doy cuenta de que piensa que estoy loca por tomar una decisión tan precipitada—. Bueno, eso es lo que siento. Si hubiera sabido que era tan estricto con el visado, me lo habría sacado. No tiene sentido preocuparse por lo que debería haber hecho: estoy aquí y tengo que conseguirlo.

—Bien. Si estás decidida, entonces yo volvería con un plan de cómo conseguir más negocio para Giancarlo. Con todos los cierres y las inundaciones que hemos tenido, todos los negocios han sufrido, especialmente La Libreria sul Canale, porque muchas de sus existencias fueron dañadas cuando subió la marea. ¿Tal vez eso podría ser una forma de llegar a él?

—Es una gran idea, Sebastiano.

Tengo que demostrar que no soy alguien que acaba de llegar de la calle, sino que realmente tengo habilidades que pueden ayudarle en su pequeño negocio. Decido que voy a aprender italiano, eso me ayudará seguro.

Compartimos nuestras bebidas y charlamos de la vida de Sebastiano en Venecia. Me cuenta que su familia es la propietaria de la *trattoria* en la que cenamos la noche anterior y que está dispuesto a tomar el relevo de *Nonna* algún día. La pequeña y aguerrida italiana es la que manda en la casa, pero él es su favorito. Su familia vive en un amplio apartamento de una de las mejores zonas de Venecia, pero él le quita importancia, dice que ha pertenecido a la familia durante generaciones. Me impresiona la forma en que la familia se mantiene unida. Lo asentados que están. Es un concepto tan extraño para mí, pero me imagino que es reconfortante volver a casa, a un apartamento lleno de parientes. El sonido de las risas, los televisores, las sartenes que chisporrotean siempre en el centro de la casa familiar. Probablemente todos lo den por sentado, tienen pequeñas disputas sobre quién se ha comido el último trozo de lasaña, o quién ha usado toda el agua caliente, sin saber lo afortunados que son.

He vagabundeado toda mi vida y no conozco otra cosa. Pero escuchar a Sebastiano hablar abiertamente de su familia y de la forma en que se entrelazan sus vidas me da un poco de pena. ¿Encajaré alguna vez en algún lugar? Me encanta mi vida, me recuerdo. Me encanta la libertad. No tengo que responder ante nadie. Pero ¿es eso suficiente? ¿Esta pena me está haciendo dudar de cada pequeña cosa? Me hace pensar que ese hombre es mi padre, ¡por el amor de Dios! Pero también está ese resquemor, cada vez que pienso en mi madre y en esas cartas. Esas cartas que casi zumban cuando las sostengo, como si me alertaran de que hay un secreto que hay que descubrir. Hay una razón por la que me atrae Venecia, pero ahora mismo no sé muy bien cuál es.

Después de nuestro descanso en el bar, seguimos caminando por Venecia. Hace calor, así que encontramos algo de sombra en otra plaza bañada por el sol. Sebastiano me coge de la mano mientras nos apoyamos en el tronco de un árbol.

—Eres preciosa, Luna. Me alegro de que hayas venido a Venecia, sea cual sea el motivo.

La expresión de Sebastiano es tan seria que es difícil no dejarse llevar por ella. Se acerca a mí, sus labios están a un suspiro de distancia y sé que está esperando permiso o alguna señal para besarme. Me tomo un momento para decidir lo que quiero. Es su perfume y la pasión de su mirada lo que me atraen. ¿Y si es real? ¿Y si lo que dice va en serio?

Si es así, ¿podría enamorarme de un chico como él? A veces un beso es lo único que necesitas: tu cuerpo reaccionará y tu alma sabrá si él es el indicado o no. Inclino mi cara hacia la suya y lo aprieto contra mí. Cuando nos besamos, me sorprende lo suave y gentil que es. Le pongo una mano en el pecho y siento lo veloz que late su corazón. ¿O es solo por el hecho de que esté besando a una chica en este hermoso entorno? Nuestro beso se hace más profundo y me entrego por completo a él queriendo evadirme de mi vida, de mi mente durante un rato. Cuando nos separamos, nos hemos quedado sin aliento. Sus ojos están vidriosos de deseo.

—Espero que te quedes aquí mucho tiempo —dice y se inclina para besarme otra vez.

De vuelta en el hostal, encuentro a Gigi rodeada de mujeres que se cuelgan de su hombro para comprobar su perfil de Instagram.

—Estas éramos nosotras en el interior de Australia. Eso es un rollito de primavera de cocodrilo y mirto de limón. Estaba delicioso, sabía a pollo, pero más dulce. Y esto..., esto fue en Nueva Zelanda, comimos un *hangi* tradicional. Como un horno de tierra, ¿sabes? —Hay murmullos y asentimientos—. Los sabores son terrosos y ricos y es una experiencia gastronómica que hay que probar.

—Hola —digo.

Gigi me presenta a las mujeres, que está claro que le han perdonado su locuaz despertar. Mejor que se vayan acostumbrando. Gigi no se calla. Cuando ella se despierta, se despierta todo el mundo, pero lo compensará cocinando para ellas.

—¿Y cómo te fue? En realidad, no respondas a eso. —Se gira para mirar a la pandilla—. Mañana desayunamos tortitas, ¿vale? Yo pondré la fruta.

Están de acuerdo con las tortitas y los batidos. A Gigi se le da muy bien romper el hielo en los grupos nuevos. Es una de las cosas que me gustan de ella, y compensa sus momentos menos ideales. Sé que ya habrá convencido a las mujeres para que limpien el dormitorio y ordenen sus cosas, pero habrá suavizado su necesidad de orden haciéndolo divertido y sobornándolas con algún tipo de dulce.

A Gigi le gusta el orden en un mundo desordenado.

Me coge del brazo y vamos a nuestra habitación, que no me sorprende encontrar impoluta, entonces procedo a contarle todo lo que ha pasado ese día con todo lujo de detalles, y ella solo me interrumpe cada pocos minutos para hacer preguntas.

—Así que, en pocas palabras, tu Giancarlo es un solitario malhumorado que se aferra a las reglas del visado. Quiero decir, podría ser peor, ¿no? El que cumpla con las reglas demuestra que tiene moral. Y tal vez es un ermitaño gruñón porque nunca superó la pérdida de tu madre. Y eso es una historia de amor, no una historia de terror.

—Pero hay más y probablemente estoy pensando en una locura, pero escúchame. ¿Crees que podría ser mi padre? ¿Podría mamá haber huido de él y luego haberme hecho prometer que no huiría porque sabe que fue un gran error?

—¿Qué? ¿Crees que...?

Me encojo de hombros.

—¿Por qué se habrían comunicado todo ese tiempo?

—Pero ¿qué pasa con Tailandia, Luna, con la bebé de la luna llena?

—Lo sé, lo sé. Y la cosa que dejó en Venecia. ¿Qué fue eso? ¿Él? La oportunidad de vivir una vida familiar adecuada. ¿Algo más?

—¿No hay más pistas en las cartas?

—No, pero tal vez tenga que volver a leerlas con eso en mente.

—Lo sospechaste todo el tiempo, ¿no? ¿Por eso querías venir aquí tan desesperadamente?

—Sí, eso es. Siempre he querido conocer a mi padre. Me duele pensar que hay un hombre ahí fuera que quizá no sepa que existo. Pero tal vez sí sepa que existo, tal vez sea Giancarlo, pero no reaccionó al escuchar mi nombre, ni siquiera se inmutó. Ni un parpadeo de nada. No miró dos veces al verme. ¿No reconocería un hombre a su propia hija?

Se golpea la barbilla.

—No, si está tan ensimismado que ha renunciado a encontrar a su primer amor y a su querido *bambino*.

—Sin embargo, Giancarlo sabía a quién dirigir las cartas. Él menciona que ella le respondió. —No es lo que haría una mujer que quería esconderse.

—La gran pregunta es: ¿por qué tu madre te ocultó este gran secreto?

Exhalo un fuerte suspiro.

—Sí, ahí está lo difícil. ¿Qué le pasaba? ¿Era solo que no quería atarse aquí? Eso tiene sentido para mí, pero no lo suficiente como para que se invente esta ficción sobre quién era él para mí toda la vida.

Gigi se encoge de hombros.

—Eso es lo raro, Luna. Si no era un monstruo, y no creemos que lo sea, ya que ella se comunicaba con él, entonces, ¿por qué rodea tu nacimiento de tanto secreto? ¿Por qué decía que fuiste un regalo de una fiesta de luna llena?

—Nada de eso tiene sentido. Giancarlo ni siquiera me dio la oportunidad de hablar y mucho menos de defender mi caso para el trabajo, así que todavía no sé nada más de él. Es extraño, porque me sentía vinculada a la librería. Es raro, sin embargo, que no me sentí conectada a él. ¿Crees que es una señal?

—¿Como saber con seguridad que es tu padre?

—Sí, supongo que yo esperaba verme en él. Esperaba un reconocimiento instantáneo, y no fue así.

¿Quizá la parte psíquica de mí se ha apagado, ha hecho un cortocircuito con el crepitar de la electricidad, cuando mi madre dejó este planeta? Nada está claro, mi habitual intuición ahora es confusa, como si hubiera que cambiar un fusible.

—Pero eso no significa que no sea tu padre.

—No, pero ¿no debería yo haber sentido algo? ¿No debería él haber sentido algo? ¿No estamos conectados en algún plano espiritual? Sin embargo, no lo parece. Lo que parece es como si él fuera solo otro extraño entre la multitud. Y que yo solo soy otra mochilera que busca trabajo.

—Sé que buscas señales y símbolos, tu tarot para guiar el camino, pero quizá en este caso vas a tener que admitir quién eres. Por lo que dijo Sebastiano, a Giancarlo no le gusta mucho la gente, así que no te tomes a pecho que no haya habido un reconocimiento instantáneo y una fiesta de bienvenida. Va a llevar tiempo que os conozcáis, especialmente si no le dices que Ruby es tu madre.

—Sí, pero tengo que ir con cuidado. Es tan cascarrabias que no quiero arruinar mis posibilidades de conocerlo antes de decir nada. Quiero..., quiero ir despacio con esto.

—¿Cuál es el plan?

—La idea de Sebastiano es que yo encuentre la manera de aumentar los ingresos de la tienda, que demuestre mi valía para que Giancarlo me contrate con un visado de trabajo de temporada.

—Todo eso en teoría está muy bien, pero ¿cómo vas a aumentar los ingresos?

—Bueno, para empezar, ese lugar necesita algún tipo de método de clasificación. Los idiomas y los géneros están mezclados. No hay un orden discernible. Aparte de eso, no tiene presencia en internet. ¿Quizá tú, una extraordinaria *influencer*, puedas darme algún consejo sobre cómo abordar esa cuestión?

—Solo soy una pequeña *influencer* en ciernes, pero aceptaré cualquier cumplido que me hagas, y, por supuesto, puedo darte algunos consejos. Sabemos que la librería no tiene ninguna página en las redes sociales ni un sitio web, ¿verdad?

Pasé varias tardes en la casita de mamá buscando en la red alguna pista sobre Giancarlo, pero no había ninguna información sobre él. Había algunas publicaciones sobre la propia librería y fotos tomadas por viajeros, pero ninguna cuenta vinculada a la librería.

—No, no hay páginas de redes sociales de la librería ni sitio web. ¿Qué negocio en estos tiempos no tiene ni siquiera un sitio web?

—¿Tal vez es un ludita?

—Podría ser. Y es comprensible. Yo también prefiero pasarme el día leyendo a publicar en las redes sociales, pero hay que hacerlo. No se puede decir que la librería esté llena de clientes. Entonces, ¿es así como puedo entrar a trabajar ahí? Puedo sugerirle que diseñe un sitio web, que cree sus redes sociales, pero no me parece suficiente. Estoy segura de que habrá tenido un montón de gente deambulando y ofreciéndose a hacer lo mismo. Además, tiene un grupo de gatos merodeando por el local. Tal vez eso podría ser una carta de presentación también. ¿A quién no le gusta leer con un gato ronroneando en el regazo?

—Gatos de librería, eso tengo que verlo.

—¿Verdad? Tengo que sorprenderle con una idea que no haya escuchado antes, algo que capte su atención lo suficiente como para apartarle de las páginas de su libro.

—Tienes razón, ¡tiene que ser grande! Pero ¿qué...?

—Tiene que ser una idea que genere verdaderos ingresos; no basta con la promesa de ingresos.

—Ya sé lo que nos va a ayudar —dice, y busca algo en su bolso.

Chasqueo la lengua cuando lo veo.

—La bola mágica del ocho no, Gigi. Te he dicho un millón de veces que no es real.

No puedo evitar burlarme de ella. Mientras yo tengo mi tarot, ella tiene su bola mágica del ocho. La usa para tomar grandes decisiones en la vida, lo que me asusta, pero supongo que a ella le pasa lo mismo cuando yo uso las cartas para guiar mi vida. ¡Todo es cuestión de fe!

—¡Es real, y lo sabes!

—Eres tan Aries.

—¡Gracias! De todos modos, deja de distraerme. Preguntemos a la bola mágica del ocho o, como yo la llamo, la gran profetisa. ¿Conseguirá Luna el trabajo en la librería?

Agita la pequeña bola negra.

Miro por encima de su hombro.

—¿Qué dice?

—«No se puede predecir ahora».

—¡Dame eso! —Es demasiado tarde, estoy agotada. Agito la bola suavemente—. «Pídelo de nuevo más tarde». Bueno, eso es porque aún no hemos ideado nuestro gran plan. Por supuesto, la bola mágica no puede predecir la respuesta hasta que no demos con la solución.

—Siempre tan sabia, mi bella Luna.

—Mis vidas pasadas me han hecho así. —Solo estoy bromeando a medias—. Algún día estaré en el camino correcto una vez que descubra en qué dirección debo ir.

—¿No crees que ya lo estás?

Lo medito.

—No, todavía no he encontrado mi camino. Tal vez sea por haber perdido a mamá, estos sentimientos se acentúan y tengo momentos de pánico, como si la vida pasara por delante de mí y aún no hubiera descubierto mi lugar en el mundo. No me refiero a un destino concreto, sino dónde encajo.

—Te va a llevar tiempo, Luna. Después de perder a una madre

cuesta mucho adaptarse. Tienes que averiguar dónde te ves en el mundo sin ella. Te vas a sentir mal con todo, como perdida. Aunque no soy ninguna experta, creo que esos sentimientos se irán asentando con el tiempo. O, de no ser así, los abordarás cuando no sea tan duro.

—¿Quién es la sabia ahora?
—No fui yo; fue la bola mágica.

El ambiente se aligera.

—Bien, ¿cuál es nuestro astuto plan para la librería?

Me tumbo de nuevo en la cama y miro fijamente las bobinas de la litera de arriba, sumida en mis pensamientos. Antes de que muriese mamá, nunca me había sentido tan perdida, tan a la deriva. Gigi tiene razón: va a ser un periodo de adaptación. Y lo mejor es intentar averiguar qué me ha traído aquí, a Venecia.

Me imagino la librería, con todos esos libros ingleses apilados sin cariño. Tantas joyas olvidadas, escondidas en el espacio húmedo. Es un desperdicio. La mayoría de la gente entra y hace fotos, pero no se detiene a buscar el tesoro. ¿Por qué? ¿Es un revoltijo tan grande que ni se molestan? ¿Es una cuestión de tiempo? Se van a ver la siguiente atracción turística y no se molestan en rebuscar entre los montones desordenados. Y todos esos gatos altaneros, amorrados bajo la luz del sol. Una idea toma forma. ¿Podría funcionar?

—¿Qué? —pregunta Gigi—. Tienes esa mirada lejana en los ojos, y eso solo puede significar una cosa.

—Tengo una idea, pero no estoy segura de que vaya a funcionar.

—Por favor, cuéntame.

Me siento.

—La librería es un desastre: las comedias románticas están mezcladas con el crimen y la historia. Los libros no están separados por idiomas. Lleva mucho tiempo buscar en las numerosas salas para encontrar el género que quieres, si es que lo encuentras. Pero hay muchos libros estupendos esperando a que la gente los encuentre.

—Bien, digamos que te pasas a por un libro sobre la historia de Venecia: no hay otra manera de que lo encuentres sino buscando en todas las pilas, y existe la posibilidad de que ni siquiera así encuentres lo que buscas.

Asiento con la cabeza.

—¿Verdad? ¿Y si ofreciéramos un servicio particular por el que los clientes vinieran en góndola a la librería? Pueden hacer todas las fotos que quieran, mientras nosotros les preparamos una lista de libros para que los compren. Podría llamarse «El conserje de libros veneciano». Les damos un formulario para que lo rellenen, con preguntas como qué género les gusta, con qué personajes se identifican...; ese tipo de cosas. Mientras disfrutan del té de la tarde junto al canal, puedo encontrar los libros adecuados para ellos. En lugar de hacerse selfis, se les invita a una aventura literaria que nunca olvidarán.

—Sí —dice Gigi—. Podría ser una experiencia a la que los turistas dediquen tiempo real antes de salir volando a la siguiente cosa.

—Porque ese es el problema, ¿no? Los viajeros con dinero intentan abarcar todos los lugares de interés, y la librería no tiene ningún atractivo, aparte de un selfi rápido, si tienen que pasar horas buscando un libro cuando puede que solo tengan un día completo en Venecia.

Me vienen a la mente los numerosos cruceros que hacen escala en el puerto para pasar la noche.

—¡Oh, Dios mío, Luna! ¡Pagaría por ir a un evento como ese! Podrías colaborar con los restaurantes locales para que ellos proporcionaran la comida del evento, y así tú te centrarías en la parte del libro. Las posibilidades son infinitas. ¿Crees que Giancarlo lo aceptará?

—Es difícil de decir: es tan cerrado y brusco; pero si quiere salvar su librería puede que acepte, sobre todo si le digo que me encargaré del servicio y que eso incluirá ordenar la librería para averiguar también qué hay para el servicio de conserjería de libros. Volveré mañana, con mi traje de librera más serio.

—Ooh, necesitarás gafas para parecer inteligente.
—¿Gracias?
—De nada. Puede que necesites algo más que un buen traje de librera. Necesitarás una propuesta de negocio para que sepa que vas en serio. Que quieres comprometerte. Apuesto a que habrá ido a verle todo tipo de ratones de biblioteca con algún que otro gran plan.
—Buena idea. Cogeré prestado tu iPad y haré algo que le deje boquiabierto, demostrándole así que no soy un ratón de biblioteca normal, sino que soy el ratón de biblioteca que va a salvarle la tienda..., y con la esperanza de descubrir quién es él exactamente en el proceso.
—Sí, y también hay que destacar a los gatos. Serían un gran tema para las redes sociales. Ahora, mi siguiente pregunta es: ¿cómo te fue con el italiano que está como un tren?
Le tapo con fuerza la boca con la mano para empujar cualquier palabra que intentara escapar.
—No digas «semental».
Gigi silencia una respuesta.
—Solo quitaré la mano si me prometes no llamarle algo tan cutre.
Ella asiente con la cabeza y yo retiro la mano.
—¡Pero es un semental italiano! No me hagas sacar la bola mágica del ocho para obtener malditas respuestas otra vez.
—Bien, bien. Le encanta Oscar Wilde. *El retrato de Dorian Gray* es «uno de los mejores libros jamás escritos», por no mencionar que también le gustan las Brontë, que fueron «genios de la literatura». ¿No te encanta, los hombres que no se avergüenzan de leerlas? La mayoría de los hombres se burlarían, o mentirían, o lo negarían rotundamente.
—Especialmente los que se parecen a él.
Me vuelvo a tumbar en su cama, que está muy bien hecha. Apuesto a que ha metido las esquinas como en las camas de hospital, está impecable.
—Hablas como si hubieras retrocedido a los años ochenta.

Sebastiano es un campeón del coqueteo. ¿Eso es incompatible con el friki de los libros que lleva dentro? No estoy segura.

—¡No puedes echarle en cara eso! Aquí todos los hombres coquetean. Él tiene que sobresalir entre la multitud.

—Humm.

—Oh, Dios, me acuerdo de cuando estabas obsesionado con el *hashtag* Hot Men Reading en Instagram. Estoy segura de que la mitad de ellos tenían el libro al revés.

—¿Insinúas que estaban fingiendo? —pregunto, indignada. No lo creo.

Se ríe.

—Insisto en ello. Los hombres pueden ser bestias astutas, ya sabes.

—Vaya. Bueno, no estaba obsesionada con aquel *hashtag*; lo comprobé para ver qué estaban leyendo por si algo me llamaba la atención y podía añadirse a mi pila de TBR. —Vale, estaba un poco obsesionada. Pero eran hombres sexis leyendo (¡sexis en el sentido bibliófilo!).

Gigi levanta una ceja.

—De acuerdo.

—Entonces, ¿adónde quieres llegar?

—A que siempre te pones al día, lean o no.

—¿Y?

—Pues que puede limitar tu grupo de citas, eso es todo.

Pongo los ojos en blanco.

—¿Me estabas empujando a Sebastiano no hace ni dos minutos? Anoche llegaste a hablar de matrimonio, por el amor de Dios. ¿Y ahora, porque él lee, dices lo contrario? ¿En qué universo paralelo me he metido esta vez?

Ella niega con la cabeza.

—No estoy diciendo eso; él es magnífico, incluso delicioso. Solo digo que deberías ampliar tus parámetros. Genial, lee, pero ¿y si no leyera? ¿Seguirías saliendo con él? —Dejo caer la mirada al suelo—. ¡Oh, Dios mío, Luna! ¿De verdad?

Me encojo de hombros.

—El hombre de mis sueños es aquel que va a una librería y vuelve a casa con dos libros iguales, para que podamos sentarnos juntos en el sofá y leerlos al mismo tiempo.

—¡Es brutal!

—¡No termina ahí!

—¡¿Aún hay más?!

—El hombre perfecto me sorprende con marcapáginas ecológicos en lugar de flores.

—Vaya, ni siquiera sabía que existía algo así.

—Y lo mejor es que las noches de cita las pasamos juntos en la cama leyendo, solo parando de vez en cuando para compartir metáforas iluminadoras o para beber una copa de champán. Él no interrumpe nunca mi lectura si tengo cara de concentración, y yo, por supuesto, le devuelvo el favor.

—Oh, qué picante, y luego una cosa lleva a la otra...

Las cejas se me juntan.

—No mientras estamos leyendo, Gigi, joder. Ese tiempo es sagrado.

Ella levanta las manos al aire.

—Esta es la razón por la que eres una soltera empedernida, Luna. Eres una diosa, una diosa viva encarnada, pero prefieres leer a pasar a la acción. Me desespera, de verdad.

Me río.

—¿Tienes algo de acción? Italia te ha cambiado.

Nos caemos de la risa. Una vez nos hemos recompuesto, digo:

—Si quieres saber la verdad, nos hemos besado, así que, en el frente de la acción, creo que eso me pone muy por delante.

Las almohadas salen catapultadas de la cama por la fuerza de Gigi al saltar en el suelo a mi lado.

—¡Dios mío, lo sabía! ¡Intuía que había algo especial en ese chico! Nunca se besa en la primera cita, así que algo habrá hecho bien.

—¡Me atrapó el romance de Venecia!

—¿Fue un golpe de efecto?

—Nunca entenderé esa referencia cuando el estallido de la tierra es francamente aterrador. Para sentir algo, la tierra debe ¿qué...?, ¿explotar? No tiene sentido. Si explotara, ¿cómo podría sentir...?

Me interrumpe.

—¿Puedes concentrarte un minuto, Luna? Estás en la etapa inicial del enamoramiento. Lo llevas escrito por todas partes. Ni siquiera puedes responder a la pregunta sin ir al país de los enamorados y ponerte toda soñadora y balbucear lo que sea que estés balbuceando.

—¡Mira quién está balbuceando ahora! Bien. La tierra permaneció en una pieza estable. Hubo los primeros aleteos de algo, podría ser lujuria, podría ser la proximidad de un hombre después de un poco de sequía de hombres por causas ajenas a mí, pero no parecía amor, no.

—Una sequía de hombres debido a que solo aceptas ratones de biblioteca. Aquel tipo de Nueva Zelanda que te perseguía como un cachorro con la lengua fuera era definitivamente digno de ser perseguido...

Me burlo.

—¡Ni en un millón de años! Dijo que los libros románticos eran una tontería obscena.

—Oh, sí, eso fue un poco inapropiado. Si leyeras tonterías obscenas, probablemente yo estaría más dispuesta a leer tus libros, por decirlo de alguna manera.

Le lanzo una almohada, ella la esquiva y se va a otra litera.

—Sácame de dudas: ¿el semental estaba entre los tres mejores en lo relativo al primer beso?

—Entre los cinco primeros, tal vez.

Sí, seguro que el chico sabe besar, pero aún es pronto para decirlo. Mi voz interior me dice que piense antes de saltar.

—¡Lo sabía!

—El caso es que Sebastiano no es realmente mi tipo. Es demasiado..., va demasiado bien vestido. Me imagino, por ejemplo, que salimos y la gente nos señala diciendo: «¡Mira esa extraña pareja!». Yo, con uno de mis cuatro conjuntos de camisetas arrugadas y pantalones cortos. Y él, con ropa que probablemente cueste más que mi vuelo para venir aquí. ¿De verdad puedo salir con un tipo que tarda más en arreglarse que yo?

—Luna, cualquier persona del planeta Tierra tarda más en arreglarse que tú, ¿y qué? —Gigi suspira—. Tú y tu necesidad de hombres que necesiten un buen masaje y un corte de pelo en algún momento de este siglo. No sé por qué siempre te gustan esos melenudos melancólicos. Viene de tu infancia. Estás acostumbrada a los que se bañan en los ríos. Hunden sus manos en la tierra fértil y cultivan sus propias verduras mientras leen un maldito libro. Rústico. Tu tipo de hombre es rústico.

Le doy un empujón juguetón.

—¿Y? —Pero tiene razón—. Prefiero a los hombres que no se preocupan por su estética. Ni por su coche. Ni por su casa. Ni por su pila de dinero en el banco. Prefiero a los hombres que hablan de la magia de las palabras, de su forma, de su melodía cuando presentan un orden concreto. Hombres que cuestionan la vida y todas sus peculiaridades. Hombres que son uno con la tierra. Y, sí, el que cultiven sus propias verduras es definitivamente un punto a su favor.

—Todo eso está bien en teoría, pero ¿qué pasa con la realidad?

—¿Qué pasa?

—Tal vez la razón por la que no has encontrado el amor es que vas detrás de hombres tan voladores como tú. Hombres que oyen el zumbido lejano de una nueva aventura y despegan..., como tú. ¿Qué hay de un hombre como Sebastiano, que parece estar inmerso en la vida veneciana? Podría ser un chico estable.

Frunzo el ceño.

—¿Desde cuándo busco el amor? Es lo último que tengo en mente ahora mismo.

¿A dónde quiere llegar con esto? ¿Y por qué esa repentina presión para dar una oportunidad a Sebastiano o a cualquier hombre? No es propio de ella actuar así, como si tratara de convencerme de que he encontrado a mi alma gemela cuando estoy segura de que no es así.

A veces la sorprendo mirándome fijamente, como si le preocupara que mi silencio pueda significar que me vaya a romper. Estoy más callada de lo normal, pero eso es de esperar. Sin embargo, mi mente no está tranquila, sino que zumba en cientos de direcciones diferentes. Esta es una faceta del duelo que no había tenido en cuenta antes. La gente que te rodea se preocupa tanto que intenta encontrar la manera de arreglar tu corazón roto. Ese debe de ser su plan, esperar que un lío amoroso me distraiga...

—Sebastiano está atado aquí con su gran familia y sus raíces, que se remontan a siglos atrás. Siempre me siento un poco como una extraña alrededor de gente así. No tengo la misma experiencia con ese tipo de cosas.

—Oh, Luna. ¡Pero sí que la tienes! Has pasado toda la vida en comunidades. Sí, seguro que tu unidad familiar puede estar estructurada de forma diferente, pero eso no la hace menos especial. No la hace menos real.

—Sí, lo sé. Es simplemente... diferente.

Sebastiano hablaba de sus peleas, de sus bromas, de las tonterías por las que discuten, de la forma en que se asaltan los armarios y se roban las monedas de las mesitas de noche para comprar una barra de pan recién horneado. Ese tipo de cercanía solo se puede dar con la familia. No me imagino a nadie haciendo eso allí de donde vengo. Es lo que pueden hacer las familias reales y no las familias encontradas.

—Te parece raro que lo defienda, sé que es inusual, pero no he visto un flechazo así antes, Luna. En serio, el chico estaba como si la chica de sus sueños hubiese aparecido ante sus ojos. En mis treinta y cuatro años en este planeta, nunca he presenciado nada igual. Tienes razón, puede ser que se haya puesto en plan encantador, pero ¿no es esa la forma en que los hombres italianos demuestran su amor, con grandes gestos teatrales? Incluso el tío de la panadería coquetea conmigo, y eso que tendrá unos cien años.

—¿No crees que es una pose? —Eso es lo que me frena, que Sebastiano es un poco demasiado elegante.

—Está el coqueteo y luego está el flechazo. Son dos cosas diferentes.

—Voy a ir paso a paso.

Todavía no estoy segura de lo que siento, pero es divertido estar con él y me levanta el ánimo con sus bromas coquetas.

—Mi detector de mentiras no se activó. Y no había camisetas de «Abajo el Patriarcado» a la vista.

Me río al acordarme de Tailandia.

—Oh, Gi, ¿no parece como si hubiera pasado toda una vida desde entonces? —Cuando el tipo aquel le explicó a Gigi los derechos de la mujer—. Todo era tan fácil hace unas semanas.

—El tiempo vuela cuando te estás transformando.

—Seguro que sí. Pronto seré una mariposa —se me escapa.

Entonces me acuerdo de la carta de Giancarlo a mamá. La llamaba su *farfalla*. Me pregunto si se refería a que revolotea de flor en flor, o si quería decir algo más profundo, si se refería a una oruga a la que le crecen unas alas de bello diseño, como una mujer que descubre su propio poder y elige la independencia y vuela hacia el sol.

—Echemos el tarot y veamos si las cartas pueden aportar algo de claridad...

—Y la bola mágica del ocho.

11

Voy vestida con uno de los conjuntos de Gigi. Los míos son demasiado de la niña de las flores como para que me tomen en serio como librera, pero sigo llevando mi collar de cristal de cuarzo rosa, que conecta mi corazón con la tierra y todo el cosmos. Tiene muchas propiedades curativas y proporciona una sensación de paz interior que hoy voy a necesitar.

En la cocina, las chicas están sentadas alrededor de Gigi mientras ella voltea las tortitas como una profesional y las apila en un plato, como la torre inclinada de Pisa.

—Luna, ¿desayunas antes de irte? Tenemos fresas, y Macey ha pillado nata de la *cremeria* local. No se parece a nada que hayas probado antes. Espesa y deliciosa, es el material del que están hechos los sueños. De hecho, puede que me la coma con una cuchara y renuncie a las tortitas.

—Solo un café sería estupendo si tienes hecho, gracias.

Estoy demasiado nerviosa para un desayuno completo de tortitas, que podría subir y revolverse cuando menos me lo espero. Jugueteo con el cristal rosa que tengo en el cuello, dejando que calme la agitación interior.

—*Il caffè!* —dice, y me sirve un café instantáneo. Observar a Gigi cuando tiene espectadores es una de mis cosas favoritas, lo bien que se adapta a cualquier lugar nuevo. Socialmente, soy más tranquila. Gigi me da una taza de café bien caliente—. Por desgracia, seguimos con el instantáneo, pero tiene cafeína, ¿no? Tenemos que comprar una cafetera. Aparte de la búsqueda de trabajo, esa será mi misión para el día de hoy.

—¿Estás buscando trabajo? —Macey se dirige a Gigi—. Si quieres trabajar, en la *osteria* que está al final de la calle necesitan un ayudante de cocina. No es muy glamuroso, pero pagan bien y además te dan una comida gratis en cada turno.

—¿Qué sitio es ese? Me has convencido con lo de la comida gratis.

Macey sonríe.

—Se llama La Cozza Arrabbiata, que significa «El Mejillón Enfadado».

Digo que no con la cabeza ante el nombre. Es tan de Gigi. Seguro que encuentra trabajo allí y probablemente eche una mano en la reestructuración del lugar mientras trabaje.

—Deberías ir a verlos hoy —digo, pensando, como siempre, en el dinero y la falta del mismo.

El trabajo suele ser fácil de encontrar en la mayoría de los lugares si te conformas con trabajos serviles, y siempre estamos contentas de encontrar cualquier cosa que llene las arcas y nos deje algo de tiempo para explorar.

Sin embargo, el término «servil» es muy poco apropiado. Las mejores experiencias las he tenido siendo lavaplatos o en algún otro trabajo considerado humilde por la gente con la que trabajaba o por los dueños del lugar. Cantando, bailando y disfrutando del tiempo que pasaba mientras trabajaba con algunos de los seres humanos más felices que he conocido. ¿Acaso un trabajo es insignificante si proporciona un propósito, felicidad y pone comida en la mesa? Para mí, eso es lo mejor, si consigues las tres cosas.

Si Gigi consigue un puesto en la *osteria*, podré respirar más tranquila. En el fondo de mi mente está la preocupación de que la he arrastrado a Venecia sin pensar mucho en lo que haríamos si tuviéramos problemas económicos. La cantidad total que mamá me dejó me pagó el vuelo a Italia y unas semanas en el albergue; aparte de eso todo se reduce a encontrar un trabajo remunerado. Mi cuenta de emergencia se ha agotado después de pagarle a Gigi los gastos de viaje al salir de Tailandia. Ella no quería aceptar el dinero, así que tuve que convencerla de que significaba mucho para mí poder financiar mi propia vuelta a casa cuando mi madre me necesitaba. Si no empezamos a llenar las arcas, me preocupa que estemos en un aprieto sin nada a lo que recurrir.

Si no me va bien en la librería hoy, no me voy a rendir, pero tendré que buscar otro trabajo para mantener el estilo de vida al que me he acostumbrado; es decir, un dormitorio y fideos instantáneos. La glamurosa vida de un vagamundo. Ahora mismo, eso suena a lujo comparado con quedarse sin nada de dinero.

Si todo va según lo previsto y conseguimos quedarnos un tiempo, entonces conservaremos nuestro dinero y trataremos de encontrar un piso compartido asequible. Hay momentos en los que anhelo la soledad y un poco de espacio para estirarme. Y Gigi prefiere un lugar limpio y ordenado. Pero es un lujo y no es la prioridad ahora mismo, además Venecia es conocida por ser una ciudad cara para vivir.

Me tomo el café rápidamente y enjuago la taza antes de despedirme.

—¡Deséame suerte!

Gigi me da un abrazo tan fuerte que me aprieta los pulmones y sigo mi camino.

Cuando llego a la entrada de la librería, me tomo un momento para serenarme. A la luz del día se ve que el escaparate está totalmente polvoriento, y los libros tienen un aire desolado, como si hubieran sido quemados por el sol y olvidados. Me pregunto si Giancarlo estará dispuesto a que arregle el escaparate, a que haga una exposición nueva que atraiga la atención de los transeúntes y que permita a estas pobres novelas viejas descansar del sol deslumbrante.

Mi presentación está preparada y la conozco a la perfección. Llevo puesto mi traje de librera que incluye unas ridículas gafas que no sirven para nada, salvo para ayudar a disimular supuestamente mi verdadera personalidad *hippie*. Cómo sucederá eso, todavía no estoy muy segura, pero Gigi insistió, como si mi bohemia interior fuera obvia con los ojos sin adornos. El anuncio de trabajo ya no está pegado al cristal. ¿Ha contratado Giancarlo a otra persona? Mi corazón se hunde al pensar que podría llegar demasiado tarde. Un gato negro entra en el escaparate, se sienta y me observa con ojos regios mientras se lame la pata. Los gatos negros dan suerte, aunque la gente piense lo contrario, así que lo tomo como un buen augurio.

No tiene sentido perder más tiempo. Empujo la puerta y entro. Creo que nunca me cansaré del olor de la librería, vainilla polvorienta salpicada por el agua salada del canal y un trasfondo terroso. El interior tiene un tono casi sepia, como el de una vieja fotografía, y no hay luces encendidas. La única luz proviene de las aberturas arqueadas del canal, al fondo de la librería, que proyectan una luz brillante sobre los libros. Y allí está sentado Giancarlo, en la misma posición, con las piernas cruzadas y el libro en alto. Por un momento, le miro fijamente, esperando que mi aura reconozca la suya, que sienta esa conexión que me demuestre que estoy en el camino correcto, pero no ocurre nada. El tarot me advirtió de que el camino a seguir no sería lineal, pero que merecía la pena seguirlo, así que tengo fe en ello. Una vez más, las cartas no me dieron las respuestas detalladas en las que suelo encontrar tanto consuelo. Es probable que mi propia energía esté agotada y no tengo la suficiente claridad mental como para conectar.

—*Buongiorno*—saludo con una gran voz de mando, imitando a mi madre, que hablaba cuando tenía que hacerlo. Era valiente cuando se le cruzaba la vida.

Giancarlo se vuelve hacia mí, con el rostro más abierto que el día anterior. Hasta que me reconoce, entonces se cierra con fuerza, como la puerta de una tienda con el viento. Hoy un peludo gato blanco duerme en el sillón del sofá, a su lado.

—La respuesta sigue siendo no.

Me acerco hasta él.

—Lo entiendo perfectamente. Yo tampoco me contrataría sin el visado adecuado, pero puedo solicitarlo, y seguro que no tardarán en concedérmelo. He trabajado en todo el mundo sin problemas; solo que este viaje decidí realizarlo en el último momento.

—Ese no es mi problema.

¡Ajá, un resquicio!

—No, no lo es. Tu problema es que tienes una de las librerías más bonitas del mundo y, sin embargo, no tienes clientes. Necesitas ayuda y yo tengo un plan.

Me dirige un leve giro de cabeza, sin prestar toda su atención, pero es mejor que nada.

—¿Y cómo sabes eso?

—Digamos que he hecho averiguaciones sobre este lugar, dejémoslo ahí. —*Oh, Dios, Luna, eso suena como una línea de una novela de espías.*

—¿«Averiguaciones»? —El ceño se le arruga.

Descarto la palabra.

—No importa. He oído decir que la Libreria sul Canale —¡oh, cómo lo estropeo con la pronunciación!— puede no estar para futuras visitas si tus ventas no aumentan. ¿Es verdad?

Suelta un largo suspiro.

—Todos los negocios de Venecia tienen problemas financieros. Al igual que el resto del mundo, no tuvimos turistas durante mucho tiempo, y luego tuvimos grandes inundaciones. Todos nos estamos recuperando. —El tono de voz sugiere que no le gusta que hablen de él a sus espaldas. ¿A quién le gusta?

El viento del canal sopla de costado, y ello me hace temblar.

—Exactamente, que sea un momento de transformación. Como una oruga que se convierte en mariposa. —De nuevo, ninguna reacción. ¿Por qué esperaba que reaccionara ante una palabra que usó una vez hace un millón de años?—. ¿Puedo contarte mi idea?

No dice que sí, pero tampoco dice que no. Tomo asiento junto a él en el viejo sofá, que resopla cuando me siento y hace bailar las motas de polvo. Un felino naranja a rayas salta y gira en mi regazo antes de aporrearme la pierna y empezar a ronronear. Disimulo una sonrisa mientras lo acaricio.

—¿Cómo se llama? —le pregunto.

—Dante.

—Ah, ¿por el *Infierno* de Dante?

Giancarlo levanta una ceja.

—Sí. Todos los gatos tienen nombres de libros, autores o personajes de novelas.

—Me encanta eso. —Tomo nota mentalmente de ello para futuras publicaciones en las redes sociales.

Le doy vida al iPad, y me estremezco un poco cuando la música de fondo que acompañaba a la presentación suena de forma cursi en el fondo.

Cada diapositiva tarda una eternidad en pasar, pero tengo toda la atención de Giancarlo. El resplandor del iPad se le refleja en el rostro mientras lo sostengo delante de él, lo que me da tiempo de observar detenidamente sus rasgos. No me veo a mí misma en él. Lo que sí veo es un hombre al que no le gusta la charla, que no soporta a los tontos. Prefiere la comodidad de la palabra escrita a la cháchara. Y eso lo tenemos en común, al menos. Está viendo la presentación, lo que me lleva a creer que le queda algo de lucha. Ama su librería y sus gatos; solo ha perdido el rumbo.

Hay líneas de la risa, pequeños ríos que dibujan los planos de su cara. Son sus ojos los que me hacen reflexionar, profundos lagos de tristeza como si fuera un hombre solitario decidido a quedarse así. Voy a conocerlo, le guste o no. Sebastiano dice que Giancarlo siempre come solo, pero eso puede significar cualquier cosa. Su mujer y su familia podrían vivir en la otra punta de la isla.

La presentación llega a su fin y, afortunadamente, también lo hace esa música espantosa. Busco pistas en su rostro, pero el hombre no lo pone fácil. Parece tener una sola expresión: pétrea.

—¿Qué te ha parecido? En primer lugar, crearé las redes sociales para la librería, incluyendo el diseño de una página web sencilla que también promueva la parte de conserjería de libros. Incluso podemos vender libros desde ahí, si quieres. Aunque no estoy segura de los entresijos y la rentabilidad de los gastos de envío a todo el mundo, aunque puedo investigarlo y ver si merece la pena. El objetivo debe ser obtener ingresos a partir de esta experiencia.

—No me gustaría que este lugar estuviera lleno de gente que perturba la paz y la tranquilidad.

—Claro, ¿a quién le iba a gustar algo así? Tener un servicio de conserjería de libros atraerá a clientes de pago que ayudarán a pagar las facturas y verán los libros que obtuvieron aquí, seleccionados especialmente para ellos, como un regalo. Yo lo vería así. Estoy segura de que a los gatos les encantará la atención extra.

—Le doy una palmadita a Dante, que se estira hacia atrás con total abandono, como si me invitara a masajearle el cuerpecito.

—Dante suele odiar a la gente —reflexiona, me mira a mí y luego al gato pelirrojo que está tumbado en mi regazo.

—¿De verdad? —Como respuesta, el gato deja escapar un largo ronroneo.

—*Sì*, nunca lo he visto acercarse a nadie antes.

—Los gatos son buenos jueces del carácter, muy atentos a la energía que les rodea. Siempre me han parecido fascinantes. En el Antiguo Egipto se les consideraba sagrados, y han mantenido ese aire de altanería a lo largo de los años, como si los humanos fueran sus sirvientes, y ellos, unos pequeños dioses de peluche que exigen que se les adore.

Giancarlo me mira fijamente durante un tiempo.

—Yo también lo creo.

Cierra el libro, lo deja en su regazo y observa con mucha melancolía hacia el canal. Este hombre necesita un revulsivo, no hay duda. Mantener un ceño fruncido perpetuo no puede ser bueno para sus chakras. Hay un bloqueo de algún tipo. Probablemente del chakra del corazón. No soy experta; siempre he llamado a mi madre para que me aconseje en estos asuntos. Mi don es el tarot, pero no veo que esté abierto a eso de ninguna manera. Mejor dejarlo para cuando me conozca un poco más.

—Mira, entiendo que has...

Le corto. Cuando alguien empieza una frase con «Mira», nunca es bueno.

—Bien, empezaré a preparar las cosas, ¿vale? ¿Te importa si tomo algunas fotos alegres del lugar para las redes sociales? Podemos resolver lo de mi salario más tarde. Lo que creas que es justo.

—Luna, ¿es así?

—Sí, ese es el nombre que me puso mi madre. —No muerde el anzuelo.

—Me temo que esto no sea viable. Tengo tantos que están de paso aquí, como tú, con sus ojos brillantes y su eterna juventud, que sufren ese mismo complejo de dios en el que crees que unas bonitas fotos *on-line* lo van a arreglar todo. Pronto el brillo de Venecia se habrá desgastado para ti, y saldrás de aquí en el próximo taxi acuático, y yo tendré estas reservas para un servicio que no necesito. Te habrás dado cuenta de que me encantan los libros, adoro los gatos, a la gente no tanto.

Tiene una postura muy válida porque aún no conoce mis motivaciones. Y, la verdad, aunque fuera su hija, tampoco eso quiere decir que me vaya a quedar aquí para siempre. Puede que lo visite de vez en cuando si las cosas van bien, pero no voy a echar raíces aquí, no es mi forma de ser.

—Tienes razón, así que hagamos un servicio exclusivo solo para este verano. Probablemente eso hará que la gente lo use, al saber que es una oportunidad por tiempo limitado. ¿Es un buen acuerdo para ti?

Se frota la cara con una mano del tamaño de un oso.

—No vas a olvidar esto, ¿verdad?

—No, no lo voy a hacer. Vivo y respiro los libros. Han estado ahí en mi vida cuando he estado sola y no estaba segura de cuál era mi lugar en el mundo. —Giancarlo permanece en silencio—. Pero lo más importante es que necesitamos librerías. Lugares mágicos y desordenados como este que nos transportan a otro mundo donde las posibilidades son infinitas. Lugares en los que sabemos que podemos tropezar y encontrar un amigo, ficticio o felino. Las librerías son algo más que un lugar donde intercambiar dinero por bienes; son el lugar donde los que están perdidos acuden para encontrar refugio. Donde los solitarios van a encontrar su tribu. ¿En qué otro lugar se puede saciar el deseo de viajar desde la comodidad de un sillón? La imaginación de los niños se enciende en lugares como este. También la de los adultos. Hay tantas aventuras por vivir entre las páginas de estos tomos olvidados. Pero ¿de qué sirve que estén apilados en montones anegados? Es casi un crimen. De hecho, es un crimen. Estos libros deberían ser venerados como se merecen. Y, si no son perfectos, ¿qué lo es? Pueden tener algunas cicatrices de batalla. ¿No las tenemos todos? Deberían ser abrazados de nuevo. Ser amados, reír con ellos. Ser llorados, con lágrimas derramadas sobre el pergamino, absorbiendo todas esas emociones que sentimos cuando leemos libros de segunda mano que han tenido vidas tan grandes como la nuestra. Pero no pueden volver a vivir, no, si están escondidos en algún rincón oscuro, escondidos para toda la eternidad esperando una muerte lenta producida por los elementos.

—¿Has terminado?
—Depende.
—¿De qué?
—De si tengo el trabajo.
—Bien. Empieza la semana que viene. El lunes.
—¿Por qué no mañana?
—Tengo otra persona que empieza la semana que viene y no quiero tener que hacer esto dos veces. El que sea más prometedor se quedará. Y esa es mi última palabra. —Suena tan paternal. Como si estuviera a punto de castigarme por romper el toque de queda. No puedo evitar sonreír al pensarlo.
—Bien, que gane el mejor ratón de biblioteca.

Con eso, coge su libro y abre la tapa con un chirrido. Es la señal para que me vaya, y no me atrevo a tentar la suerte. Le doy a Dante una última caricia en la barriga, cojo mi bolsa y salgo a la luz del día, parpadeando contra el resplandor. Suelto un grito y me pongo a bailar contenta hasta que recuerdo dónde estoy. Solo puedo salirme con la mía cuando Gigi está cerca, porque ella grita y me quita la atención. Me recompongo enseguida, pero no puedo ocultar mi sonrisa de triunfo. No tenía precisamente muchas esperanzas de que Giancarlo fuera a aceptar mi plan.

No sé quién es mi competidor, pero no hay ninguna posibilidad de que pierda este trabajo a manos de él. Vuelvo corriendo al hostal para contarle a Gigi mis noticias.

—¿Conseguiste el trabajo? —grita como un alma en pena desde el balcón de arriba.

¡Esta chica va a acabar matándome!

—Más o menos. —Explico lo del otro librero, mientras ladeo el cuello para hablar.

—¡Lo tienes en el bote! Apuesto a que quienquiera que sea no ha hecho una presentación como la tuya.

—No estoy segura, pero me atrevería a decir que no. ¿Y qué hay de ti? ¿Cómo te fue en el Mejillón Enfadado?

—Tengo el trabajo. Almorcé con el propietario y le hablé hasta la saciedad. Estoy segura de que no entendió ni una palabra de lo que le dije. De todos modos, voy a hacer mi primer turno esta noche. ¿Sabes qué significa eso?

—¿*Pizza* de celebración?

—¿Por qué un hombre no puede conocerme por dentro como tú, Luna?

—Es bastante fácil. La respuesta siempre está relacionada con la comida.

—¡Sí, fácil! Entonces, ¿tienes hambre?

—¡Siempre! Pero déjame llamar a la tía Loui primero.

—Vaya, cariño, no hay ninguna posibilidad de que contrate a cualquier otro que no seas tú, imposible. Tú sabes mucho de literatura, así que sorpréndele con eso para que sepa que conoces tu trabajo a la perfección.

—Sí, y solo tendré que familiarizarme con el *stock*. Apuesto a que hay algunos tesoros entre todo lo que hay allí para los que solo tenemos que encontrar los hogares adecuados.

—Me encanta la idea del conserje de libros, es fantástica.

Pongo a la tía Loui al corriente de todo lo sucedido y de la difusa idea de que quizá Giancarlo sea algo más que el antiguo amigo por correspondencia de mamá.

—¿Crees que es tu padre? —Detecto preocupación en su voz.

—¿Qué piensas tú? ¿Te dijo mamá en alguna ocasión algo al respecto?

—He oído lo mismo que tú, cariño. Fuiste un regalo de la fiesta de la luna llena, y viniste a ella cuando más te necesitaba. Nunca se trataba del hombre en cuestión; era más sagrado que eso. Siempre se trató de ti en exclusiva. ¿A qué se debe el repentino cambio de opinión sobre esto?

—Las cartas. Este lugar. Tengo una sensación muy extraña aquí, como si hubiera un mensaje, algo que tengo que entender. Si no es eso, ¿qué otra cosa podría ser? Sé que estoy conectada, lo siento, pero no puedo traducir cómo o por qué.

—Probablemente sea prudente esperar un poco para contarle algo de esto —dice—. Tantear cómo están las aguas antes de compartir eso con él.

—Sí. Es difícil saber lo que piensa; no sé cómo reaccionará. Cuando descubra que mamá se ha ido, eso podría romperlo otra vez. Necesito saber más sobre él antes de soltar esa bomba en particular.

La tía Loui exhala un largo suspiro.

—Me gustaría estar contigo. Es tan extraño estar aquí sin Ruby. Los días se hacen eternos sin que nadie me moleste como lo hacía ella. Me llamaba para que la ayudara con un crucigrama o para jugar a las cartas. Se obsesionó con los documentales de David Attenborough y me hizo ver cada uno con ella, lo que me aburrió mucho en su momento, en cambio ahora se lo agradezco un montón. Aunque no echaré de menos oírla comer pipas de girasol. Eso solía distraerme.

Sonrío al pensar en su amistad y en lo sola que debe de sentirse la tía Loui sin su molesta vecina a unos pasos. ¿Qué puedo decir para aliviar su dolor? El dolor es una bestia tan dura que es difícil encontrar las palabras adecuadas.

—¿Puedes venir a Venecia una temporada, tía Loui? Me encantaría tenerte aquí... —Mi corazón se expande ante tal idea. Estar juntas mientras navegamos por la vida sin mamá.

—Eso es justo lo que pasa, cariño. Hoy abrí el correo de Ruby. Le debe al banco un poco de dinero por su casita. Ya sabes, las cosas se ralentizaron para ella cuando se puso enferma y parece que se metió en un lío de dinero y está en mora. Me ponía enferma tener que llamarte. Puedo ayudar con una parte, pero creo que tendremos que alquilar su casita. Puedo recoger todo y...

—No, tía Loui. —Me pellizco el puente de la nariz—. No debería haber cogido el dinero que me dejó. Podría haberlo puesto en la hipoteca. ¿Por qué no se me ocurrió llamar al banco?

Nada práctico se me había pasado por la cabeza en ese momento. Había estado tan empeñada en resolver el misterio de las cartas.

—Ella quería que tuvieras ese dinero, Luna. No te preocupes por eso.

Mamá no era una persona de números. El dinero se le escapaba de las manos, pero siempre ponía por delante la hipoteca de su casita. Es extraño que me dejara dinero y se arriesgara a que el préstamo entrara en mora. Mamá se empeñaba en conservarla para siempre, para que ambas tuviéramos una base y algo de seguridad. Me hizo prometer que, pasara lo que pasara, haría lo posible por conservarla. Entonces, ¿por qué me dejaría dinero si no se había pagado la hipoteca? A menos que... no fuera ella en absoluto.

—Ese era tu dinero, ¿no es así, tía Loui? —Había fondos suficientes para llegar a Italia y pagar unas semanas de alojamiento en un albergue—. ¿Tía Loui? —pregunto. ¿Me ha regalado su fondo de reserva?

—Era de tu madre.

—Mientes fatal.

Deja escapar su infame carcajada.

—No importa de dónde venga. Si tu madre lo hubiera tenido, te lo habría dejado, así que dejémoslo estar. Estás en una búsqueda para saber más sobre lo que dejó tu madre. ¿Qué puede ser más importante? Todos compartimos y esa es mi contribución en su nombre y me alegré de poder hacerlo, después de todo lo que tu madre ha hecho por mí.

Me asfixio, mientras los recuerdos de ellas revolotean por mi mente. Tenían el tipo de amistad de las películas y nada podía interponerse entre ellas. Al final, consigo serenarme.

—Gracias, tía Loui. Significa mucho para mí que hayas hecho eso. Pero te lo voy a devolver.

—De nada, cielo, y no puedes devolverlo cuando es un regalo. Eso sería una grosería.

—Llamémosle préstamo.

—No. Déjame hacer esta pequeña cosa.

Discutimos durante un rato hasta que me rindo. La compensaré de alguna manera.

—¿Qué hacemos con la casita? —pregunto—. Alquilarla parece la única opción, pero la idea de que alguien se mude allí, cuando el perfume de mamá aún perdura, me duele más de lo que puedo decir.

Hay estática en la línea y la tía Loui dice:

—Lo sé, lo sé. He pensado lo mismo. Me gustaría que se quedara exactamente como está hasta que regreses a casa.

—Sí. —Dejo escapar un triste suspiro—. Pero es solo algo material, ¿no? —Mamá no querría que me pusiera sentimental por todo esto, pero le gustaría que siguiera pagando la hipoteca para tener una casa en el futuro—. No creo que haya otra opción. Lo que gane trabajando si consigo el empleo no será suficiente para cubrir los gastos aquí, los atrasos y la hipoteca mensual.

La tía Loui suelta un suspiro reprimido.

—¿Embalaré sus cosas entonces? Puedo guardarlo todo en el edificio anexo. Es lo último que quería hacer y sé que Ruby me diría que dejara de lloriquear como un bebé y lo hiciera. Es solo que..., con sus campanas de viento soplando en la brisa y todos sus gnomos en el jardín, es más fácil fingir que aún está allí algunos días. Miro y grito que iré en un minuto a por té dulce y algunos días estoy segura de que la oigo gritar.

Mi tía grande y dura empieza a llorar y es todo lo que puedo hacer para no llorar con ella.

—¿Debo volver, tía Loui? No está bien dejarte a ti sola todo esto.

—¡No! —dice ella—. No, absolutamente no. Es un honor para mí hacer esto. Quiero que encuentres lo que buscas, Luna. Este es mi viaje y es el tuyo. Empaquetaré todo con el máximo cuidado para que esté listo para cuando decidas volver. Encontraremos al inquilino adecuado para la casita y ya está.

—De acuerdo, si estás segura.

—Estoy segura. Nos tenemos la una a la otra, cielo. Recuérdalo. Te necesito tanto como tú a mí.

—Te quiero.

—Yo también te quiero. Ahora, la cabeza bien alta, ¿vale? No te dejes arrastrar por la depresión; ella no querría eso.

La idea de que alguien duerma en la cama de mi madre, de que tome té dulce en su porche es extraña. ¿Cuidarán sus flores, las rosas silvestres que perfumaban las cálidas tardes? Hagan lo que hagan, sé que será mucho más duro para la tía Loui, que tendrá que presenciar cómo un recién llegado sigue los pasos de mamá, y solo rezo para que pisen con suavidad allí donde antes pisaba Ruby Tuesday.

12

—¿Qué es esto? —pregunta Sebastiano cuando un cuaderno cae de mi bolsa al césped.

Antes de que pueda recuperarlo, lo hojea con una sonrisa. «No tengo miedo. Tengo el control de mi destino. Nunca estoy sola y siempre me apoya el universo».

Con un gemido le arranco el cuaderno de entre las manos.

—No deberías haber leído nada de eso. Pero, por si quieres saberlo, es mi diario de afirmaciones y gratitud. Escribo en él todos los días y repito las afirmaciones que necesito escuchar para conectarme o centrarme, según sea el caso.

No puedo culparle por su sorpresa. A Gigi le pasó lo mismo cuando me vio por primera vez leerlas en voz alta ante el espejo. Sin embargo, me ayuda, me da ánimos para el día y me recuerda quién soy y por qué me esfuerzo.

—Qué curioso —dice y me aparta un mechón de pelo de la cara.

Me recuesto en la manta de pícnic. El parque está lleno de gente y hay otras parejas como nosotros que se han repartido por el verde aterciopelado para pasar el sábado a un ritmo más lento.

—¿Alguna vez quieres escapar de Venecia por un tiempo? —le pregunto.

No hay ningún lugar al que se pueda ir que esté completamente vacío de gente y, aunque estoy acostumbrada a las grandes ciudades, deben de ser las estrechas callejuelas y las concurridas vías las que a menudo provocan una ligera claustrofobia.

La belleza de la ciudad merece la afluencia masiva, pero me pregunto cómo se sienten los residentes al respecto. Aquí nunca hay una pausa para que se tomen un respiro y estén tranquilos. Por mucho que me guste perderme entre tantas caras, suelo ahorrar y luego me voy a algún lugar fuera de lo común para rejuvenecer, reponer el cuerpo y el espíritu..., pero ¿pueden los venecianos permitirse el mismo lujo?

—Sí, a veces. Sobre todo, en pleno verano y cuando hago turnos largos en la *trattoria*. Pero de vez en cuando tengo tiempo libre. Los Dolomitas están a dos horas y media en coche, así que voy allí en invierno a esquiar, o a hacer senderismo en verano. Tienes que verlos, Luna. Es impresionante. Ese tiempo que paso en medio de la naturaleza me permite olvidarme del trabajo durante un rato, algo que todos necesitamos, ¿no? Un tiempo fuera para poder apreciar lo que tenemos delante.

—¿Y qué ves?

—Veo a una hermosa mujer que se ha apoderado de todos mis pensamientos. No puedo dormir porque estás en mi mente, y, cuando por fin consigo quedarme dormido, mis sueños están llenos de esta chica que vaga por el mundo, libre como un pájaro. Nunca he conocido a nadie como tú, Luna. Ni siquiera sabía que esa existencia fuera posible. Me hace contemplar mi propia vida, mi futuro. ¿Quiero seguir viviendo esta misma vida dentro de veinte años? Probablemente para entonces estarás en la Antártida, salvando alguna especie exótica de pingüino, mientras yo sigo sirviendo plato tras plato de ñoquis. Me has abierto los ojos a un mundo nuevo por completo. Y es difícil evitar enamorarme completamente de ti.

Me sonrojo ante su admiración por mí. Pero hablar de amor tan pronto... Aun así, soy de las que llevan el corazón en la mano, y puede que lo diga en serio. Puede que sea un romántico empedernido, y ¿a quién no le gusta ese tipo de persona, la que se arriesga a decir lo que siente pase lo que pase? Los que son abiertos y honestos y no dejan que el miedo al rechazo se interponga en su camino. Sin embargo, esto me hace reflexionar. Mi corazón aún se está recuperando, así que no sé si es por eso por lo que no puedo decidirme por ninguno de los dos caminos con Sebastiano. En un momento estoy atrapada por su encanto, y al siguiente las luces de alarma parpadean y me alejo.

—Tienes una gran habilidad con las palabras, Sebastiano. Y me encantaría salvar una especie exótica de pingüino, pero no creo que pudiera vivir en un lugar tan frío.

Cojo la salida fácil e intento cambiar de tema. Es demasiado pronto para declaraciones de amor. Es demasiado pronto.

Me hace callar con un beso, y yo intento con todas mis fuerzas dejarme llevar y dar rienda suelta a mis sentimientos, discernir si vale la pena seguir con esto, o si es hora de ponerme un cartel de fuera de servicio en la frente. Cuando nos separamos, vuelve el mismo adormecimiento. Uno al lado del otro en la manta de pícnic, nos miramos fijamente a los ojos. Con un dedo me recorre el labio inferior; el tacto es tan sensual que un pequeño cosquilleo me recorre la columna vertebral.

—Todavía no estás segura de mí, Luna. Pero nunca había sentido algo tan fuerte por una mujer. Nunca había sentido una emoción tan fuerte como para actuar en consecuencia. Es un sentimiento tan intenso que a veces me pregunto si es real.

—Pero somos tan diferentes.

Y, en realidad, todavía no nos conocemos mucho. Nos hemos dado algunos besos y hemos hablado de la vida en Italia, eso es todo. No hemos profundizado en el corazón, las esperanzas y los sueños del otro. ¿O es solo que la *hippie* que llevo dentro siempre quiere conocer a una persona hasta lo más hondo de su alma?

—¿Y eso importa? Simplemente, escucha a tu corazón.

Ojalá mi corazón no estuviera cerrado por reparaciones.

13

Llega el domingo y trae consigo mucho tiempo para explorar Venecia en solitario mientras Gigi hace un turno en La Cozza Arrabbiata. Trabaja a todas horas. Por lo visto, últimamente es difícil encontrar personal, así que también le han ofrecido un sueldo un poco superior al esperado. Ello ha ayudado a aliviar la preocupación de que nos quedemos sin fondos, pero debería haberlo sabido: Gigi es la reina cuando se trata de entrevistas de trabajo. Lo mejor de todo es que le encantan los propietarios y dice que la han acogido como si fuera una más de la familia.

Mientras ella está ocupada trabajando, yo pienso volver sobre mis pasos cuando mamá y yo vinimos aquí hace tantos años. Nos alojamos en un hotel de lujo, de lujo para nosotras. Incluso eso debería haberme parecido extraño, pero en aquel momento no me di cuenta. Lo achaqué a que mamá quería derrochar, mimarnos por última vez antes de colgar sus botas de viaje para siempre.

Después de mucho buscar, encuentro el campanario de San Marcos y desde allí doy con el hotel en el que nos alojamos en la calle Frezzaria. Si pudiera ir a interrogarles, a preguntarles si recuerdan a la mujer que llevaba flores en el pelo y tenía las mejillas sonrosadas. ¿Por qué tenía las mejillas tan sonrosadas? Aquella visita tuvo una cualidad diferente, en el sentido de que parecía una verdadera celebración y yo seguí el ejemplo de mamá.

Cuanto más retrocedo en el tiempo, más preguntas me surgen. Hay un deseo abrumador de caminar por donde ella caminó, de conectar con ella como sea. La echo de menos. Echo de menos su risa, su sonrisa, la forma en que me cogía de la mano cuando caminábamos, como si yo aún fuera una niña.

¿Tenían ella y Giancarlo encuentros secretos mientras yo dormía, con las cortinas soplando sobre mi cara, barriendo el aroma del canal? ¿Me trajo aquí para presentarme a mi padre y luego se arrepintió? Tal vez le preocupaba perderme por haber guardado el secreto durante tanto tiempo y pensó que yo nunca le perdonaría el engaño. Es difícil conciliar el hecho de que podría haber tenido una relación con él y ahora nunca recuperaré ese tiempo. Mamá sabía que anhelaba conocer a mi padre y que me pasaba la vida preguntándome qué clase de hombre era. ¿Eso la asustó? ¿Creía que se iban a cortar los estrechos lazos que unían a madre e hija? Seguramente, ella sabía que eso no sucedería. Fueran cuales fueran sus defectos, yo la quería de forma incondicional.

El hotel tiene el mismo aspecto. Las cortinas siguen soplando por las ventanas abiertas. Continúo y encuentro el Harry's Bar, conocido por sus Bellinis y sus clientes famosos, incluido Ernest Hemingway a finales de los años cuarenta. Una vez más, no es habitual que mamá elija un restaurante tan extravagante, pero insiste en que será divertido fingir que formamos parte de la *jet set*. Tomamos nuestros Bellinis de melocotón y comimos ostras frescas. Un derroche que atribuyo a la frivolidad de estar en la ciudad flotante y a la emoción de actuar como si fuéramos el tipo de personas que frecuentan esos establecimientos todo el tiempo.

Mamá había estado bromeando, fingiendo que era una señora que almorzaba, y entonces se desinfló. La luz se apagó en sus ojos. Después se disculpó por un dolor de cabeza y volvió al hotel para echarse una siesta mientras yo leía un libro en mi cama, con los pies apoyados en la ventana, con las cortinas agitándose por dentro y por fuera como si ondearan.

Hoy me asomo al interior del Harry's Bar. Los clientes, bien vestidos, están sentados en pequeñas mesas y comparten un largo y lánguido almuerzo dominical sin preocuparse por nada.

Sus famosos Bellinis cuestan el equivalente a una noche de alojamiento en el albergue, y me maravilla lo diferentes que somos todos en este gran mundo. Lo que uno prioriza. Por un momento, me sumerjo en el país de la fantasía, me sitúo en ese bar de lujo, con ropa elegante, tacones caros que me pellizcan los tobillos, mientras llamo al camarero para pedirle otra copa, «que sea una botella de su mejor champán», y luego me río de lo cursi que es, como una escena de una película. Nunca he envidiado este tipo de vida, pero envidio a la gente que tiene su propio lugar en el mundo. Como si supieran exactamente a dónde van y dónde deben estar. Mientras yo ando por ahí, bastante perdida, bastante sola. Sin madre, sin padre, sin hermanos. Una unidad familiar de uno. ¿Existo siquiera?

Continúo mi paseo por la calle de los recuerdos, sin prestar mucha atención a lo que tengo delante, ya que estoy perdida en el pasado. Intento sacudirme el miedo, no hay forma de resolver este rompecabezas ahora mismo.

La lectura es el lugar al que acudo cuando quiero hacer desaparecer el mundo real, así que me dirijo al parque más famoso de Venecia, Giardini Reali, cerca del Palacio Ducal. Mientras camino por los coloridos y exuberantes jardines me encuentro con una orquesta que toca, la observo un rato y dejo que la música entre directamente a mi corazón. La música era muy importante para mamá y, de alguna manera, esto parece una señal. Para dejar de darle vueltas a las cosas. Saco un libro del bolso, un romance histórico que encontré en las estanterías del albergue, y busco un lugar donde sentarme.

Los jardines están repletos de gente y un grupo de turistas se para a mi lado, así que me alejo para encontrar un lugar más tranquilo donde perderme en mi libro. A lo lejos, veo una figura esbelta que camina hacia mí y por un momento se me para el corazón. Desde aquí, se parece a mi madre. La misma melena rubio ceniza, el mismo andar elegante. El mismo movimiento despreocupado del pelo por encima del hombro. Juro que mi alma abandona mi cuerpo, mientras parpadeo y parpadeo para asegurarme de que esto no es un espejismo, ni un sueño. Al acercarse, veo que es más joven que mamá. Solo tiene unos años más que yo. Es mi corazón el que me juega una mala pasada. Siento a mamá aquí, cerca. Es estar a solas con mis pensamientos, examinando mis sentimientos, trayéndola de nuevo a un primer plano. Aunque duele, es necesario. No quiero olvidar sus gestos, el sonido lírico de su voz, su risa meliflua.

Encuentro un banco vacío y saco mi novela romántica. Me prometo a mí misma que la próxima semana será mejor cuando mis días estén llenos de libros polvorientos, y mi mente, ocupada. Había pensado que estar tan lejos de la casita de mamá y de todas sus baratijas y posesiones aliviaría estas primeras etapas de dolor. Pero ella está en todas partes. Ahora es una extraña que camina por el sendero empedrado. Mañana será un reflejo en el agua. ¿Está tratando de decirme algo?

14

Giancarlo mira el reloj un par de veces y refunfuña en italiano. Estoy aprendiendo rápidamente que, para ser un lector voraz, no le gusta comunicarse con palabras. Supongo que estamos esperando al otro empleado antes de empezar nuestra formación, pero ya son las diez y media y no hay rastro de él. Hay un gato de pelaje dorado sentada en el mostrador dando zarpazos a una pelota hecha con papel de carta arrugado. Esta pequeña belleza lleva un collar con una placa de identificación: WILDE.

—¿Por Oscar Wilde? —pregunto, y le quito la pelota de las garras para que pueda perseguirla.

—*Sì*. Cuando llegó a la librería era bastante salvaje. No entraba; solo esperaba la comida a la entrada y luego se iba de nuevo. Me llevó meses convencerlo de que pasara dentro. Y transcurrieron más meses aún antes de poder cogerlo. Finalmente, confió en mí lo suficiente como para que pudiera darle un buen lavado y tratamientos para sus muchos males.

—Y míralo ahora. La vitalidad hecha gatito.

—*Sì, sì*, ahora sabe que está a salvo.

—¿De dónde vienen todos los gatos?

Se encoge de hombros.

—Encuentran el camino hasta aquí, o bien los arrojan sin contemplaciones junto a la puerta. —El rostro se le ensombrece—. Algunos lugareños me los traen, si los ven buscando comida. Saben que nunca rechazaré a un gato.

—¿Cuántos tienes aquí?

—Quince, más o menos. Intento encontrarles un hogar permanente, pero es difícil. Nunca quiero dejarlos ir y debo asegurarme de que el hogar sea seguro. A los que se quedan, les tengo demasiado apego.

—Ya lo veo. —Siempre tiene un gato en brazos, en los tobillos o en el regazo. Es como el flautista de Hamelín de los gatos.

El tiempo pasa y el otro empleado sigue sin aparecer, y Giancarlo no me deja empezar la formación hasta que llegue. Acuno a Wilde para que se me duerma en los brazos como si fuera un bebé, luego lo dejo en uno de los sofás de lectura de felpa y coloco unos cuantos cojines a su alrededor como una barricada para que la gente vea que hay un gato dormitando y no se siente encima.

—La nueva persona llega tarde el primer día —digo cuando el aburrimiento se apodera de mí.

Hay tantas cosas que podría estar haciendo, pero Giancarlo me ha pedido que me siente detrás del mostrador y espere.

Me recompensa con un gruñido como respuesta, que he aprendido que es su forma de comunicarse.

Vuelvo a abordar el tema:

—Mientras esperamos, voy a empezar con las páginas de las redes sociales, si te parece bien.

—Claro, claro —dice distraído, mientras hojea su correo. Hace dos montones y solo abre los sobres de uno.

Por el aspecto de los logotipos de los sobres parece que la pila sin abrir está más relacionada con los negocios. Quizá Giancarlo también necesite ayuda con la clasificación y el archivo de las facturas para poder llevar un control. Tomo nota de que preguntaré más tarde, cuando tenga una idea más clara de lo que se espera de mí y de cuál será la mejor manera de emplear mi tiempo.

Se oye la radio de fondo y él canta en voz baja una canción italiana muy animada.

A pesar de su aspecto rudo, Giancarlo parece más amable hoy. Me pregunto por qué. Se levanta y saluda a algunos clientes que han llegado. ¿Será por la idea de que tiene dos empleados que podrían facilitar el cambio, o algo totalmente distinto? Sea lo que sea, es agradable verle levantado del trillado sofá y detrás del mostrador como si estuviera inspirado de nuevo. Los gatos se muestran más enérgicos, como si reflejaran el estado de ánimo de Giancarlo, y le siguen en fila.

Mientras esperamos al misterioso empleado que no llega, deambulo por la librería, para familiarizarme con cada una de las salas que salen de la zona principal. Tomo fotos de cada espacio y de los gatos que han hecho de él su hogar y se asolean sobre pilas de libros. Me miran con los ojos semiparalizados, observando perezosamente cómo avanzo por el espacio. Utilizar el canal como telón de fondo es el sueño de cualquier *instagrammer*. Publicar fotos bonitas de estos gloriosos rincones en las redes sociales será una carta de presentación. La librería es una madriguera de habitaciones y expositores extravagantes. En una de ellas hay una máquina de escribir sobre una mesa hecha exclusivamente de enciclopedias. Hago fotos desde varios ángulos e intento captar el agua en la foto, así como algún que otro felino.

En otra sala encuentro un laberinto hecho con libros de tapa dura. Cuando digo «un laberinto» quiero decir «un laberinto». ¿Quién lo habrá diseñado? Alguien construyó minuciosamente esto libro por libro, capa por capa. ¿Fue Giancarlo? ¿Estuvo alguna vez tan entusiasmado con la librería como para llegar a hacer esto? Es difícil imaginarlo comprometiéndose con una tarea tan ardua, pero tal vez alguna vez se sintió inspirado aquí.

El laberinto es lo bastante ancho como para caminar por él, pero lo bastante bajo como para poder ver por encima. Ha sido construido para niños. Me asomo tímidamente para asegurarme de que no hay gatos esperando para saltar y asustarme antes de entrar, y sigo los senderos hasta que salgo por el otro lado. Necesita una buena limpieza de polvo y algunas reparaciones menores; algunos de los tomos se han salido como si fueran ladrillos desplazados, pero es una maravilla. Nunca he visto nada parecido.

Podría ser un verdadero acontecimiento para la tienda. ¿A qué niño no le gustaría aceptar el reto de meterse en un laberinto de libros real? Hago algunas fotos artísticas, en las que trato de ocultar los elementos que necesitan arreglarse, luego doy un paso atrás y observo el resto de la estancia.

Como era de esperar, no hay orden en esta habitación, es una mezcolanza de libros de todos los géneros, de todos los idiomas. Pero sería muy adecuada como habitación infantil. Si llenáramos las estanterías de libros para jóvenes y pintáramos los muebles de rosa pastel, amarillo y azul. Podríamos hacer un lugar acogedor para los bebés bibliófilos. Seguro que a los turistas les encantaría que sus hijos vivieran aquí su propia aventura de *Alicia en el País de las Maravillas*. Me resulta extraño que Giancarlo construyera esta sala con un laberinto para niños. No parece precisamente el tipo de persona que presta atención a los niños o a su sentido de la diversión cuando él mismo es tan adusto. Tal vez el laberinto lleve aquí desde la época de su padre.

Se me acelera el pulso al pensar en las infinitas posibilidades que se sumarán al atractivo de la librería del canal. Mientras salgo de la habitación, ojeo las fotos que he sacado. Son buenas, aunque las haya hecho con mi viejo móvil. Puedo utilizar algunos filtros para mejorarlas, tal vez algunos blanco y negros con efecto melancólico y algunos... ¡Uf! Me doy de bruces con la espalda de alguien y el teléfono sale volando. Hago malabarismos circenses para intentar cogerlo, y cada vez que lo intento mis dedos se las arreglan para lanzarlo al aire hasta que, finalmente, fallo y se estrella contra el suelo con un crujido.

—¿A quién se le ocurre ir caminando así hacia atrás? —le digo al tipo que está allí, que lleva una expresión pasiva como si no acabara de causarme un gran daño.

Tiene los ojos oscuros y ardientes, pero permanecen apagados, casi como si estuvieran cerrados contra mis protestas, como si él también estuviera atrapado en la belleza de la librería y no hubiera regresado todavía de Narnia. Sus rizos le caen sobre un lado de la cara... Es el tipo del muelle cuyo libro tuvo un desafortunado accidente de natación. ¡Es el tipo que vi en la librería esa noche! ¿Ha venido a cambiar *Hacia rutas salvajes* por otro libro?

Aun así, tenemos asuntos más urgentes de los que ocuparnos. Aunque mi teléfono sea más viejo que el tebeo, cubre mis necesidades y me ha acompañado en todos los altibajos. Me agacho para recuperarlo y descubro que la pantalla es una telaraña de grietas. Me desconcierta el silencio del chico y mi habitual reserva zen salta y sale corriendo por la ventana abierta.

—¿Y bien? —le digo.

Ya ni siquiera fabrican pantallas para teléfonos tan antiguos. Voy a tener que comprarme uno nuevo, un gasto que no me puedo permitir ahora mismo.

—Mis disculpas. Estaba caminando hacia atrás para tener una visión general de la librería desde este ángulo.

Él también lleva un móvil en la mano. Aunque no soy ninguna experta, parece un modelo de gama alta y de lujo, lo que consigue irritarme. Está haciendo fotos, hecho que solo puede significar una cosa: ¡es mi competidor para el puesto de trabajo! No ha venido a cambiar una novela, sino a robarme el puesto de librero.

—Como puedes ver, me has destrozado la pantalla porque no ibas mirando por dónde ibas.

—Es evidente que tú tampoco ibas mirando —dice. Trato de identificar su acento. Es británico, con una inflexión quizá española. Hay un desafío en sus ojos, como si también se hubiera dado cuenta de que soy su rival para el puesto—. Por lo que parece, ese modelo debería haberse retirado a principios de los años noventa.

Me cruzo de brazos y lo fulmino con la mirada. No suelo ser de las que fulminan a la gente con la mirada —eso es más propio de Gigi—, pero este... este... tío apocado, que lleva unos chinos desteñidos y una camiseta arrugada, con el pelo oscuro y revuelto como si se acabara de caer de la cama y que ni siquiera se ha molestado en domar, me ha sacado de mis casillas, no solo por destrozarme el teléfono, sino, lo que es peor, por juzgarlo. ¿Cómo se atreve?

—¿Así que el hecho de que sea viejo significa que debe ser relegado, aunque hace cinco minutos funcionara a la perfección? ¿Has oído hablar del cambio climático? ¿De la sostenibilidad? Yo no suscribo los principios de una sociedad de usar y tirar, pero tú obviamente sí.

—Y tú... ¿cómo lo sabes?

—Lo llevas escrito en tu persona. Desde tu... —bueno, no lleva exactamente ropa de diseño al estilo de Sebastiano, pero ni de lejos— gran teléfono de lujo a tu... —*ayúdame, Jesús*— gran actitud... elegante.

Me estoy comportando como una niña petulante, lo sé; no puedo evitarlo. Es la forma en que me mira, como si no le importara nada el destrozo que acaba de causar. Tengo muy pocas pertenencias, no soy una persona materialista, pero ese teléfono es mi salvavidas. Me mantiene conectada, especialmente con la tía Loui, que se preocupará si no consigue comunicarse conmigo. Y a él le importa cero.

—¿Este elegante teléfono? —Señala la brillante monstruosidad que tiene en la mano.

—Si hablamos de una extensión del pene, está claro que alguien está tratando de compensar una carencia.

Sonríe, sonríe de verdad. ¿No se da cuenta de que estoy insultando su hombría? Y dice:

—Las fotografías de buena calidad para las redes sociales son importantes, ¿no crees?

—Las fotografías de calidad provienen de un ojo de calidad y no de una baratija de equipo de fantasía.

Acabo de usar la palabra «baratija»... Este tío me ha molestado de verdad. Debe de ser su energía, su aura, algo a lo que mi subconsciente reacciona a un nivel primario. Me pregunto por qué las cartas del tarot no me han advertido de esta serie de circunstancias espinosas... A este paso, puede que me vea obligada a preguntarle a la bola mágica del ocho.

Tiene la audacia de sonreír y, mientras el resto de él es un desastre desordenado, sus dientes son de la variedad blanca y brillante. Otra bandera roja. Las sonrisas de los anuncios de pasta de dientes son tan falsas como las camisetas de ABAJO EL PATRIARCADO que llevan las feministas que no son feministas.

—Me parece que eres tú la que causa todos los accidentes por aquí. ¿No eras tú la chica del muelle que casi me hace caer al canal con esa monstruosidad de mochila y que mató mi libro en el proceso?

—¡Otra vez, no mirabas por dónde ibas! Estoy a favor de la lectura, pero incluso yo tengo un límite.

—Tienes razón —afirma.

Veo su estratagema a la legua. Si cree que puede mostrarse agradable y, al mismo tiempo, ponerme de su lado para robarme mi papel aquí, entonces yo también sé jugar a ese juego.

—La tengo a menudo. Mira, hemos empezado con el pie izquierdo. Supongo que también estás aquí para la prueba de trabajo.

—¿Prueba? No, estoy aquí como empleado a tiempo completo de España. —Que se vaya al infierno. Si es de España, no necesita ni siquiera un visado de trabajo. Esto no me augura nada bueno y, lo que es peor aún, dice que le han dado el trabajo. ¿Acaso Giancarlo me invitó a participar en esta farsa solo para detener mi largo monólogo del otro día? ¿Se sentía mal por haberme rechazado, así que decidió que esta era la manera más fácil de defraudarme suavemente con el pretexto de que ganaría el mejor librero? Mi adversario continúa—: Pienso quedarme en Venecia una larga temporada. Estoy aquí para terminar mi primera novela y qué mejor lugar para hacerlo que la ciudad del amor.

Un escritor melancólico. Ahora su aspecto desaliñado tiene sentido. Probablemente se pase las horas en vela tecleando, escribiendo la próxima obra maestra de la literatura. No tengo la energía para esto hoy.

—¿Es una novela romántica entonces? —Podría ser redimible si es así.

Un ceño fruncido le estropea el rostro.

—¿Un romance? ¿Qué te ha hecho pensar tal cosa?

—Acabas de insinuar que la ciudad del amor sería el lugar perfecto para terminar tu novela, así que no creo que sea un error unir esos puntos...

Ladea la cabeza como si yo hablara en otro idioma y se esforzara por entender mis confusas palabras. ¿Por qué me hace sentir un poco desequilibrada? Como si yo fuera la anomalía aquí, hablando en acertijos.

—No, no es un romance, pero tiene elementos románticos. ¿No lo tienen todas las historias?

—Más o menos.

Al menos, lo admite. Es alucinante la cantidad de conversaciones acaloradas que he tenido con hombres sobre este tema. El romance está en el centro de muchas novelas, incluso de espionaje, *thrillers* o de acción, pero por alguna razón esto siempre es objeto de burla. Incluso se frunce el ceño, como si admitir que la lectura de un libro con un hilo argumental amoroso le restara valor, cuando, por el contrario, se lo aumenta. Es desconcertante porque, como humanos, ¿no nos sentimos atraídos por el amor en la vida real? ¿No es uno de los fundamentos por los que nos esforzamos? No tiene sentido que no podamos admitir que lo disfrutamos igual en la página, ya sea una novela romántica o una novela negra.

—¿Vais a estar todo el día hablando entre vosotros, o estáis aquí para trabajar? —Giancarlo truena desde atrás haciéndome saltar de sorpresa—. ¡Ninguno de los dos va a conseguir el trabajo si esto es lo que pensáis hacer todo el día!

Me vuelvo hacia Giancarlo, que tiene una expresión de abyecta molestia, como si ya estuviéramos poniendo a prueba su paciencia.

—Bueno, me alegro de que lo preguntes. Como sabes, hoy llegué a tiempo y estaba tomando inocentemente fotos de la estancia cuando... este tipo de aquí corrió hacia mí y me destrozó la pantalla del teléfono.

—Óscar —añade el desaliñado escritor sin ánimo de ayudar—. Ella...
—Luna —contesto.
Me hace un gesto con la cabeza.
—Luna chocó conmigo y lo dejó caer. No diría exactamente que he participado en la destrucción de su Nokia de 1999.
Pongo los ojos en blanco. No lo puede evitar.
—Es un Samsung, que lo sepas, y aún le quedan muchos años. Está bien. Lo cambiaré yo misma, pero demuestra la clase de persona que eres cuando no puedes admitir tus errores. —Le lanzo una larga mirada a Giancarlo con la esperanza de que entienda lo que quiero decir.
—Tenéis que ser capaces de trabajar juntos, así que resolvedlo.
Y con eso se va. Bueno, no hay ayuda entonces.
—Necesito tu teléfono —digo, y extiendo la mano.
—Ni lo sueñes, dedos de mantequilla. —Óscar sonríe, pero lo único que veo es una serpiente en la hierba.
No reacciono, eso es lo que quiere. En lugar de eso, cambio de táctica.
—Óscar, tenemos que sacar lo mejor de esta situación, o ninguno de los dos estará aquí la semana que viene. Entonces, haz las fotos y envíamelas por correo electrónico, y yo me conectaré al ordenador de Giancarlo y trabajaré a partir de ahí.
Miro el viejo cacharro y me pregunto si es solo de atrezo. No puedo quejarme de lo antiguo que es, ya que acabo de decir que no formo parte de la sociedad de usar y tirar. Pero no he visto un ordenador de ese tamaño... nunca.
—Bien. Pero quiero el crédito de las fotos.
—¿Quién eres, Annie Leibovitz?
—¿Quién?
Es de lo que no hay. Le ignoro y me dirijo al mostrador. Mañana traeré un ramillete de salvia para sahumar. De repente este lugar da mal yuyu...

15

Unos días más tarde, he limpiado de malas energías la librería, lo que solo ha provocado un ligero levantamiento de cejas por parte de Giancarlo. ¿Recuerda que mi madre estaba obsesionada con las manchas? Si tuviera una cara más legible. Hay una sensación en el ambiente de limpieza y frescura prometedora.

Óscar vuelve a llegar tarde, así que me siento en la obligación de informar a Giancarlo.

—¡Oh, mira la hora! —Hago ademán de mirar un reloj que llevo en la muñeca y que no uso—. Ha llegado el turno de tarde.

Óscar pone los ojos en blanco, se quita la chaqueta y la cuelga del taburete que hay detrás del mostrador. Dante maúlla y salta a sus brazos. El muy traidor. Como para que no desconfíe de los recién llegados.

—Le debo de gustar. —Óscar sonríe y atrae la atención de Giancarlo, quien le lanza una sonrisa a Óscar.

El hecho de que parezca que Óscar les gusta a sus gatos es lo que llama la atención de Giancarlo, y no el que llegue tardísimo otra vez. Parece que Giancarlo ya está jugando con los favoritos.

—Está hambriento de afecto, más bien —digo.

—¿Tú crees? —Dante se regodea cuando Óscar lo toca. Ya hablaremos después y le explicaré a Dante que debe aprender a detectar a los falsos amigos. Otro gato se acerca perezosamente y se enrolla alrededor de las piernas de Óscar—. ¡Alighieri! Hola, amiguito —saluda Óscar.

—Los gatos son unos comunicadores maravillosos y creo que verás que te demuestran quién manda y no compiten por tu atención.

—¿Es así? —dice Óscar con un tono de voz que da a entender que me equivoco. Aparece un tercer gato, tan ancho como largo. Óscar se agacha, con Dante todavía en brazos y Alighieri a sus pies, y lo acaricia—. ¡Moby!

—¡Dick! —termino.

—¿Perdón? —dice Óscar, frunciendo el ceño.

—Se llama Moby Dick.

—Bien. Moby Dick. Tiene sentido debido al gran tamaño, supongo. Pero no me gusta avergonzar a los gordos. Tal vez solo es que tiene los huesos grandes. Podría ser un problema de tiroides. Tal vez se come lo que siente, y no hay nada malo en ello. —Óscar le rasca las orejas a Moby Dick.

—¿Has terminado? —le pregunto. Se cree una especie de susurrador de animales.

—Bueno...

—Moby Dick es un viejo gato italiano que le roba la comida a Giancarlo cada vez que tiene oportunidad, así que no es un problema de tiroides, es un problema de consumo bien ganado, teniendo en cuenta la vida que tuvo el pobre viejo Moby Dick antes de que Giancarlo lo rescatara.

Óscar me ignora y más gatos vienen corriendo.

—Deben de ser mis feromonas.

Se ríe mientras unos cuantos felinos caprichosos se acercan a él. Nunca he visto nada parecido. Los gatos son grandes jueces del carácter, así que intento no echárselo en cara. Óscar parece ser el chico de oro por alguna inexplicable razón. Tal vez sientan pena por él, con su aspecto desaliñado como si se acabara de caer de la cama. ¿Sienten algo por él?

—Sí —convengo—. Eres como uno de esos gatos centenarios.

Desprecia la burla y dice:

—Nuestro *post* de Instagram del gato Dostoievski explotó anoche. Se hizo semiviral.

—¿Qué? Déjame ver.

De alguna manera, Óscar consiguió captar una imagen de Dostoievski saltando de una estantería a otra, como si fuera una especie de adicto a la adrenalina del *puenting*, con los brazos y las piernas abiertos y la sonrisa más perversa y salvaje en su rostro.

Saca el teléfono y abre el *post*.

—¡Vaya, Óscar! ¡Mira todos esos comentarios! Tenemos que responderlos todos.

—¡No! —Giancarlo truena, lo que nos sorprende a los dos—. Estáis aquí para trabajar, no para intentar convertiros en la próxima sensación de ViewTube.

—¿ViewTube? —dice Óscar.

—Creo que se refiere a YouTube —susurro, luego me vuelvo hacia Giancarlo, cambiando mi expresión para que se parezca a la del Chico de Oro, que parece salirse con la suya mucho más que yo—. No estamos tratando de convertirnos en la próxima sensación de ViewTube, sino intentando dar a conocer el nombre de la librería, eso es todo. Y una gran parte de las redes sociales consiste en ser social e interactuar con los seguidores. Los gatos han tenido éxito y creo que pueden atraer a un...

—La respuesta es no. Los gatos no están en venta.

Le doy a Óscar un rápido codazo en las costillas, para que retome la lucha.

—Por una vez, estoy de acuerdo con Luna —dice.

Le lanzo una mirada de agradecimiento.

Mueve a Dante a su otro brazo y dice:

—Queremos el tipo adecuado de clientes, ¿verdad, Giancarlo? Y los amantes de los gatos, bueno, son el mejor tipo de humanos, así que ya estamos a mitad de camino.

¿El tipo adecuado de clientes? ¡No va a comprar esa tontería!

Giancarlo se frota la barbilla.

—Bien, de acuerdo. Diez minutos para responder, y ya está. No quiero que te dejes llevar por esto.

¿Cómo ha funcionado eso? En cualquier caso, es una victoria. Óscar y yo intercambiamos una sonrisa victoriosa y nos escabullimos antes de que Giancarlo cambie de opinión.

En la habitación del piano, nos sentamos en el taburete.

—¿Quieres responderles? Lo del *post* ha sido idea tuya.

—Sí, pero ha sido tu impresionante foto lo que les ha llamado la atención.

Se encoge de hombros.

—Hazlo tú.

—¿Me confiarías tu teléfono?

—Si termina en el canal, entonces sabré que lo hiciste a propósito.

Le concedo una media sonrisa.

Más tarde, ese mismo día, estoy limpiando detrás del mostrador con la pretensión de ordenar pilas de papeles polvorientos que parecen estar guardados sin ningún propósito aparente. En realidad, estoy buscando las cartas que mi madre escribió a Giancarlo, al tiempo que creo un espacio para futuros pedidos de libros. Hasta ahora, no he encontrado nada. Sin embargo, no me sorprende. ¿Tal vez las tenga guardadas envueltas junto a su cama? Me parece el tipo de hombre que leería sus cartas una y otra vez. ¿Qué dicen? ¿Da excusas por su ausencia? ¿O hace promesas huidizas que no tiene intención de cumplir? O podría estar muy equivocada y que hayan desaparecido, y que no las haya vuelto a leer.

Giancarlo es un hombre de pocas palabras, y cuando habla es más bien un gruñido, una inclinación de cabeza o un gesto con la mano que puede significar cualquier cosa, desde «está ahí» a «aléjate de mí», «da de comer a los gatos» o «ve a recoger mi pedido de comida». Requiere gran habilidad descifrar estas interacciones, y me estoy volviendo una experta en ello.

Espero poder encontrar su dirección, averiguar dónde vive y hacer que Gigi haga un reconocimiento mientras sé que está aquí en la librería. ¿Tiene esposa, familia? ¿Vive en una mazmorra y utiliza a los empleados de la librería como sacrificios humanos, o algo así?

Arrojo fajos de papel sobre el mostrador y estornudo. El polvo de las librerías no es como el polvo normal. Una gruesa capa se deposita encima de todas las cosas y no hay forma de controlarlo. En cuanto limpias una sección, se va bailando a la siguiente. Apuesto a que es por eso por lo que Giancarlo suele sentarse en un lugar y no se mueve de ahí, para que el polvo no pueda atraparlo. Deja que se asiente a su alrededor y vive tranquilamente con él.

Hablando del diablo.

—¿Qué estás haciendo?

Me ha pillado.

—Para ser un hombre grande tienes movimientos muy sigilosos. ¿Cómo te las arreglas para acercarte así?

Ah, es por el polvo. Se desliza en lugar de hacer movimientos pesados.

—¿Te he preguntado qué estabas haciendo?

—Bueno. —Me empolvo las manos en los vaqueros por centésima vez ese día. No estoy segura de si un delantal funcionaría en este entorno. ¿Quizá podría hacer que el delantal fuera algo elegante? Giancarlo lanza su mirada característica, que no me preocupa en absoluto: ya estoy acostumbrada a ella—. Me he encargado de ordenar estos fajos de papeles con la esperanza de despejar la parte de debajo del mostrador. Así tendríamos espacio para guardar los pedidos de la nueva página web que van a llegar pronto, para que estén listos para su envío y...

—No serías buena espía.

Finjo indignarme.

—¿Perdona?

—¿Qué buscas, Luna?

Siento que el color me sube por las mejillas y me recuerdo a mí misma que un espía desde luego no se sonrojaría. No se delataría con tanta facilidad. Es algún tipo de trabajo de respiración que hacen o... No hay tiempo para investigar tal cosa cuando el hombre-monstruo está empezando a mirarme de forma tan intensa. Probablemente este sería un buen momento para decirle que estoy buscando respuestas. Pero mi trabajo aquí no está nada seguro, y no quiero delatarme todavía.

—Creo que alguien ha leído demasiadas novelas de espionaje.

Levanta una ceja tupida.

—Deja el papeleo y limpia los libros.

Me muerdo una réplica. Al principio, me moría de ganas de limpiar los libros y darle algún tipo de sentido a los montones. Pero ahora, no tanto. Las oscuras madrigueras de este lugar me dan cierto asco después de encontrar tantas novelas mohosas y húmedas y todo tipo de detritus que la gente deja atrás cuando no se molesta en encontrar una papelera. Hay un tipo de araña de librería aterradora a la que le encantan esas pequeñas grietas. Es una auténtica pesadilla.

—¡De acuerdo, jefe! —Le saludo—. Pero ¿podemos acordar guardar este papeleo en otro lugar? Esperaba...

—No.

—OK-K-K.

Nada, es un hombre que sabe lo que quiere. No hay nada malo en eso. Está haciendo las cosas mal, pero es su negocio, y debo respetarlo. Echo un vistazo al charco que hay cerca de la puerta principal, pero el astuto Giancarlo lo ve. Tengo que depurar mucho mis habilidades de espía; aun así, me encantaría deshacerme de estas resmas de facturas viejas que seguramente él ya no necesite. Tal vez las cartas de mamá estén escondidas aquí en algún lugar y por eso está tan enfadado.

—Ni lo sueñes.

—¿Qué?

—Volcar todo ese papeleo en ese oportuno charco que no dejas de mirar para poder deshacerte de todo.

Sonrío.

—Sería tan oportuno. ¡Joder!

Estoy segura de que detecto la más mínima elevación de sus labios. Lo considero un avance. Justo cuando estoy a punto de hacerle a Giancarlo algunas preguntas urgentes para avanzar en mi búsqueda, Óscar se acerca a trompicones, cubierto de pies a cabeza de suciedad de librería, como si quisiera demostrar que los escondites sombríos no dan miedo. ¡Me alegro por él! Yo personalmente necesito algún tipo de vacuna contra lo que sea que acecha allí.

—Hola, chicos. He hecho algunos progresos con la habitación italiana. Está limpia y reluciente ahora, pero necesito desesperadamente una ducha, como podéis ver. No sé cómo te mantienes tan limpia aquí, Luna. El agua entra por todas partes y se convierte en lodo. Aunque todo contribuye al atractivo —añade de forma apresurada.

—Llevo varias capas.

Sonríe.

—Me vendría muy bien que me echaras una mano mañana, Luna. Sería estupendo empezar con el laberinto de los niños.

¡Por favor, no me hagas meter las manos en las sucias grietas donde se esconden las arañas!

—Ocupada mañana. Giancarlo quiere que termine la página web y empiece a planificar el servicio de conserjería de libros venecianos.

—Puede esperar un día más —dice Giancarlo, que me echa así a los leones sin preocuparse por mi aracnofobia.

Intenta asegurarme que esas cosas espeluznantes son en realidad tarántulas europeas (¡como si eso ayudara!). Supuestamente son inofensivas del todo y no se parecen a las terroríficas tarántulas peludas de las pesadillas.

No estoy segura de que sean inofensivas porque si accidentalmente cojo una me prendo fuego en el brazo para liberarme. Mi miedo es cien por cien irracional, pero proviene de vivir en lugares tropicales remotos y de acercarme demasiado a estos monstruos de ocho ojos. Ahora se me eriza la piel solo de pensarlo. Giancarlo dice que es el cambio de tiempo y que pronto se irán de sus pequeños escondites de la librería, pero ¡qué demonios, Venecia! Nadie menciona esto en ninguna de las guías, ¿verdad?

—Me voy a casa —dice Giancarlo—. ¿Puede uno de los dos cerrar?

Miro a Óscar con la esperanza de que acepte para poder escabullirme y seguir a Giancarlo. Mis dos últimos intentos han sido abortados cuando me ha visto y he tenido que arrastrar los pies en otra dirección.

—Claro, claro —dice Óscar.

Siempre se muestra tan amable delante de Giancarlo, lo cual estoy segura de que es toda una pose. El empleado modelo, con su sonrisa perfecta y su infinita paciencia con los clientes. Giancarlo coge su chaqueta y nos saluda de espaldas mientras sale.

Agradecida de que no se haya dado cuenta de mis nefastas razones para pedirle que cierre de nuevo, me ablando momentáneamente hacia Óscar.

—Te prometo que mañana te ayudaré a ordenar el laberinto de libros. —Me pondré guantes. Guantes y un traje de plástico de una sola pieza.

—Gracias, eso estaría genial. Entre nosotros, estoy agotado. Quedarme hasta tarde para limpiar y llevar los libros de un lado a otro todo el día requiere mucha más energía de la que jamás hubiera imaginado. Ahora entiendo por qué Giancarlo lo deja así. Apenas guardo un libro, alguien lo recoge y lo deja en otra zona. Hace que te preguntes si no valdría la pena dejarlo donde estaba en un primer momento.

Miro a la puerta. ¿Hasta dónde ha llegado ya Giancarlo? No tengo tiempo, por mucho que me gustaría charlar de esto también. Trabajar aquí me ha abierto los ojos. Los clientes de habla inglesa hacen las preguntas más divertidas y a menudo muestran un comportamiento extraño. Ese mismo día he visto a una clienta pasear por la tienda una pila de libros para luego apilarlos en el suelo mojado y utilizarlos como escalera de mano. Al final, se fue sin comprar nada y tuve que rescatar esos tesoros para que no se empaparan. Si la idea del conserje de libros despega, me pregunto cómo se las arreglaría Giancarlo con el personal extra espontáneo de aquí.

—Tengo que irme, pero ¿hablamos de esto mañana?

La cara de Óscar se entristece. Le he vuelto a decepcionar, pero no se puede evitar. Me comprometo a enmendarlo mañana.

—Lo siento, es que tengo que ir a un sitio.

Cojo la rebeca del respaldo de la silla y salgo a la calle con la esperanza de alcanzar a Giancarlo. Por suerte para mí, él camina a su ritmo habitual. Todo lo que hace es lento, medido, también cuando camina. Saluda al dueño de la *rosticceria* donde se detiene y elige pollo asado y ensalada de patatas y se lo lleva. Luego se para en la *enoteca*, donde compra una botella de vino. ¿Está comprando la cena y el vino para la familia? La multitud disminuye a medida que nos alejamos del distrito de San Polo. Es más difícil esconderse, así que, por si acaso me descubre, saco mi móvil roto y muerto del bolso y lo sostengo en alto como si siguiera sus indicaciones, en lugar de al propio Giancarlo.

Al final de la calle, se detiene como si estuviera decidiendo qué camino tomar. Me escondo detrás del arco de una *trattoria* y espero. Entra en una *tavola calda* y pide un *negroni*, después charla en un rápido italiano con el camarero. Estos pequeños locales están repartidos por toda Venecia y se traducen como «mesas calientes», un pequeño bar donde los clientes se toman un *negroni* o una copa de vino al final de un largo día. Detrás de las vitrinas hay platos de comida preparada, como *bruschetta* o *arancini*. La mayoría de los lugareños parecen disfrutar de un aperitivo rápido antes de volver a casa para cenar, pero me gusta pensar que se trata de una comunidad, de visitar a un barman amistoso y de ponerse al día juntos, antes de regresar a casa, con la sangre caldeada por el alcohol y el hambriento vientre calmado por uno o dos sabrosos bocados.

¿Es una forma de acceder a Giancarlo? ¿Haciendo que su *tavola calda* sea mi lugar de encuentro también? ¿Quizá podamos conectar con una bebida rápida, con la lengua suelta por el Campari? Justo cuando estoy a punto de salir de detrás de la arcada, noto un toque en el hombro, doy un salto tan fuerte que estoy segura de que mi alma abandona mi cuerpo. *Sigue la luz, Luna*. Pronto vuelvo a mi traje humano, con el corazón alojado en algún lugar cerca de mi garganta...

16

—¿Por qué estás espiando a Giancarlo? —me susurra Óscar.

Y se empuja las gafas por el puente de la nariz. Gafas que nunca le he visto llevar. Le dan un aire de novelista desubicado y distante. Me recuerda al escritor Simon Van Booy y por un momento pierdo la noción de lo que estoy haciendo.

—¿Y bien? —pregunta.

Sí. El espionaje.

—No estoy espiando. Estoy... —Vuelvo a mirar a Giancarlo, una figura solitaria de pie en la barra, con un libro que se ha materializado de alguna parte.

El camarero está ocupado preparando una *bruschetta* de setas. ¿Tanto le gusta leer a Giancarlo o es una forma de cortar una posible conversación? ¿Ha saludado y con eso vale?

—Míralo. ¿No parece que lleva el peso del mundo sobre sus hombros?

Óscar se acerca a mí.

—Sí. Se le ve muy solo. Transmite soledad.

Por mucho que hayamos chocado, Óscar parece tener una buena capacidad de observación y un corazón empático. ¿Se debe eso a que es escritor, o simplemente a su forma de ser?

—Entonces, ¿se siente solo porque elige serlo o porque se le ha impuesto?

—¿Cómo puede nadie forzar la soledad de otro? Está claro que en algún momento eligió buscar la soledad. ¿Por qué? Quién sabe. Podría haber cientos de razones.

—La soledad puede ser forzada si alguien pierde a un ser querido, o si desaparece. Es solo una idea.

Trago saliva y me recuerdo a mí misma que debo ser parca en detalles cuando se trata de Giancarlo. Óscar es demasiado listo y que los dos me llamen espía el mismo día es preocupante, aunque lo hicieran en broma, cosa que aún no estoy segura de que hicieran, ya que las acusaciones no iban acompañadas de ningún tipo de risita final.

Óscar me hace un gesto con la cabeza que indica que está de acuerdo conmigo.

—Es cierto, no lo había pensado. Ahora que lo dices, lleva la máscara de un hombre al que le han roto el corazón, ¿no? Tal vez por eso sea tan brusco, tan impaciente con la gente. Ya no le importa. Incluso su hermosa librería ha perdido cualquier atractivo, lo que es una pena.

Me gustaría poder contarle a Óscar mi historia y pedirle consejo. Por mucho que choquemos, él es intuitivo y tiene un lado sorprendentemente compasivo cuando se trata de alguien que no sea yo. Pero no puedo arriesgarme por si utiliza los conocimientos en mi contra para conseguir el trabajo. Cuando lo estudio, por la forma reflexiva en que contempla la situación, tengo la repentina sensación de que puedo confiar en él. Incluso aunque estemos compitiendo por el mismo puesto. Hay una bondad inherente en el tipo, y no percibo esa clase de cosas muy a menudo.

Óscar se aparta del arco.

—De todos modos, será mejor que nos vayamos. No creo que le guste encontrarnos aquí especulando sobre él de esta manera.

—Tienes razón. Ya piensa que soy una especie de espía.

Óscar gruñe y señala con la cabeza en dirección a Giancarlo. Me sonrojo.

—De acuerdo, sí, esto puede clasificarse como espionaje —digo—. Pero es solo porque me importa, no es por ninguna razón oscura.

Entorna los ojos.

—Pero no es solo eso, ¿verdad? Es la forma en que echas una mirada por encima del hombro cada vez que haces algo detrás del mostrador. Actúas como si estuvieras a punto de robar la caja. Luego está la forma en que revisas el papeleo, como si fueras un inspector de la Hacienda italiana o algo así.

—¡Oh, vamos! —La investigación no es mi fuerte, supongo. Realmente necesito pulir eso—. Es solo que está tan apegado a todo..., incluso al papeleo que se remonta a cuando Italia todavía aceptaba la lira como moneda, por el amor de Dios. Es evidente que es un bicho desordenado, se nota en los libros, pero eso es encantador; todo lo demás es basura. Estoy tratando de agilizar las cosas para que, si conseguimos aumentar los ingresos de la tienda, él tenga un método para seguir el ritmo.

Óscar frunce el ceño.

—Pero la descripción del trabajo no mencionaba hacer nada de eso, así que ¿por qué presionarlo? Y aquí estás, siguiéndolo. Te faltó tiempo para salir detrás de él. Parece que estás fascinada por Giancarlo. La pregunta es: ¿por qué? No me trago eso de que «está solo». —Se limita a levantar una ceja. Malditos escritores y su capacidad para leer a la gente.

—No estoy fascinada. Estoy... —¿Qué estoy?—. Estoy preocupada. Soy simplemente una persona empática, y Giancarlo está pidiendo a gritos un cambio de vida, pero está tan atascado en la rutina, tan atrapado en el pasado, que no puede ver el futuro y tenemos que ayudarle. Como me dijo, el personal tiene ideas grandiosas para luego marcharse y dejarlo. Sé con seguridad que no estaré aquí para siempre, así que espero que juntos podamos diseñar esto para él a largo plazo. Necesita ayuda, Óscar, o la librería cerrará. Es solo cuestión de tiempo. Tenemos que unir fuerzas contra él y su falta de voluntad de cambio, como hicimos con lo de las redes sociales, ¿no te parece?

Óscar me empuja hacia las sombras del arco y aprieta su cuerpo con fuerza contra el mío. *¡Qué demonios!* Voy a protestar cuando siento su aliento contra mi oreja.

—Cuando dije que uniéramos nuestras fuerzas, no me refería literalmente —le digo.

—¡Cállate! Viene hacia aquí.

Me quedo helada. ¿Qué es peor, que nos descubran espiando o que nos encuentren en una situación comprometida como si estuviéramos tan desesperados por besarnos que solo pudiéramos dar unos pasos antes de caer en un abrazo apasionado? Ninguna de las dos opciones es buena. Cierro los ojos y espero que estemos lo bastante escondidos como para que Giancarlo no eche un segundo vistazo a dos amantes besándose. Es Venecia, la ciudad del amor: la gente se besa por todas partes.

Óscar huele igual que la tienda, como si el aroma de esta se le hubiera impregnado en la piel. Si pudiéramos embotellar esa fragancia...

—Lo siento —murmura en el calor de mi cuello—. No quería asustarte.

—No pasa nada —susurro mientras su pelo revuelto me hace cosquillas en la mejilla. Si no estuviéramos interesados por el mismo trabajo, probablemente me gustaría hacerme amiga de Óscar.

—¿Lo ves? —susurra; su aliento contra mi cuello hace que mi piel se estremezca.

Me agarro a los hombros de Óscar y me asomo por encima. El callejón está en penumbra. Solo quedan suaves fragmentos de un sol que se hunde y que alcanza la parte superior de los edificios.

—No consigo verlo; no puedo ver mucho.

Óscar se aleja y se sonroja.

—Lo siento de nuevo, Luna. He reaccionado, eso es todo. Necesito este trabajo y no habría soportado que pensara que le estábamos siguiendo.

Le hago un gesto para que se aparte.

—Yo también —respondo—. Necesito este trabajo de verdad, más de lo que te imaginas.

Óscar ya tiene el visado apropiado, así que yo estoy un paso por detrás de él. Óscar suspira; en la penumbra del callejón sus rasgos se han suavizado, como si hubiera dejado su angustia en la librería.

—Entonces, estamos en un punto muerto. ¿Qué sugieres que hagamos? —pregunta.

Me coloco bien el jersey, pues el aire se está volviendo más frío, y me limito a decir:

—¿Qué podemos hacer?

Se encoge de hombros.

—No tienes un visado de trabajo.

—¿Y cómo lo sabes?

—Por mi excelente poder de deducción.

—Estoy en proceso de obtener un visado de trabajo de temporada, así que...

—Así que, hasta entonces, realmente no deberías estar de cara al público; podría meterse en problemas y tendría aún más dificultades...

—No intentes culparme; no es justo.

—Pero es la verdad.

Maldita sea.

—¿Por qué no puedes buscar otro trabajo? Sí, eres escritor, pero no veo que estés sentado allí aporreando el teclado durante el día.

Se mete las manos en los bolsillos.

—Me inspira. Siento que absorbo las palabras que me rodean. Nunca me he sentido tan vivo como aquí. Claro que el lugar necesita algo de cariño, pero son sus defectos los que lo hacen tan hermoso. La fragilidad de esos libros, su obstinación por sobrevivir cuando los elementos hacen todo lo posible por arruinarlos.

—Hablas de ellos como si estuvieran vivos.

¿Por qué, por qué Óscar tiene que reflejar mis propios pensamientos? ¿Por qué tengo que relacionarme con él en tantos niveles? Es más fácil cuando somos enemigos, así que no tengo que sentir nada por él, pero tiene una forma de meterse en tu piel. Es su actitud relajada lo que ablanda a la gente.

—Los siento como si estuvieran vivos. Casi como si zumbara —dice.

Hay una mirada en su rostro que solo puedo describir como amor, como si Óscar estuviera loco por la librería de una manera que solo los ratones de biblioteca entenderían. Y, maldita sea, eso soy yo, un ratón de biblioteca. Me siento igual ahí dentro. Sí, claro que hay muchas cosas que hay que hacer cada día: hay arañas, hay charcos, hay moho que tenemos que raspar de la superficie de los libros, y, sin embargo, es el lugar más mágico que existe. Tal vez tenga que ver con el hecho de encontrarse entre trillones de palabras que se originaron a partir de las veintisiete letras del abecedario.

—Óscar, para mí hay más cosas, pero todavía estoy asimilándolo todo por mí misma, así que deja que te pida que confíes en mí cuando digo que necesito este trabajo mucho más que tú.

Se cruza de brazos.

—Dime por qué.

—No puedo. Todavía no. —Me gustaría poder confiar en él, pero no lo conozco lo suficiente.

—Entonces, no te creo.

—Vale. Entonces que gane el mejor librero. —Y ganará. Si no atiende a razones, no hay mucho que pueda hacer.

—Vale.

—Esta es la parte en la que te vas a enfadar. —Le miro fijamente.

—No soy una persona que explote.

—Bien, explotaré yo entonces.

—Adelante, hazlo.

Se muestra exasperadamente tranquilo al ver que me he marcado un farol. Aun así, hago ademán de marcharme sola y entonces veo a Giancarlo charlando con alguien en una tienda de *delicatessen* que está más adelante antes de que salude con la mano a esa persona y se dirija de nuevo hacia donde estoy yo. Giro sobre mis talones y me escabullo entre las sombras.

—¿Ya lo has reconsiderado?

No hay tiempo para hablar. Me abalanzo sobre él y aterrizamos con fuerza contra la pared, brazos y piernas enredados.

Óscar deja escapar un ayyy. Oigo los pesados pasos de Giancarlo cerca.

—¿Qué haces, Luna? ¿Intentas quitarme el trabajo por la fuerza? Rompiéndome las piernas.

No hay nada que pueda hacer para que deje de agitar sus mandíbulas, así que aprieto mis labios con fuerza contra los suyos, atrapada en el momento dramático. Cierro los ojos y me entrego al beso —demonios, tiene que parecer creíble si Giancarlo nos pilla—, y me odio cuando siento una especie de sensación como de caída. Como de excitación. Es la adrenalina. Es el subterfugio. Solo sé que no me siento así cuando beso a Sebastiano. De nuevo, me recuerdo a mí misma, es la situación. NO ES REAL.

Los pasos continúan, en esa misma cadencia pesada hasta que el sonido se desvanece. Doy un paso atrás.

—Lo siento —digo, parpadeando dos veces mientras busco el rostro atónito de Óscar—. Venía Giancarlo.

Parece que le han dado una bofetada en la cara con un pez todavía mojado. ¿Tan malo ha sido mi falso beso?

—¿Y te ha parecido que besar era la solución?

Después de pensarlo, podría haber dicho simplemente «shhh». Pero me entró el pánico. Y Óscar habría seguido, queriendo una explicación y entonces nos habrían pillado.

—Era la única manera de que dejaras de parlotear. No sé si lo sabes, pero eres un hablador. Hablas. Mucho. Y no había tiempo.

Una expresión de afrenta recorre su rostro.

—No hablo mucho.

—Sí hablas. Además, tienes muchas opiniones. Tu lista de «lo mejor del libro» deja mucho que desear.

—¿Y eso es un problema?

—Lejos de mi intención decirlo.

—Pero lo acabas de decir.

—Estás poniendo palabras en mi boca.

—Palabras que tú has dicho. —Levanta las manos, exasperado.

—Si tú lo dices.

Mueve la cabeza y murmura en español. Rara vez habla en su otra lengua, así que me esfuerzo por no perderme en el ritmo de otro idioma embriagador.

—¡Adiós, esta vez de verdad!

Se toca los labios mientras voy. Probablemente tratando de limpiar el beso y hacer como que nunca sucedió. Ufff, ahí va de nuevo, a lo suyo. Óscar no lo sabe, pero puede que sus días en la librería estén contados debido a su incapacidad para medir las señales sociales cuando se trata de clientes. Sí, claro, es un empleado concienzudo, pero, cuando se le pide una recomendación de un libro y se remonta cien años atrás y avanza en la línea del tiempo, incluyendo la oratoria de pasajes de dichos tomos, los ojos de los clientes se vuelven vidriosos y pierden las ganas de vivir. Tan astuto como suele ser, con esto, no se da cuenta para nada.

Me pierdo en mis pensamientos durante todo el camino de vuelta al albergue y tengo que recordarme más de una vez que fue un beso de mentira y que no significó nada. ¿Por qué entonces sentí que mi alma ardía? ¿Mi chakra del corazón se expande y late? Me lo sacudo de encima. Es una complicación que no necesito. Mi corazón bajo mantenimiento parece funcionar bien en lo relativo a Óscar, lo cual es extraño de por sí. Además, parecía como si yo lo hubiera aterrorizado, a Óscar. Probablemente saltará cada vez que me vea ahora por temor a que le rompa las piernas o a que le bese. ¿No sabe que soy una pacifista amante de la paz?

Gigi está en el balcón, rodeada de otros turistas. Me ve llegar y sonríe.

—Ahora mismo bajo —dice.

La pongo al corriente de Óscar y de todos sus defectos, que son muchos.

—Oooh, Luna, ¿le has besado? ¿Estamos en medio de un triángulo amoroso?

Oh, Dios, Sebastiano. No había pensado en él más que para compararlos a los dos y las habilidades de besuqueo. Esta no soy yo. No soy ese tipo de persona, pero entonces me recuerdo que fue un acto, ¡un acto de espionaje! No se me puede responsabilizar. Siempre hay víctimas cuando se trata del sutil arte del espionaje, y yo todavía estoy aprendiendo las reglas.

—¿Y bien? —Gigi chasquea los dedos delante de mi cara—. Tierra a Luna. Triángulo amoroso, hexágono de amor, ¡dime a qué nos enfrentamos!

—¡Hexágono, por favor! Fue un beso falso con Óscar y el chico no podía hablar inglés después. Estoy segura de que me maldijo en español y empezó a murmurar. Llevaba una mirada de sufrimiento.

Ella niega con la cabeza.

—Pobrecito tonto.

—¿Qué? ¿Por qué?

—El flechazo. Otra vez. Dos veces en un mismo lugar. Es verdad que esta es la ciudad del amor. —Mira al cielo estrellado—. Tal vez tenga que salir más si Cupido lanza flechas con tanta abundancia.

Pongo los ojos en blanco con tanta fuerza que me mareo.

—Gigi, no fue un flechazo. Por qué sigues insistiendo en que todos los hombres están enamorados de mí es un misterio. —Suelto un suspiro de frustración. ¿No me está escuchando?—. En todo caso, fue lo contrario. Parecía traumatizado de verdad. Conmocionado hasta la médula. Cuando me alejé, le pillé tocándose los labios, como si intentara quitarse la marca que le dejé. ¡Probablemente piense que son sus feromonas otra vez! ¿Y si le dice a Giancarlo que le he hecho algo? —Ufff, es increíble que me haya puesto en esta tesitura—. ¡Quizá acaben despidiéndome por ser demasiado sobona! Dios mío, ¿te lo puedes imaginar? No podré poner eso en el currículum, ¿verdad?

—Luna, Luna, Luna. Tan guapa, tan inteligente y a la vez tan ingenua cuando se trata de asuntos sentimentales. Nunca calibras el interés de los tíos; es como si rebotara en ti. Eres una belleza, por dentro y por fuera, pero parece que no tienes ni idea. Me encanta eso de ti, pero, en momentos como este, me entran ganas de golpearte esa cabecita *hippie* tuya contra la pared.

—Bien, soy fabulosa que te mueres. Soy el paquete completo. Belleza, músculos, cerebro. ¿Y qué? No estoy buscando un hombre, así que ¿a quién le importa si su interés rebota en mí?

—¿«Músculos»?

—¡Gigi!

—Vale, lo siento. Dejando a un lado tu sarcasmo, solo lo saco a colación porque no ves lo que los demás ven. Y no me refiero solo a los hombres, sino a todos los que tratan de conocerte, de acercarse a ti. Tiendes a mantener a la gente a distancia. ¿No te has dado cuenta?

Parpadeo dos veces.

—¿Y? ¿Qué tienen de malo los límites?

—Absolutamente nada. Pero no dejas entrar a nadie, a nadie más que a mí, y eso solo porque me empeñé en ser tu amiga.

—Prácticamente me acosaste.

—Bueno, pude ver a través de tu fachada, Luna.

—¿Qué fachada?

Ella nunca ha mencionado esto antes, jamás.

Ladea la cabeza como si se sintiera decepcionada de que yo no admita tal cosa.

—La fachada que muestras al mundo entero, Luna. Debajo de esa chica siempre sonriente y que mantiene la calma, hay un alma perdida que tiene demasiado miedo de abrirse completamente a la gente. Y ahora lo haces con estos dos chicos... ¿No lo ves?

—Yo no...

Intento procesar las palabras, entender cómo se relacionan conmigo, cómo puede ver detrás de la cortina de esas cosas. Pero sé que tiene razón. He aprendido a mantenerme bien lejos, a observar, porque es más fácil así. Acercarse a la gente siempre acaba en despedidas. Y las despedidas son difíciles para mí.

—Para el mundo, eres ese espíritu libre, esa ave del paraíso que vive el sueño, pero yo veo más allá de eso. Y ahora estás aquí, con gente que quiere acercarse a ti, y tú te reprimes o pones excusas del tipo de que ellos no son auténticos. Pero ¿y si ven a la verdadera tú, Luna, y quieren estar en tu punto de mira? ¿Y si quieren la llave de tu corazón? ¿Se la darías a uno de ellos?

—¿A uno de ellos? Gigi, entiendo lo que dices, pero lo de esta noche ha sido una farsa, una parodia de beso. En serio.

Desde que perdí a mamá he luchado con esto mismo. Una parte de mí siente que ya no puedo mantener a la gente a distancia, o simplemente no tendré ninguna conexión cercana, aparte de Gigi y la comunidad del pueblo de casitas. Y necesito más, ¿verdad? Necesito mis propias conexiones. Necesito gente que me quiera por lo que soy, y no porque mi madre los haya elegido para nosotras. Supongo que el fallecimiento de mamá me ha mostrado que la vida es corta, a veces cruelmente. Y tal vez eso significa que necesito confiar en la gente y no quedarme a un lado y esperar. Porque, en realidad, ¿a qué demonios estoy esperando? ¿No debería participar de forma activa en mi propia vida? ¿Perseguir a esas personas especiales y no pensar demasiado en las posibles despedidas? ¿No sería mejor amar abiertamente y atenerse a las consecuencias?

—¿Seguro que ha sido una farsa?

Todavía es demasiado confuso para que tenga sentido, Óscar y yo. Es... nada. Pero ahí voy a mentirme a mí misma de nuevo. Tengo que admitir que sentí una chispa. Pero es demasiado confuso como para preocuparse. No puedo intentar conquistar a quien está compitiendo conmigo por el trabajo. Simplemente no puedo. Y él no parecía lo que se dice muy contento de cerrar los labios, sino, en realidad, todo lo contrario. Cambio de táctica ya.

—¿Qué pasa con la disección de mi vida? Tengo asuntos muchísimo más importantes que tratar que el desglose psicológico de mi pasado.

—De acuerdo, voy a aparcar ese hilo de pensamiento por ahora porque puedo entender que has tenido una especie de golpe para el organismo, pero déjame preguntarte esto: ¿por qué te seguía Óscar?

17

Después de cancelar sus citas conmigo tres veces en el último momento, por fin me encuentro con Sebastiano. Me cuenta la historia de la Biblioteca Nazionale Marciana mientras paseamos por la Piazzetta San Marco.

—Hay más de 750 000 libros en la biblioteca.

Entramos y me impresiona el diseño palaciego y los frescos del techo. Es un monumento muy antiguo. Encontramos el famoso mapa a vista de pájaro de Venecia, realizado por Andrea Palladio, que data del siglo XVI. Nos hace ver el tamaño de Venecia, su larga historia y los muchos cambios que ha sufrido a lo largo del tiempo.

Sebastiano me coge de la mano y trato de no pensar en lo que dijo Gigi de que me alejo a propósito de la gente, especialmente de los hombres. No es que necesite un hombre para estar completa, sino que impido que la gente se acerque. A todos. Así las despedidas son más llevaderas. Así la decisión de seguir adelante es más fácil también. Pero ¿me estoy perdiendo algo por ser tan distante?

No se me ha olvidado el beso que le di a Óscar. Ya fuera fingido o no, tengo que contárselo a Sebastiano. En verdad, no me siento muy atraída por Sebastiano, y estoy segura de que no es por lo que dijo Gigi, cuando aludió al hecho de que me distancio de la gente. No es eso en este caso. Es que hay una clara falta de química entre nosotros. Y tengo esta extraña vibración acerca de él: una especie de aura falsa. Una vez más, Gigi me diría que estoy poniendo excusas, pero no hay nada entre nosotros. Hay algo aquí que no encaja. Que cancele las citas una y otra vez no ha ayudado. Dijo que tenía que trabajar, pero pasé por la *trattoria* de camino a casa desde el trabajo y no estaba allí. Una cosa pequeña tal vez, pero se suma a mi indecisión. Espero a que estemos fuera de la biblioteca para sacar el tema.

—Sebastiano, la otra noche besé a Óscar en la librería. —Sus cejas se juntan y frunce el ceño—. Pero fue un beso falso.

Le explico que Giancarlo podría habernos pillado espiándole y lo que llevó al bloqueo de labios.

—Creo que se aprovechó de ti, Luna. ¿Estás segura de que no lo hizo a propósito? —Un músculo de la mandíbula se le mueve.

—No, no, fue inocente, lo prometo. Somos archienemigos, en realidad. Solo quería que lo supieras, por la sinceridad y todo eso.

—Gracias por decírmelo, pero, por favor, ten cuidado con él. No confío en ese tío en absoluto.

Me río.

—No pasa nada. Está obsesionado con los libros y no sabe charlar más que de eso. Ha aburrido a más de un cliente desventurado.

—Humm.

—¿Qué significa eso?

—¿Qué pasa con nosotros, Luna? Seguimos cogidos de la mano, como novios adolescentes. ¿Quieres ir en serio conmigo? No puedo evitar sentir que este tipo podría alejarte de mí antes de que hayamos tenido la oportunidad de empezar.

¿No debería arder de pasión y anhelo? Sebastiano es guapísimo y disfruto de nuestros paseos por Venecia, pero no suspiro por él cuando vuelvo al albergue. No sueño con él.

—No sé lo que quiero, Seb, la verdad. Esta es una época de cambios para mí, de descubrir quién soy sin mi madre.

—Puedo ir tan despacio como necesites.

Me besa una vez más con la fresca brisa veneciana soplándome en el pelo y espero sentir fuegos artificiales, pero no llega nada, salvo el revoloteo de unas mariposas en mi vientre. Tengo que consultar el tarot y ver qué dicen las cartas sobre este aprieto, pero no puedo esperar tanto. Tengo que hacerlo ahora.

Me alejo suavemente de él.

—Me gusta estar contigo así. —Señalo la biblioteca—. Pasando el rato y riendo. Como amigos.

Tan pronto como las palabras salen de mi boca, siento una sensación de alivio. Él no es el indicado para mí.

—¿No quieres tener una relación conmigo? ¿Es porque sigo cancelando citas? Tenía... que trabajar.

No se lo reproche.

—Mi amistad es lo que puedo darte por ahora, Sebastiano.

Suspira.

—De acuerdo. Te acompañaré de vuelta a la librería y podremos continuar esta charla en otro momento.

Me han dado el turno del domingo por la tarde. Hoy estaremos solos los gatos y yo.

Los domingos en la librería hay un silencio sepulcral; es casi espeluznante estar aquí sin Óscar y Giancarlo. ¿No deberían ser los domingos uno de los días más concurridos de la pequeña tienda del canal? Tengo algunas ideas sobre lo que podemos hacer para que venga más gente los fines de semana. ¿Tal vez podamos conseguir un autor para un evento? O empezar un club de lectura los domingos. Hay tantas ideas, que solo hay que conseguir que Giancarlo las acepte. Dostoievski hace todo lo posible para destrozar mi cuaderno en cuanto me doy la vuelta, así que tengo que guardar el bloc cada vez, o la pequeña pícara destroza el papel antes de que me dé cuenta. Es una pequeña alimaña astuta. Su lado descarado la hace irresistible, aunque aumenta mi carga de trabajo cuando deja un camino de destrucción a su paso. Es una llamada de atención, porque sabe que dejaré lo que estoy haciendo para cogerla y abrazarla.

El largo día llega por fin a su fin. Es hora de cerrar la tienda, así que vuelvo a comprobar que todo está bien cerrado y les doy a los gatos una última caricia en la barriga antes de llenar los cuencos de agua y comida y salir a la cálida noche.

Cuando regreso al albergue, me caliento unos fideos y voy al dormitorio a leer algunas cartas de amor más. Se han convertido en un consuelo que llena las largas noches cuando Gigi está en la *osteria* y yo estoy sola en la habitación.

Me termino los fideos y luego busco las cartas. Rebusco hasta que encuentro donde he llegado en la pila. Me acomodo contra la almohada y leo.

Querida Ruby:

Cada día es interminable sin ti. Sé que necesitas espacio, pero piensa en nuestra hija. Piensa en lo que ella necesita. Una familia cariñosa, una vida estable con todos nosotros juntos bajo un mismo techo. ¿No lo vas a reconsiderar? ¿Por mí, por ella, por nosotros?

Siempre te amaré,
Giancarlo

Sostengo la carta contra mi corazón. ¡Aquí está! La prueba. «Nuestra hija». No se trata de una búsqueda inútil, sino de una conexión real y válida con mi padre y con la vida que podría haber tenido si mamá no hubiera huido. Mamá dejó estas cartas por esta misma razón, estoy segura de ello. Puede que no haya sido capaz de enfrentarse a esto ella misma, pero me dejó este último regalo. El regalo de encontrar a mi padre. El regalo de preguntas que serán respondidas. El único regalo que siempre quise.

18

Una semana más, y por lo que sea tanto Óscar como yo seguimos trabajando en la librería. O bien Giancarlo no está preparado para despedirme o está esperando a que el trabajo pesado de la limpieza posinvernal esté hecho.

En silencio, estoy orgullosa de lo bien que está el local, pero manteniendo el ambiente caótico que lo hace tan atractivo. Hemos ordenado y clasificado los libros en secciones, lo que ha ayudado a la hora de dirigir a los clientes. Los gatos parecen multiplicarse, como si se hubiesen enterado, por algún tipo de radio macuto gatuno, de que el lugar está impecable y sería un hogar acogedor. Hay una nueva gata de carey a la que Óscar llama Harper Lee, y juro que no la había visto antes en la librería.

Óscar no ha mencionado el beso que no fue un beso, y hemos conseguido evitarnos; es decir, todo lo que podemos evitarnos en este lugar. No es que no quiera aclarar las cosas; es que tengo la sensación de que él cree que me he pasado de la raya y no quiero un sermón por ello.

Ni siquiera puede mirarme a los ojos, así que lo he tomado como una señal de que nunca vamos a ser amigos. Harper Lee se esconde detrás de un taburete del mostrador y me golpea los tobillos cuando cree que no estoy mirando.

Suena el teléfono.

—*Buongiorno*, Libreria sul Canale.

—¿Tienes *sexo tántrico*?

Mis cejas se disparan. ¿He oído bien?

—¿Perdón?

—¿Tienes *sexo tántrico*?

—¡No veo que eso sea de tu incumbencia! —Estoy indignada.

—El libro, ¿tienes el libro, *Sexo tántrico*? ¿No estás en el negocio de la venta de libros?

—Oh. —Caramba, sin saludo ni previo aviso—. Humm, no, no me he... cruzado con él. —Oh, Dios mío.

—De acuerdo, gracias. —Y con eso cuelgan y seguro que me he puesto tan roja como una de las remolachas caseras de la tía Loui.

Finalmente, mi pulso vuelve a la normalidad, y me estoy preparando para nuestra primera experiencia como conserje de libros cuando entra Sebastiano. Lleva todo el día y toda la noche enviándome mensajes al número de la pobre Gigi, diciéndome lo mucho que significo para él, pidiéndome que lo reconsidere, lo que nos está volviendo locas a las dos. Realmente necesito un nuevo teléfono, y pronto. Y tener unas palabras con él para que deje de hacer estas tonterías.

—Luna —dice a todo volumen, y se acerca con una amplia sonrisa.

Es un poco exagerado en un ambiente de trabajo, así que le doy el saludo estándar italiano de un beso en cada mejilla y vuelvo a la relativa seguridad detrás del mostrador.

—¿Qué pasa?

Examina la librería como si buscara algo. ¿O a alguien? Se me rompe el corazón. No estará aquí para enfrentarse a Óscar, ¿verdad? Eso sería muy propio de Sebastiano, una gran actuación que demostraría su amor eterno por mí. Me estremezco al pensarlo.

—Hace tiempo que no te veo. —Saca una mano de detrás de la espalda y presenta un ramo de flores frescas—. Hermosas rosas para una hermosa chica.

Cojo las flores que me ofrece, rosas rojas que tienen el perfume de un jardín cultivado y no de algún invernadero que sustrae el aroma de los delicados pétalos.

—Gracias, Sebastiano. Son preciosas.

—Son del jardín de mi *nonna*, recién recogidas esta mañana.

No sé muy bien qué decir. No quiero animar a Sebastiano, pero lo está intentando de verdad. ¿He renunciado a él con demasiada facilidad, apartándome como Gigi sugirió que suelo hacer cuando la gente intenta acercarse? Aun así, me contengo. Por fuera, Sebastiano es como un regalo muy bien envuelto, pero eso no es suficiente para mí. Lo que cuenta es lo que hay debajo.

Sebastiano sonríe. Es difícil resistírsele cuando esa sonrisa le ilumina el rostro. Pero es como si fuera demasiado perfecto, demasiado cortés, como si hubiera hecho esto muchas veces. ¿O estoy siendo un poco dura?

—Esta mañana en Instagram he visto que tienes tus primeros invitados de conserjería de libros. Supongo que estás un poco nerviosa, así que, si te pones nerviosa, que sepas que estoy aquí para ti.

Tiene razón al percibir mis nervios. En gran parte es por si el servicio de conserjería de libros funciona, no solo por mí, sino por Giancarlo.

—Gracias, Sebastiano. Una vez que la primera sesión esté hecha, sabremos si la idea es viable.

—Me voy a la *trattoria*, pero a lo mejor te veo luego.

Sebastiano se va tan rápido que ni siquiera tengo la oportunidad de replicar. No se va a rendir fácilmente, y eso me confunde. ¿Por qué no podemos seguir siendo amigos? ¿Por qué insiste tanto en esto cuando me ha cancelado tantas citas? Estoy tan perdida en mis pensamientos que no me doy cuenta de la presencia de Giancarlo hasta que me toca en el hombro mientras acaricio distraídamente al tuerto Tolkien, que maúlla como respuesta. El hombre debe de pensar que nunca trabajo. Cada vez que aparece, me encuentra inmóvil, apoyada en un mostrador o contra una pared, soñando despierta.

—Ten cuidado con los casanovas. —Hay una mirada oscura en los ojos de Giancarlo.

—¿Estás insinuando que Sebastiano es un casanova?

Giancarlo levanta una palma.

—Ten cuidado, Luna.

Y con eso se aleja para volver a su sitio en el sofá. No es que no tuviera dudas sobre Sebastiano desde el primer momento, pero no es habitual que Giancarlo se involucre en algo personal o que se dé cuenta de lo que ocurre a su alrededor. Se siente muy paternal de alguna manera...

Voy a enviarle un mensaje a Gigi para preguntarle su opinión sobre el asunto, pero recuerdo que todavía no tengo teléfono, maldita sea. Tengo que buscar un sustituto, ahora que vuelvo a tener un poco de dinero con el sueldo de la librería. Mis preguntas para Gigi tendrán que esperar hasta que la vea en persona. Mientras miro a ver si encuentro un jarrón —una tarea imposible en este lugar—, Óscar se acerca con una botella de leche vacía. Me dice con una cálida sonrisa:

—Podrías usar esto para las flores.

—Gracias, es perfecto.

Miro a Giancarlo y veo que nos observa por encima de su novela. Y me viene otro pensamiento: ¿quiere decir que Óscar es el casanova? ¿Nos vio besándonos la otra noche y está tratando de advertirme? Tal vez Óscar tenga novia y por eso reaccionó tan mal cuando lo besé.

Ahora estoy muy confundida. Pero ¿importa? Ya estoy en guardia con Sebastiano y con él no hay otra cosa que una posible amistad. Y Óscar... Bueno, quién sabe. Mi intuición está equivocada, como todo lo demás lo está de repente en este nuevo mundo al revés.

—¿Ese tipo era tu novio? —pregunta.

—No, no lo es.

—Es solo...

—¿Qué?

Las mejillas de Óscar están rosadas. ¿Y ahora qué pasa?

—Nada, no es nada —responde.

La energía de la tienda está francamente endiablada hoy y me siento como si estuviera en medio de todo. Advertencias y palabras no dichas.

—Primero, tengo que limpiar la energía de este lugar, porque lo que sea que esté acechando está alterando el equilibrio.

—¿De verdad crees en esas cosas?

—¿Tú no?

—Nunca he estado expuesto a ello, supongo. Pero tengo la mente abierta. ¿Qué te hace pensar que funciona?

—El resultado. Una vez que limpie, la energía negativa será eliminada y quedará un espacio limpio y neutro.

—Es como abrir la puerta, echar fuera el mal yuyu y luego cerrarla de golpe.

Me río de la descripción de Óscar.

—Más o menos, sí. Mientras te tenga a ti. —Sus ojos se abren de par en par. ¿Cree que estoy a punto de saltar sobre él otra vez, o de romperle las piernas?—. Quiero decir... —continúo, y toso en la mano—, mientras estemos juntos. —Vaya—. En un entorno de trabajo platónico como colegas...

Frunce el ceño. Tiene la habilidad de hacerme olvidar lo que estoy diciendo con sus múltiples expresiones faciales de desaprobación. No hay nada que hacer, excepto seguir adelante. Creo que he dejado claro que está a salvo conmigo, pero su lenguaje corporal me dice que no está tan seguro. Cruza los brazos sobre el pecho y retrocede un paso.

—De todos modos —digo—, a nivel estrictamente profesional, quería comentarte algo. Giancarlo se opone a todos los cambios que intentamos hacer, en detrimento de la librería y de las ventas que tanto necesitamos. Así que, como traté de decir la otra noche en el callejón antes de que estuviéramos... indispuestos. Pensé que tal vez podríamos unir fuerzas, y eso podría ayudarnos a llevar esas ideas a cabo. Y nos aseguraría el trabajo a los dos en el proceso. Por ejemplo, esta mañana le pregunté si podía empezar con un club de lectura local. Tenemos cientos de clásicos aquí, pero se negó. Lo entiendo, no quiere dirigirlo una vez que nos hayamos ido, pero podríamos hacer fácilmente un dosier para que los siguientes empleados lo siguieran. Y de paso movería un poco el *stock* antiguo.

—Buena idea. ¿Qué más tienes en mente? —me pregunta Óscar.

—Bueno, tu idea de añadir otra zona de asientos cerca del canal estuvo genial. Pero él dice que no quiere que la gente holgazanee y se quede dormida aquí. Podemos asegurarle que lo vigilaremos. Los clientes necesitan otro espacio para leer o esperar a quien está comprando libros, ¿no? No creo que nadie vaya a sentarse al lado de Giancarlo cuando les lanza esa mirada insufrible que tiene.

—Bien. De acuerdo —dice Óscar—. Vamos a hacer una lista de cosas que queremos hacer y a defender nuestra posición. Puede que solo consigamos algunas cosas, pero será mejor que nada.

—Sí.

Nos inclinamos sobre el mostrador y garabateamos una lista. Giancarlo nos mira con los ojos entornados, pero estoy segura de que no alcanza a oír nuestro plan desde donde está. Un mechón de pelo se me cae sobre la página y Óscar se toma un momento para colocármelo detrás de la oreja. Intercambiamos una mirada incómoda antes de que él murmure algo sobre la comprobación de un pedido. Estamos trabajando tan cerca y tan bien juntos y luego se va corriendo. ¿Qué problema tiene?

19

Después de comer, Óscar me encuentra apilando libros en la sala del piano. Me asombra que haya tantos clientes que saquen libros y los apilen en cualquier lugar al azar, como, por ejemplo, hasta en las teclas del piano. Estoy buscando un libro concreto para un pedido *on-line* y sé que lo he visto aquí, pero no lo encuentro por ninguna parte.

—¿Qué pasa? —pregunto, incorporándome.

Hay algo en Óscar, en la forma en que me mira a veces, que me pilla desprevenida. Tal vez esté archivando detalles para convertirme en uno de los malos de su libro. Se salva de tener que responder por un momento cuando Dostoievski entra a toda prisa, saltando pilas de libros como si fuera una olímpica. Pronto Dante le sigue la estela y caen el uno encima del otro maullando. Es difícil saber si están jugando o peleando, hasta que Dante la golpea una vez más antes de salir de la habitación como si la hubiera regañado y se hubiera restablecido el orden.

Recojo a Dostoievski para abrazarla mientras espero a que Óscar continúe.

—Yo... —Desvía la mirada.

Ahora tiene mi atención. Óscar nunca escatima en palabras, muchas, muchas palabras para transmitir su punto de vista. Y esta es la segunda vez hoy que va a decirme algo y se detiene en seco.

—¿Te encuentras bien? —Un rubor le sube por el cuello y no puede mirarme a los ojos—. ¿Qué pasa?

—No estoy muy seguro de que me corresponda decírtelo, Luna, pero si los papeles se invirtieran esperaría que vinieras a mí.

Me subo a Dostoievski a la cadera.

—Suena siniestro, pero vale.

—Se trata de Sebastiano. Dijiste que no era tu novio, así que tal vez no importe.

—No es mi novio.

—Está bien, eso es bueno. Es solo que... —Se le apaga la voz.

Creo que sé lo que viene después. Siempre lo he sabido; por eso he sido tan precavida.

—Está bien, de verdad, Óscar. No soy una florecilla delicada.

Me dedica una sonrisa triste y dice:

—Hace un par de semanas le vi con otra chica, pero no estaba del todo seguro de lo que significaba. Podría ser que fuera algo inocente, aunque parecían demasiado cercanos, demasiado juntos el uno del otro. Así que no dije nada.

—De acuerdo.

—El martes pasado por la noche lo vi con otra chica junto al Puente de los Suspiros. Lo siento, Luna. Pero esta vez sé con certeza que no era algo inocente. Estaban bastante... cerca y no me quedó ninguna duda de que debía contarlo.

Pobre Óscar, tener que ser el mensajero de semejante noticia. Parece como si quisiera que se lo trague la tierra.

—Ah, ya veo. —Me siento sobre una pila de libros duros y exhalo. El martes por la noche, Sebastiano canceló su cita conmigo una hora antes de que quedara con él—. Gracias por decírmelo. Tenía la sensación de que podría ser un poco casanova. Giancarlo también se dio cuenta...

—¿Estás... enamorada?

—No. —Me río al pensarlo—. No hay nada. Me parece que es un poco pronto. —No se puede sustituir la pena por el romance, pero no lo digo en voz alta—. Supongo que me dejé llevar por la emoción, por su encanto, por su naturaleza teatral. Más o menos me cogió por sorpresa. Le dije que tenía que tomarme las cosas con calma, pero supongo que eso le liberó para perseguir a otras personas.

—No es digno de ti.

Sonrío ante la formalidad de sus palabras.

—Tengo la sensación de que todo es un juego para él. Su familia le está presionando para que encuentre una buena chica italiana, se case y siente la cabeza; así que mientras tenga libertad, va a disfrutarla. —Y no le envidio eso, pero podría haber sido franco al respecto—. Le conté lo de nuestro beso falso; tal vez se ofendió.

Óscar levanta una ceja.

—Bueno, fuiste honesta con él, y aquello se hizo en circunstancias atenuantes.

—Sí.

Aun así, me escuece un poco que Sebastiano me haya declarado su amor a mí y, lo más seguro, a un puñado de mujeres más al mismo tiempo. Es un poco exagerado el plan de su bien elaborado comportamiento de apasionado donjuán de sangre caliente. Me alegro de que mi voz interior me dijera que fuera despacio; de lo contrario, no me sentiría tan tranquila con todo esto.

—De todos modos, probablemente estemos listos para empezar los preparativos para los invitados de la conserjería de libros, si puedes echarme una mano —le digo a Óscar.

—Claro. —Se encoge de hombros.

Estamos trabajando mejor como equipo, pero aún queda esa espina clavada de los asuntos pendientes. Necesito aclarar las cosas entre nosotros para que podamos avanzar sin ninguna incomodidad.

—Hay muchas cosas que hacer, pero primero quiero reconocer mi error de juicio de la otra semana. Siento lo del beso y... —*mátame*— lo apasionado que pudo parecer. La cabeza me iba a mil por hora y fue simplemente un caso de reacción en el momento. Me pasé de la raya y lamento si te he hecho sentir incómodo al tener que trabajar conmigo después.

Vuelve a tocarse con un dedo el labio inferior, como sin darse cuenta. ¿Le mordí, le dejé una marca o algo así?

—Sin problema, Luna. Entonces, ¿qué necesitas que haga?

Vuelve directamente al tema del trabajo. Supongo que es mejor que no repitamos cada momento. Podemos dejarlo pasar para siempre y seguir adelante. Pero, aun así, pensé que Óscar, estando tan... en contacto con sus emociones, tendría más que decir sobre el asunto. Tal vez esté tratando de ahorrarme la vergüenza. Espero que sea para bien.

La primera experiencia en la conserjería de libros la llevan a cabo una madre estadounidense y su hija adolescente que van en un crucero que atraca para pasar una noche.

Encuentro mi carpeta con la lista de tareas pendientes.

—Bien, tenemos que preparar la mesa junto a la entrada del canal, vestirla con manteles, velas, cubiertos y servilletas. Tenemos que comprobar con la *pasticceria* y confirmar que entregarán a tiempo el té de la tarde.

—De acuerdo, puedo encargarme de eso. ¿Qué más?

—Hay que recoger las bolsas de regalo en la imprenta, pero por alguna razón solo aceptan dinero en efectivo, así que quizá podamos enviar a Giancarlo a hacer ese recado. Puede tomar uno de sus largos almuerzos mientras está en ello, para que no sea una estatua con cara de piedra cuando lleguen.

Óscar se ríe.

—¿Así que tú también te has dado cuenta de que está un poco más dispuesto después de una jarra de vino a la hora de comer?

—Cuando está un poco bebido, Giancarlo es mucho más fácil de manejar.

Nos reímos conspiradoramente. Ya hemos recorrido un largo camino para saber cómo manejar al malhumorado librero.

—¿Cuánto falta para que lleguen nuestros invitados? —pregunta Óscar.

Me miro el reloj.

—Tres horas. ¿Quieres que repasemos la hoja de ruta juntos?

—Claro —responde.

Repasamos el orden del evento y lo que se requiere de ambos. Estamos saliendo de nuestra zona de confort, pero realmente creo que será una experiencia especial para nuestros primeros invitados.

—No soy un gran orador. —Hace una mueca.

—Yo tampoco. Y me aterra que no les gusten los libros que he seleccionado para ellos y que dejen una mala crítica. Giancarlo nunca me lo perdonaría. Pero entonces le doy la vuelta a mi forma de pensar. Nos encantan los libros, Óscar. Tú y yo podríamos charlar todo el día sobre nuestras lecturas favoritas y esto es lo único que hacemos, envuelto en un paquete elegante, ¿verdad?

Óscar asiente con la cabeza.

—No lo había visto de esa forma. Tienes razón. Podemos compartir nuestra afición por la lectura y nuestras preferencias literarias, y ¿qué puede haber mejor que eso?

—Y algunos de nuestros volúmenes menos perfectos, pero aun así mágicos, se salvan en el proceso.

Justo cuando estamos a punto de empezar las tareas de nuestra lista, se produce un revuelo junto a la puerta principal. Me acerco para ver de qué se trata y animo a los pocos clientes que hay en la tienda a seguir mirando. La pareja habla en italiano a toda velocidad, por lo que es difícil saber de qué hablan, pero ya he conseguido captar un poco del idioma y puedo entender lo que está preguntando. Miro a Giancarlo en busca de una señal de que estoy en lo cierto. Él sonríe, asiente con la cabeza de manera casi imperceptible y vuelve a su libro.

Cuando el hombre se arrodilla, la mujer grita tan fuerte que parece que pierdo brevemente el conocimiento, pero es un espectáculo digno de ver. Corro hacia Óscar para decirle que grabe el momento para la pareja, pero él va dos pasos por delante y ya los está grabando con una sonrisa de oreja a oreja. ¿Así que también es un poco romántico? Echo un vistazo a la librería mientras los clientes se quedan clavados en el sitio, disfrutando de la proposición.

—¡*SÌ, SÌ!*—dice ella cuando él hace la pregunta.

Resulta aún más romántico por el hecho de suceder en un idioma que no entiendo. Las bellas y melifluas palabras italianas le añaden un nivel extra de pasión.

El hombre se levanta y desliza un delicado anillo de oro por el dedo de su recién prometida. Mi corazón se expande al ver sus caras de enamorados. Es como si fueran las dos únicas personas del planeta. Ni siquiera se han dado cuenta aún de que tienen un público embelesado. Me parece que nunca he sentido un amor romántico como ese, y por un breve segundo ello me entristece. ¿Encontraré alguna vez a un hombre que me mire así mientras el resto del mundo se desvanece?

Miro a Óscar y me encuentro con que me está mirando fijamente. Aparta la mirada enseguida, pero no antes de que vea que su expresión refleja la mía: lleva una mirada que solo puedo describir como de anhelo. ¿También él quiere encontrar a su alma gemela? Me sacudo esa extraña sensación. Estamos atrapados en este momento y es natural que uno mismo anhele esa clase de alegría. Esto es el amor personificado y me atrevería a decir que cada espectador tiene en mente su versión de este momento. Los que lo han vivido y los que no. Como yo.

Me acuerdo de mi conversación con Gigi acerca de que mantengo a la gente a distancia. Supongo que nunca lo pensé mucho, era más bien una forma de ser que está arraigada en mí, no por mi madre, sino por mi estilo de vida. Es más fácil así, cuando llega el momento de levantar el campamento y marcharse. Claro que tengo muchos amigos, pero no como los que tenía mi madre, que eran una extensión de la familia.

Aparte de Gigi, todos mis amigos son de una amistad superficial. Mamá hizo el tipo de amigos que darían su vida por ella, y por defecto por la mía también. Me estoy perdiendo cosas por contenerme. Sin embargo, estar enredada en sentimientos profundos seguramente haría difícil seguir viviendo así. He visto a mamá abrazarse a sus amigos y llorar a mares, como si le hubieran arrancado el corazón del cuerpo. ¿Quién quiere eso? Tal vez sea una especie de síndrome de no tener padre, en el que mis muros están construidos tan altos que nadie puede volver a dejarme.

Una vez más, me siento desgarrada sobre cómo debo ser en este mundo. A veces me pregunto si realmente me conozco, o si solo estoy representando un papel, como Sebastiano, el teatral italiano encantador. ¿Me estoy mostrando al mundo como una trotamundos de espíritu libre que revolotea por el planeta sin preocuparse por nada, cuando por dentro estoy perdida y, sin mi madre, mi pilar, un poco más sola también?

Me sacudo la confusión. Es ese astuto dolor bestial que me asalta de nuevo. Y me hace creer que no conozco mi camino, porque mamá ya no está aquí. Eso es lo que es.

—Esto te hace creer en el amor, ¿verdad? —pregunta Óscar cuando la pareja se abraza.

Cuando los besos comienzan y se vuelven demasiado apasionados para la hora del almuerzo en una librería, la multitud enseguida se dispersa y estoy segura de que me pongo roja. Pasó de TP a solo para adultos muy rápidamente.

—Ummm, deberíamos... —Me he quedado sin palabras, así que señalo.

—*¡Oh, Dios mío!* —exclama Óscar, que incluso yo sé que lo ha dicho en español. Definitivamente, la pareja se acopla de forma voluntaria, olvidando quizá que están en un lugar público—. Hay niños aquí. —Óscar se escandaliza y yo no me quedo atrás.

No hay nada que hacer excepto...

—¡Disculpa, hola! —Siguen besándose y las manos de él se pasean por debajo de las telas más delicadas—. *Mi scusi!* —grito y se separan, sorprendidos—. Tenemos un vídeo de tu proposición, si sois tan amable de compartir vuestro correo electrónico con nosotros, os lo podemos enviar. Pero veo que estáis en modo de celebración, así que tomad esto.

Me saco una tarjeta de visita del bolsillo. Incluso los gatos se sientan juntos en una estantería alta y se las arreglan para transmitir su disgusto lanzando a la pareja de recién prometidos una mirada arrogante que solo los gatos pueden dominar.

—*Sì, sì, grazie.* —El chico tira de la mano de la chica y se adentran en el dulce día veneciano.

—Hablando de vivir *la dolce vita*, ¿eh? —dice Óscar y se da una palmada en la cara.

Dejo escapar una risita nerviosa.

—¿En qué estaban pensando? Vas a tener que recortar esa parte del vídeo.

Mueve la cabeza.

—¡De ninguna manera! Eso es cosa suya.

—Solo en Venecia...

—Solo en La Libreria sul Canale... —La pequeña librería de Venecia donde todo puede pasar y suele pasar.

Rompemos a reír y al poco tiempo estamos doblados sujetándonos la barriga porque es verdad. Este lugar es increíble y está lleno de gente rara y maravillosa. ¿Quién iba a pensar que trabajar en una librería expondría a una persona a tales cosas?

Me pongo de puntillas para susurrarle al oído a Óscar:

—¡No es de extrañar que Giancarlo se hunda en su sofá con un libro y no salga nunca! ¿Quién quiere ser el que se meta en ese tipo de cosas?

—¡Me entran ganas de hacer lo mismo! ¡Deja que se desaten y haz como si no estuvieran allí!

Le cuento lo de la llamada telefónica en que me preguntaron si tenía *sexo tántrico*.

Nos volvemos a reír. Me siento bien al compartir esto con Óscar. Puedo ir al albergue y contárselo a Gigi, pero no es lo mismo que compartir las locuras que ocurren aquí con otra persona que las ha vivido.

—Bien. Vamos a preparar a nuestros primeros huéspedes de la conserjería de libros y a hacer que sea una experiencia que recuerden toda la vida.

Menos mal que estoy ocupada, así no me queda mucho tiempo para pensar. Cuando vuelvo a lo que estoy haciendo, veo el libro que buscaba, escondido bocabajo en una estantería. Un problema menos.

20

Voy de un lado a otro ordenando los cabos sueltos en una especie de aletazo para alguien normalmente menos aleteable. El gondolero nos ha avisado de que nuestras invitadas de la conserjería del libro, Mary y Bella, están de camino. La mesa está vestida a la perfección, con un hermoso mantel de encaje italiano. Flores frescas del mercado local perfuman el ambiente. Hay velas parpadeando en la estancia para dar calidez al ambiente. Hemos colocado la mesa al lado del arco de la parte trasera de la tienda para que tengan una vista completa del canal mientras se relajan. Tengo que ahuyentar a los gatos, que creen que los cojines de los asientos recién lavados son nuevas camas para ellos. Los pequeños bribones se agachan y se escabullen en cuanto me doy la vuelta. Esperemos que nuestros huéspedes sean amantes de los gatos.

Pronto llegan en góndola, con el gondolero cantando a la manera operística mientras se acerca lentamente a la entrada. El encantador gondolero les ayuda a pasar del barco a la librería. Les damos la bienvenida, les ofrezco un zumo de naranja y me presento. Sonríen mientras recorren la librería, se les iluminan los ojos y se maravillan en voz alta de la belleza del lugar. Mis hombros, que había llevado altos como montañas, bajan y me relajo en la tarde.

—¿Y quién es esta preciosidad? —pregunta Mary.

—Esta es Madame Bovary, pero no te dejes engañar por su inocente expresión. Te robará un *cannoli* del plato antes de que te des cuenta de que está ahí.

—¡No me creo ni una palabra! ¿Verdad, cariño? —Sonríe mientras Madame Bovary salta al asiento del que no hace mucho la empujé.

—¿Puedo hacer una foto? —pregunto mientras Moby Dick se acerca y frota la cabeza contra el tobillo de Bella.

—Sí, claro.

Levantan con cuidado a sus cargas y hacemos unas cuantas fotos alegres con el canal como telón de fondo. Los gatos se llevan toda la atención y ronronean y amasan a nuestros invitados.

—Tomad asiento cuando estéis listas.

Las mujeres se sientan con un gato en el regazo.

Mientras Óscar da un discurso sobre la historia de la librería, yo me escabullo a un lado y me aseguro de que el *catering* esté bien presentado en una bandeja de té. Las tartas y pasteles italianos son como pequeñas obras de arte, y solo el olor ya es suficiente para que se me haga la boca agua. Todo está listo para servirse, así que vuelvo a la mesa.

Una vez que Óscar termina, me da la señal para que regrese con sus cuestionarios escritos a mano con una caligrafía florida con la esperanza de que se los lleven como recuerdo.

—Esperamos que os haya gustado conocer la historia de la librería. Creemos que todos los libros merecen tener una vida larga y feliz, tanto si están un poco estropeados como si siguen tan inmaculados como el día en que se imprimieron. Lo más importante son las palabras que contienen y su capacidad para cambiar tu vida o abrir tu corazón.

Bella, la adolescente, dice:

—No me había parado a pensar en cómo a veces se dejan de lado los libros porque están un poco cansados del mundo. Me dan ganas de adoptar todas esas novelas que se dejan de lado porque la cubierta está un poco estropeada, o las páginas, sueltas.

Le dedico una amplia sonrisa: ¡lo ha entendido!

—Me gusta la idea de la adopción —digo y tomo nota mentalmente de una posible campaña publicitaria futura. «¡Adoptar un libro, salvar una historia!».

—Una heroína como tú, Bella, que se lanza a salvar las novelas que necesitan un poco de amor.

Florece con el elogio, y pienso que Bella y su madre, Mary, bien podrían llevarse el trofeo de mis clientes favoritas. Les entrego los portapapeles para los cuestionarios.

—Hemos creado una serie de preguntas para que podamos hacer una selección de libros que se ajusten a vuestros gustos. Nos gustaría que os tomarais vuestro tiempo y disfrutarais recordando las novelas que habéis leído y que os han cautivado mientras compartís el té de la tarde de la *pasticceria*. Pensad en el tipo de historias que recordáis años después de leerlas, aquellas cuyos personajes aún viven en vuestra mente. Podemos utilizar esa información para encontrar libros de la misma clase, libros que atesoraréis para siempre, que siempre evocarán ese momento especial en la Libreria sul Canale.

—Ooh, esto va a ser muy divertido —dice Mary—. El momento en el que me sentí más orgullosa como madre fue cuando Bella se gastó todo su dinero en libros; entonces supe que había hecho bien mi trabajo. Si un niño ama la lectura, nunca estará solo. Incluso cuando lleguen tiempos difíciles, y siempre llegan, tendrá un tónico para ello. Tendrá un lugar donde escapar. Y ahora estamos juntas en Venecia, en la librería más bonita del canal, a punto de ser mimadas con nuestro primer amor: la lectura.

Sus palabras me hacen llorar, y mi madre está ahí, a lo lejos, como un espectro fantasmal que solo yo puedo ver. No es real, por supuesto, pero cómo me gustaría que lo fuera. Mamá y yo compartíamos el amor por los libros, como Mary y Bella. Era nuestra única constante en un mundo inconstante.

—Y siempre os tendréis la una a la otra para compartir vuestros libros.

—Sí, nuestro pequeño club de lectura de dos.

Se me hace un nudo en la garganta y digo:

—Bueno, ratones de biblioteca, os dejaré a solas un rato, pero hacedme saber si tenéis alguna pregunta.

Óscar les saca la bandeja con la merienda y les rellena los vasos de zumo.

Me dan las gracias y salgo corriendo hacia el mostrador, mientras lucho contra las lágrimas, que no se detienen. ¿Qué me ha pasado? No esperaba que nuestras primeras invitadas abrieran las compuertas, que me recordaran lo que he perdido, lo que me falta. Y, aunque es triste, también es hermoso que esta madre y esta hija estén tan unidas. Comparten un vínculo inquebrantable que se refuerza con los libros y su amor por ellos.

Estoy hecha un mar de lágrimas cuando Óscar me arrastra a una de las habitaciones del fondo.

—Para, para —me dice mientras le brindo una sonrisa falsa, con los ojos todavía brillantes por las lágrimas no derramadas y una excusa ya formada en mis labios. Pero él ya lo sabe. ¿Cómo es posible que siempre perciba estas cosas?

—Sé sincera y dime qué te pasa. Ni siquiera intentes decir que estás bien.

Me paso la yema del dedo por debajo de los ojos, con el corazón desbocado por la sensación de pérdida y por tener que compartirla con Óscar. Dante se acerca a mí, mirando fijamente, como si pudiera sentir mi tristeza. Lo cojo en brazos y entierro mi cara en su suave pelaje a rayas. Tardo un momento en serenarme y confiar en mi capacidad para hablar. Normalmente, mentiría. Diría que estoy bien, que solo estoy pasando por un mal momento, pero ¿por qué siento la necesidad de fingir que todo está bien, cuando está claro que no lo está? Para alguien tan armonizado, me estoy defraudando a mí misma al embotellar mis emociones. ¿Tal vez por eso el tarot no está funcionando? Porque no estoy cuidando mi propia mente, cuerpo y alma.

Me asomo para asegurarme de que no hay clientes esperando. Unos pocos merodean, pero parecen bastante satisfechos. Óscar me da un pañuelo de papel.

—Perdí a mi madre hace poco por cáncer y... Mary y Bella me recordaron lo que ya nunca tendré. Es difícil imaginar que nunca volveré a ver a mamá, y mucho menos sentarme con ella a hablar de libros, de cualquier cosa, nunca más. Para siempre es mucho tiempo, y hoy me ha golpeado de nuevo, eso es todo.

—¿Eso es todo? Perder a un padre o una madre es uno de los mayores traumas de la vida. De verdad, lo es.

—Parece que lo digas por experiencia propia.

Baja la vista durante un momento.

—Perdí a mi padre cuando tenía diecisiete años. Fue duro. Me rebelé, y esa rebelión consistió en ir a la biblioteca más allá del toque de queda.

A pesar de todo, me río.

—Vaya, ¡qué ser diabólico!

Sonríe.

—¿A que sí? Pero todavía tengo a mi madre, y estamos más unidos que nunca. Mi padre era británico, así que después de su muerte mamá quiso mudarse de Kent a España para estar más cerca de su familia. Ahora lo entiendo, claro, pero en aquel momento no. Sentí que seguíamos adelante, olvidándonos de él. Aún hoy le echo de menos y me pregunto cómo habría sido mi vida si él hubiera estado cerca. Es difícil. Y tú: ¿está tu padre en tu vida?

Me quedo paralizada y espero que mi expresión no delate nada. Las cejas de Óscar se juntan ante mi vacilación. Me apresuro a pensar en una respuesta.

—No, no sé quién es. —En caso de duda, digo la verdad. No lo he confirmado exactamente con Giancarlo, ¿verdad?

—Oh, Luna, así que ¿has tenido esta gran pérdida y no tienes familia con la que compartirla? ¿Hermanos?

—No, no tengo hermanos. Pero tengo una gran familia honoraria, así que no estoy completamente sola. Además, tengo a mi mejor amiga, Gigi. Pero la única persona que quiero es mi madre.

Me dedica una sonrisa triste.

—Y siempre la querrás. Ese es el poder del amor.

—Gracias, Óscar. Apuesto a que tu libro va a vender millones de ejemplares; parece que entiendes a fondo de las cosas.

Pero no es solo eso, sino que siempre sabe qué decir y cuándo decirlo. Deja de lado nuestras diferencias cuando me ve en apuros y se lanza a ayudar. No suelo ser del tipo damisela en apuros. Suelo ser capaz de controlar bien mis emociones, pero las cosas han cambiado y quizá para bien. ¿Por qué siento la necesidad de sobrevivir sola? ¿De mantener mis emociones bien contenidas? Intuitivamente sé que si tratara de reprimir estos sentimientos solo sería una solución a corto plazo y pronto se alzarían con rabia y exigirían ser sentidos.

He perdido a la persona que más quería. Siempre me va a doler. Pero tal vez tenga que afrontarlo de frente y hablar de ello abiertamente, en lugar de fingir que lo llevo bien. Ni siquiera soy sincera cuando Gigi me pregunta cómo lo estoy llevando. Ese instinto de protección es difícil de ignorar, ese sobrevivir a toda costa y poner cara de valiente, la que ahora asocio con el duelo.

—¿Vas a estar bien para comisariar la lista? Puedo hacerlo yo si necesitas más tiempo.

Me limpio la cara con una manga.

—Estoy bien. Aunque me voy a refrescar para no asustarlas. —Le doy a Dante un último beso y lo deposito en el suelo.

—Estás guapa cuando lloras. —Óscar levanta una mano—. Espera, no me he expresado bien. Lo que quería decir era, bueno... —Se sonroja y duda—. La frase «llanto feo» se puso de moda por alguna razón; sin embargo, tú tienes unas lágrimas bonitas y delicadas... Oh, mira, un cliente.

No veo ningún cliente. Pero no hay tiempo para lamentarse porque ha llegado el momento de confeccionar su lista de libros personalizados y tengo justo los libros en mente. Mientras Óscar se aleja, pienso en lo que ha dicho y en lo que ha vivido. Siento que puedo confiar en él, y tal vez compartir con él la verdadera razón por la que estoy en Venecia. Abrirme a la gente, de verdad, como sigo prometiéndome a mí misma que haré. Tal vez él podría tener una idea de cómo abordar todo este asunto de la paternidad con Giancarlo...

Mi ordenador emite un pitido con un correo electrónico: «*Buongiorno*, Luna. ¿Puedes escaparte hoy? Hay algo que quiero enseñarte en el Puente de los Suspiros. Sebastiano xx».

¿Va en serio? ¿El mismo lugar al que llevó a su cita misteriosa? ¿Es tan predecible que ni siquiera cambia de lugar? ¿Y ahora me escribe al correo electrónico del trabajo?

No hay tiempo para hacer nada más que decirle que lo sé.

Hola, Seb: como ya te dije, no estoy lista para una relación, casual o no. Parece que has encontrado una sustituta o dos. Por favor, no me envíes correos electrónicos al trabajo, ya que todo el mundo lo utiliza y prefiero que mi vida privada siga siendo privada.

Lo dejo pasar. Siempre va a haber Sebastianos en este mundo, y yo esquivé una bala con él.

21

Una hora más tarde, con sus cuestionarios en la mano, me dedico a confeccionar la lista de libros de Mary y Bella. Sus gustos son variados y eclécticos, lo que facilita mucho la elección. Puedo arriesgarme un poco más, sabiendo que son de mente abierta cuando se trata de leer, especialmente Mary, que lee una amplia gama de estilos literarios.

He elegido *Un recodo en el río*, de V. S. Naipaul, para Mary, también *Al faro*, de Virginia Woolf. Ambos son de estilos muy diferentes, pero creo que le gustarán. Busco una lectura más ligera y tropiezo con *Heartburn: El difícil arte de amar*, de Nora Ephron. ¿A quién no le gusta un buen libro de Nora? La mismísima reina de las comedias románticas.

Para Bella, pienso mucho. Tiene dieciséis años y puede manejar la ficción más pesada, pero quiero encontrar algo que despierte su imaginación. Encuentro un ejemplar bastante manoseado de *Sé por qué canta el pájaro enjaulado*, de Maya Angelou, que es el libro perfecto para alguien de la edad de Bella. Cuando veo un ejemplar de *The Joy Luck Club*, de Amy Tan, también lo cojo. Será un libro que madre e hija podrán leer y discutir. Y cuando veo *La geografía entre tú y yo*, de Jennifer E. Smith, lo añado a la pila, al recordar que disfruté de ese dulce romance.

Llevo los libros al mostrador, les doy un rápido repaso y me aseguro de que estén lo más presentables posible. Óscar se acerca con las bolsas de regalo.

—¿Quieres hacer primero la presentación y luego los envolvemos en papel de seda para su largo viaje a casa?

—¿No es curioso? —digo pasando la palma de la mano por la cubierta—. Es como despedirse de un buen amigo, cuando conservas libros como este.

—Es muy especial. —Está de acuerdo—. Y has elegido bien. Hay algunos libros estupendos.

—Gracias —respondo—. Bien, veamos qué piensan ellas.

Presentamos los libros y les doy una pequeña charla sobre cada uno de ellos para que sepan por qué he elegido esas novelas en concreto y para comprobar que no las han leído ya.

—¡Son maravillosos! —dice Mary—. Ojalá pudiéramos extender ese sofá de ahí y pasar el día leyéndolos.

La cara le brilla con la felicidad que solo se puede obtener con la perspectiva de un nuevo libro para leer. E incluso Giancarlo la recompensa con una sonrisa desde ese mismo sofá.

—Siempre he querido leer algo de Maya Angelou, pero no se me ha presentado la ocasión, así que estoy deseando empezar. Será el primero de la pila —dice Bella.

—Estoy encantada de que te haya gustado la selección. ¿Disfrutaste de la merienda?

—Ha sido hermoso, la mejor experiencia hasta la fecha. Ahora, ¿cómo se supone que vamos a elegir nuestros libros cuando volvamos a casa después de haber sido mimadas así? —Mary ríe.

Charlamos un poco más sobre nuestra afición compartida de la lectura y sobre las hermosas librerías que han visto por todo el mundo en sus viajes, antes de que llegue la hora de que se dirijan a su siguiente aventura. Cena y ópera en el opulento Teatro La Fenice. Antes de que se vayan, hacemos muchas fotos. Casi todos los gatos de la librería se deslizan para que les toque el turno de ser mimados y capturados por la cámara. Mary habla con Giancarlo sobre Venecia y sobre lo encantador que debe de ser tener un establecimiento como este antes de que él regrese a su libro.

Nos dejan con cálidos abrazos y grandes sonrisas. Una vez se han ido, veo a Giancarlo mirándonos fijamente.

—Lo habéis hecho bien —dice.

Óscar y yo nos miramos.

—¿Eso ha sido un cumplido de nuestro feroz jefe?

—Las maravillas no cesarán —digo, sin poder ocultar mi sonrisa.

Este servicio de conserjería de libros podría funcionar después de todo.

Mientras recogemos la librería antes de cerrar, el viejo ordenador cuadrado silba a su manera única y antigua. Voy a comprobar la notificación y veo que es una reseña de Google de Mary y Bella.

Mi hija y yo estamos de vacaciones durante un mes después de haber perdido a mi marido hace un año. Es una forma de recolocarnos y aprender a vivir en este gran mundo sin el hombre que era nuestro norte. Para ser sinceras, nuestro viaje ha sido un poco accidentado porque nos hemos dado cuenta de que la distancia no hace que el duelo sea más llevadero.

Había empezado a preguntarme si las cosas habían empeorado para mi hija, al alargar este tiempo, fingiendo que éramos felices en estos lugares exóticos, cuando, en realidad, anhelábamos la comodidad del hogar, la rutina. Lo anhelábamos a él.

Decidimos que iríamos en crucero a Venecia y, si nada cambiaba, cancelaríamos el viaje y volveríamos a casa. Mi hija se topó con un post en Instagram sobre una experiencia de conserjería de libros en una librería de segunda mano junto al canal de San Polo de Venecia. No teníamos grandes expectativas. Las dos nos habíamos mentalizado y estábamos dispuestas a lo que fuera. Llegamos a la Libreria sul Canale en góndola, con el agua del canal salpicándonos la cara mientras nuestro gondolero nos cantaba de un modo operístico como si fuéramos las dos únicas personas que quedaban en el mundo. Os digo que se me llenaron los ojos de lágrimas: ¡ese hombre sí que sabía cantar! Fue la primera vez en mucho, mucho tiempo que vi a mi hija sonreír. ¿Cómo no iba a hacerlo, cuando el hombre utilizaba todo el aliento de sus pulmones para darnos una serenata?

Cuando bajamos de la góndola y entramos en la pequeña librería, fue como entrar en otro mundo. La luz filtrada se posaba sobre las pilas de libros; era como retroceder en el tiempo. Y por un momento pude respirar de nuevo, me sentí inspirada de esa manera única en que una se siente cuando estás rodeada de libros. Pero no de cualquier libro. Libros que están hinchados de agua del canal. Libros que han sido desechados porque sus tapas están dobladas o rasgadas. Libros que han sido abandonados. Como yo y mi hija Bella. Ambas sentimos afinidad por esas novelas perdidas y dañadas. Luego está el variopinto grupo de gatos de la librería, que era casi imposible dejar.

Para rematar la experiencia, Luna y Óscar. Su amor por la librería y por la historia de la misma era evidente, y su adoración por la lectura y sus afirmaciones de cómo esta repara incluso el corazón más roto, bueno, era justo lo que nosotras, dos almas tristes, necesitábamos escuchar. Nos levantaron el ánimo, fue como si sus palabras nos quitaran una de las capas de dolor, y el mundo se volvió un poco más brillante.

Luna eligió libros perfectos para nosotras, libros que nos llevarán a la siguiente etapa de nuestro viaje, porque hemos decidido seguir adelante. La vida es lo que una hace, y lo que hemos aprendido hoy en esa pequeña y mágica librería del canal es que los libros están ahí cuando necesitas consuelo, y siempre estarán ahí. Puede que sus páginas se hayan vuelto amarillentas por el paso del tiempo, que estén dobladas, que tengan notas en los márgenes o que tengan un garabato de cumpleaños en la portada, pero eso es lo que los hace especiales.

Al igual que nosotras, la vida real les ha marcado de forma indeleble, pero eso solo demuestra que han vivido, *como nosotras debemos vivir. Y esas palabras atrapadas en su interior tienen la capacidad de transportarme del dolor a la esperanza. De la tristeza a la felicidad. Esas palabras me recuerdan que todavía hay mucho que vivir. Y puedo hacerlo con mi hija a mi lado. Si solo tienes tiempo para una experiencia en Venecia, que dicha experiencia sea el glorioso servicio de conserjería de libros, y puede que también encuentres tu propio camino...*

—¡Óscar! —grito, con el pulso acelerado.

No sabía nada, no sentí su dolor. Qué pequeño es el mundo, y cuánta gente está librando una batalla de la que no sabemos nada. Allí estuve, tan impactada por ellas, por su relación, y ellas también estaban pasando por la misma pena que yo. Ojalá lo hubiera sabido para poder abrazarlas un poco más fuerte cuando se iban.

—¿Qué? —dice sin aliento, corriendo a mi lado.

—Lee esto.

Se pone esas gafas que lo hacen francamente guapo y lee. Después de un momento, me mira, con los ojos muy abiertos.

—Nunca se sabe a qué se enfrenta la gente. Estaba destinado a ser.

—¿Verdad?

—Tengo la sensación de que esta reseña va a cambiar las cosas.

—¿Qué quieres decir?

—Vamos a estar muy ocupados, muy pronto, además.

—¿Por qué?

—Porque la experiencia las ha renovado, les ha dado esperanza. Todo el mundo quiere eso.

Y no tienen ni idea de que esta reseña me ha hecho lo mismo a mí. Me ha hecho sentir que mi viaje a Venecia importa, que he formado parte de algo más grande que yo. Más importante.

Sin pensarlo le cojo la cara a Óscar y lo beso rápidamente apretando mis labios contra los suyos.

—Lo siento —digo—. Pero esto merece un beso de celebración.

Antes de que yo pueda evaluar cómo se siente, salgo corriendo, pero no sin antes ver a Madame Bovary, que estoy segura de que me hace un gesto de aprobación. ¿Qué me ha pasado?

22

A la mañana siguiente, Gigi insiste en que vayamos a dar un paseo para hablar de Sebastiano. Le he dicho que no hay nada de lo que hablar, pero no quiere ni oírlo. Tiene reglas muy estrictas cuando se trata de asuntos del corazón, y salir a caminar es una de ellas. Nuestros horarios de trabajo han sido frenéticos y parece que casi no nos hemos visto, así que es agradable tener un día libre que pasar juntas para ponernos al día.

Cruzamos el puente de Rialto, que se encuentra sobre el Gran Canal. Se le conoce como el puente de los enamorados, y, comparado con otros puentes, he de admitir que te corta un poco la respiración con su arquitectura renacentista.

—¿No es impresionante?

—Sí. —Gigi está de acuerdo—. Ooh, mira, ¿es una proposición de matrimonio?

Hay un hombre mayor arrodillado, con una delicada caja de terciopelo en la mano, y su amada tiene una mano en el corazón. Me inclino hacia Gigi.

—¡El amor no ha muerto! Mira a esos novios. ¿Cuántos años crees que tendrán?

—¿Setenta y cinco, más o menos?

Mi cerebro de lectora romántica se vuelve loco.

—Amor de segunda oportunidad, ¿no crees? —Me invento una historia para los enamorados—. Fueron novios en el instituto hasta que la familia de ella se mudó y perdieron el contacto.

—Ambos se casaron y tuvieron hijos, pero nunca olvidaron su primer amor.

—Y un día se encontraron en el aeropuerto. Se reconocieron después de tantos años. Y fue como si no hubiera pasado el tiempo, aunque había pasado toda una vida.

—Y decidieron que no había tiempo que perder y se arrancaron la ropa y...

—¡Gigi! ¡No! Oh, Dios mío.

—¿Qué? —dice inocentemente.

—Estás loca por el sexo.

—Sí.

Muevo la cabeza ante sus payasadas.

—Venecia está llena de gente enamorada. Están por todas partes. No recuerdo haber estado en una ciudad donde haya visto tanto afecto.

Y con eso Gigi se lanza a su discurso posruptura.

—Eras demasiado buena para él.

Le dedico una pequeña sonrisa.

—Estoy aliviada de que se haya desvanecido antes de empezar. Siempre hubo algo que me impidió ir más allá. ¿Y no es eso lo más preocupante, que me sienta aliviada? ¿Y si sigo así de insensible toda la vida? Ni siquiera sé si estoy adormecida; simplemente estoy... nada. Únicamente me enfado cuando pienso en las otras mujeres enamoradas que no tienen ni idea de lo que hace él. Por lo que me dijo Óscar, parecían enamoradas de él. Quiero decir, tal vez él sienta algo real por ellas, pero no se puede decir que esté siendo honesto y admitiendo que no son su único interés amoroso. ¿Verdad?

—¿Creemos a Óscar? Quiero decir, ¿qué te hace pensar que no se lo está inventando para acercarse a ti?

—Óscar es de los buenos. Habla por los codos y es de los que corrigen los errores porque está en su naturaleza, aunque ello le vuelva repelente. Creo que vio a Sebastiano con esas otras mujeres. Y Óscar no está interesado en mí de la manera en que estás pensando. Todo lo contrario. Intenté hablar con él sobre el falso beso y cerró la puerta de golpe y siguió con los asuntos de la librería. Como si no quisiera escuchar ni una palabra más al respecto. Eso dice mucho, para mí. Sin embargo, al ver que el amor florece por todas partes, me pregunto si alguna vez me sucederá a mí. Tal vez algunas personas no tienen alma gemela. ¿Has pensado alguna vez en eso? —La cara sonriente de Óscar me vuelve a la mente. Es un tipo muy dulce. Y todos los gatos le quieren, incluso Dante, lo que dice mucho. ¡Los gatos siempre saben!—. Me prometí a mí misma que dejaría de frenar a todo el mundo, pero es muy difícil ser abierta con estas cosas. La verdad es que Óscar es un encanto y si la situación fuera diferente podría habérselo dicho, pero no estoy en condiciones de hacerlo. Prueba de ello es el asunto de Sebastiano. Así que tal vez sea mejor que me centre en mí misma por un tiempo.

Gigi me coge del brazo y nos dirigimos a los mercados de Rialto: es un caos total. Los lugareños compran comestibles y marisco fresco, y el olor a pescado flota en el aire. En estos mercados se lleva más de setecientos años comerciando y, a pesar de que Venecia es una meca del turismo, han conseguido mantener esta tradición. Hoy fingimos ser lugareñas y buscamos setas para la pasta que Gigi planea preparar para nuestro almuerzo. Encontramos nuestros *funghi* frescos y terrosos y nos aseguramos de no cogerlos nosotras mismas, aunque la tentación es grande. ¡Nadie quiere estar en la lista de espera! El vendedor nos da los más grandes, con la tierra todavía pegada a ellos.

Le damos las gracias y encontramos nuestra joya secreta escondida, una pequeña tienda junto al albergue que vende pasta casera a puñados. Mientras buscamos en las vitrinas pasta fresca hecha a mano, observamos cómo las mujeres amasan la pasta y enrollan los ñoquis con dedos expertos mientras charlan y ríen. El único problema de venir aquí es intentar reducir nuestra elección de pasta. Hay muchas variedades de raviolis rellenos de todo tipo de delicias, desde queso hasta setas. Hay *tortellini, gnocchi, pappardelle*. Intentamos abrirnos paso a través de la selección en cada visita. Nos decidimos por los *agnolotti* rellenos de nueces y gorgonzola, que deberían maridar la mar de bien con nuestras setas frescas.

Fuera, Gigi continúa con su charla de ánimo:

—Luna, no te vuelvas una amargada y retorcida como yo. Puede que yo tenga un corazón frío y acerado, pero tú no. Estás lidiando con la pérdida de tu madre, así que es normal que te sientas un poco insensible cuando se trata del amor. Lo único que tienes que hacer es creer y dejar que el universo provea. Tal vez ahora no sea el momento para el amor, pero eso no significa que tengas que renunciar a él para siempre. Y me siento mal por haberte empujado a ese Sebastiano. Solo pensé... que te ayudaría mientras estabas tan triste. Que te quitaría el dolor de la cabeza por un tiempo. Pero ahora veo que estaba totalmente equivocada.

—Por un tiempo, fue agradable olvidar todo lo demás y dejarse seducir. Lo que más me gustaba eran sus historias sobre su vida familiar. Me gustaba la idea que tenía de él, pero no él en realidad.

—Aun así, no me puedo creer que no haya saltado la alarma de mi detector de mentirosos.

—Tal vez esté un poco oxidado. Mi tarot tampoco me ha dado respuestas. Puede ser que tengamos que dejar que la naturaleza siga su curso, y, para mí, eso significa conocer mi pasado. No he tenido el valor de preguntarle a Giancarlo, ni siquiera he tenido idea de cómo hacerlo. Me he enamorado, eso está claro...

—¿Qué? —Gigi jadea.

Asiento con la cabeza.

—De la librería. Me ha costado mucho. Es un lugar increíble y me siento completa cuando estoy allí. ¿No es una locura? Es un lugar, no una persona.

—Bueno, tal vez es que tu padre está allí, y sabes que podría ser el comienzo de una nueva etapa de tu vida.

—Sí, probablemente sea eso.

Es más que eso. Es todo. Es Óscar. Pero no me atrevo a pronunciar esas palabras en voz alta. Y Óscar ha dejado muy claro con sus acciones que no está en la misma situación. Echo de menos que mis cartas del tarot me guíen, echo de menos tener fe en que pueda leerlas y conocer mi camino. Pero supongo que algunos viajes están destinados a realizarse en solitario.

23

Me cuesta un poco desprenderme del dinero para comprar un nuevo teléfono, pero estoy segura de que Gigi está cansada de prestarme el suyo cada vez que me cruzo con ella. En cuanto al dinero, vuelvo a tener, así que puedo disponer de algunos fondos para poder comunicarme de nuevo.

El chico de la tienda de electrónica frunce el ceño cuando le pido el mismo modelo de Samsung que tenía antes y pasa a hablar en inglés.

—No tenemos modelos tan antiguos. ¿Estás segura de que no quieres un teléfono más nuevo?

—Estoy segura —respondo—. Me llevaré el teléfono más barato que tengas.

Me sorprende lo que gasta la gente en teléfonos, como si fuera más un símbolo de estatus que otra cosa. Nunca lo entenderé. Con que pueda comunicarme y sacar unas cuantas fotos, pixeladas o no, me basta y me sobra.

—Si el dinero es un problema, tenemos planes de pago mensuales. Puedo ofrecértelo si tienes en regla el documento de identidad.

—No, gracias. Uno barato está bien.

El hombre me ofrece un modelo algo posterior de Samsung y me hace un gran descuento.

—Probablemente me muera con este teléfono, así que no me importa rebajar un poco el precio. —Me mira de forma extraña, como si no entendiera por qué una *millennial* no tendría el último *smartphone*.

—*Grazie!* Me aseguraré de comprar mi próximo teléfono aquí, dentro de unos diez años.

Su risa me sigue fuera. Una vez que introduzco mi tarjeta *sim* llamo a la tía Loui, que me dejó un mensaje en el teléfono de Gigi para que la llamase cuanto antes.

—¡Niña! ¿Cómo te trata Venecia?

Encuentro un lugar a la sombra y le cuento todo lo que ha pasado desde la última vez que hablamos, incluido el éxito de los primeros huéspedes del servicio de conserjería de libros.

—Estoy muy orgullosa de ti —me dice—. Tu madre también lo estaría. Siempre pensé que acabarías trabajando en algo relacionado con la literatura. Siempre tenías la nariz metida en un libro, mientras el mundo seguía girando a tu alrededor.

—En verdad, es un sueño hecho realidad. Aunque tengamos que luchar contra Giancarlo para hacer cualquier cambio. Es casi como si no quisiera que se perturbe su paz, pero sabe que las cosas necesitan un empujón si quiere que el negocio se mantenga abierto. Últimamente cede con más rapidez, así que, o bien está entrando en razón, o bien está perdiendo la energía para defenderse. —Me río al pensar en la cara pétrea que pone el librero cada vez que acudimos a él con otro plan audaz—. Tiene una gran cantidad de existencias, así que ha sido muy divertido rebuscar entre todos los libros. Encontré todos sus libros románticos embalados en cajas. Supongo que no quería ofrecerlos cuando se le rompió el corazón y eso me pareció hermoso.

—¿Los has devuelto a las estanterías?

—Por supuesto, después de mucho debatir con él sobre los méritos de tales novelas. Y se venden mejor que ningún otro género. Eso lo demuestra, ¿no? Todavía las guarda cuando no estoy mirando, las encuentro y las vuelvo a poner en exposición. Es una batalla de voluntades y a veces tengo la sensación de que se divierte con todo esto.

—Parece que las cosas van bien en ese sentido, pero ¿has avanzado algo en el misterio de Giancarlo en sí?

Exhalo un profundo suspiro.

—Todavía no. No he conseguido averiguar nada sobre él. No habla mucho, aunque poco a poco se va abriendo a nosotros, pero no en los temas personales. La mayoría de los días lo único que consigo es una mirada ocasional por encima de la portada de su libro cuando pasa la página y un gesto de la mano que significa que vaya a recogerle el almuerzo.

—A tu madre siempre le gustaron los callados.

—Sí, es muy callado. Mi siguiente idea era confesárselo a Óscar y ver qué le parece. Óscar es realmente reflexivo, un pensador bastante profundo. Él ve el fondo de las cosas, no solo el nivel de la superficie.

—Ese es un gran plan, Luna. Podría tener algunas sugerencias en las que no hayas pensado. Pero ¿no estáis compitiendo por el mismo trabajo?

—Giancarlo ya no dice nada al respecto, así que no voy a sacar el tema.

—De acuerdo, pero ten cuidado. No me gustaría que cambiaran las tornas y te dejara sin trabajo.

—Tendré cuidado. Si eso ocurre, Gigi me ha dicho que hay muchos turnos disponibles en la *osteria*.

No le digo a la tía Loui que se me rompería el corazón si tuviera que dejar la librería y trabajar en otro sitio. Hay algo especial en ese lugar, se te mete en la piel. Es la historia, la belleza caótica, incluso los extraños clientes que hacen que sea un lugar tan salvaje y alocado para trabajar, pero es más que eso. Por una vez en la vida, siento que formo parte de algo, que soy uno de los muchos elementos que lo convierten en lo que es. Y echar una mano en ayudar a que crezca en la siguiente etapa de su ilustre vida es una especie de maravilla. Por supuesto, podría conseguir trabajo en otro sitio, pero me sentiría vacía después de esto.

—Ni siquiera necesitas mis consejos. Estás muy metida en esta nueva vida, y me alegro muchísimo por ti, cariño. Me alegro de verdad. Aunque aún no hayas resuelto el misterio, hay música en tu voz y es realmente encantador escucharla.

Lo medito. Soy feliz aquí. Sorprendentemente. Pero ¿qué ha hecho que sea así? ¿Estar ocupada, estar rodeado de buena gente? ¿La librería en sí misma, que me cura de adentro hacia fuera?

—¡Oh, casi se me olvida decírtelo! Hubo una proposición de matrimonio en la tienda y se volvió... subidita de tono.

Cuando le cuento la historia a la tía Loui, chilla y exclama.

—¡¿Qué demonios...?!

—Tuve que gritar a pleno pulmón para llamar su atención. Fue uno de los incidentes más reveladores que han ocurrido hasta ahora.

—Tienes que escribir un libro sobre esto. Las historias que recopilas merecen ser compartidas. *La pequeña librería de Venecia*, por Luna Hart...

Me río con esa idea.

—¿Quién se iba a creer estas historias? Esto demuestra que la verdad es más extraña que la ficción. Está la señora que viene todos los días a buscar a su marido. Giancarlo dijo que la dejó plantada en el altar hace cincuenta años, pero como un reloj ella entra bramando por él. Luego está el anciano que lleva traje y corbata, se sienta al piano, un piano que necesita desesperadamente que lo afinen, y toca Vivaldi durante horas. Incluso a pesar de que está mal afinado, es la parte más bonita del día. No sabemos cuál es su historia porque Giancarlo no se ha acercado ni una sola vez a él, y, en cierto modo, el hecho de no saberlo aumenta la alegría. No se molesta por el hecho de hacerle preguntas. Debe de sentirse bienvenido, así que toca el piano y luego se va sin decir una palabra.

—Grábalo para mí la próxima vez, si crees que no le va a importar.

—Lo haré. Todo el mundo le graba. Tiene su propio club de fans, que entran en la tienda cuando oyen desde fuera las notas del piano. Este lugar es una contradicción a veces. En un momento, me emociono con la belleza del pianista y, al siguiente, un cliente me regaña porque dice que hablo demasiado rápido y no puede descifrar mi inglés. He aprendido a levantar las manos y dejarlo pasar. El trabajo con los turistas es duro de verdad. Pero tenemos a los gatos de la librería para acurrucarlos contra nosotros y eso hace que todo esté bien.

—¿Cómo se las arreglaba Giancarlo antes de que llegarais Óscar y tú?

—Estaba más tranquilo. Las redes sociales han aumentado la afluencia de público. La publicación de mapas ayuda a encontrar la tienda, porque está en un sitio muy escondido. Giancarlo tenía una puerta giratoria de personal. Por lo que deduje al clasificar el papeleo, la mayoría del personal solo duraba un mes, como mucho. Suele contratar a mochileros, por lo que solo se quedan una temporada antes de marcharse a otro lugar. Si este servicio de conserjería de libros despega, espero que Giancarlo tenga fondos suficientes para contratarnos a los dos a tiempo completo, porque la librería realmente necesita al menos dos empleados, tal vez tres, pero por el momento no hay dinero.

—Estoy segura de que tu plan funcionará, Luna. La primera sesión ha salido muy bien.

No le digo a la tía Loui lo triste que me puso el dúo de madre e hija. Fue más agridulce que otra cosa. Verlas disfrutar tanto y estrechar lazos en torno a los libros me ha hecho sentir todo el peso de la situación; además, conocer su historia ha sido un momento único e irrepetible. Ahora me siento más segura. Después de mi charla con Óscar, me he permitido sentir esos momentos de pura angustia que surgen, me he permitido llorar, mientras el carrete de recuerdos se reproduce como una película y luego duermo, por lo general. El sueño ha sido mi manta de seguridad. Incluso en el ruidoso dormitorio, duermo profundamente sin soñar, y ello me fortalece para el día siguiente, me ayuda a enfrentarme a lo que venga.

—Espero que funcione. Es gratificante ver que esos libros son apreciados y viven una nueva vida. De todos modos, ¡basta de trabajo! ¿Cómo va la agente inmobiliaria con la búsqueda de inquilino para la casita? —pregunto.

—Hasta ahora todo va bien. Ha organizado una visita este fin de semana y tiene algunos candidatos que parecen adecuados porque ya han vivido fuera del sistema. Todo el mundo está entusiasmado con la llegada de gente nueva. —Deja escapar su risa gutural a lo Janis Joplin—. Ya me imagino la visita, seguro que tendrán un público de curiosos en el parque.

Me río al imaginármelos a todos fingiendo que tienen algo que hacer justo delante de la casita de mamá. Habrá mucha jardinería falsa, eso seguro.

—Espero que no se molesten demasiado porque no podamos mantenerla vacía —comento—. Lo último que quiero es que un intruso llegue y altere la comunidad tan unida que tanto les ha costado construir.

—No, todo el mundo lo entiende. No es la primera vez, cariño, y no será la última. Recuerda que cuando perdimos a Georgie hace un par de meses, su furgoneta fue a parar a una encantadora pareja joven que ha levantado la energía por aquí. El cambio es inevitable, todos lo sabemos. Encontraremos a las personas adecuadas, no te preocupes. Y si no, tenemos nuestros métodos para eliminarlos.

En mi mente se forma un recuerdo de otra pareja que se mudó cuando mamá llegó allí por primera vez.

—Dios mío, aquel círculo de oración de gente desnuda y las sesiones de espiritismo al aire libre no eran reales, ¿verdad?

—¡Claro que no! ¿Acaso parecemos brujas? Además, no estábamos desnudas del todo, pero, como le dije a Gigi, para llamar la atención por aquí hay que remover las cosas, así que decidimos que medio desnudas serviría. Y funcionó. A aquella pareja le faltó tiempo para embalar sus cosas.

Dejo escapar una profunda carcajada al recordarlo. Se habían mudado a la cabaña que había detrás de la casa de mamá y enseguida empezaron las quejas. El tipo mandaba en la casa, lo que enfadaba a la comunidad, luego intentó cambiar las cosas en la comunidad, y aquello nunca se iba a aceptar.

—Fue idea de tu madre, ya sabes. Se enfadó mucho cuando el tipo nos dijo que el yoga de medianoche le interrumpía el sueño. Y la letanía de quejas aumentó a partir de ahí. Se quejó de las colmenas (demasiado zumbido, al parecer). Y las palomas de la paz de Jillian se cagaron en sus paneles solares. Pero los pájaros están destinados a ser libres; de ninguna manera iba a enjaularlos. Así que Ruby hizo esa campaña contra él y funcionó. Nunca olvidaré la imagen de un centenar de mujeres, con bazucas apuntando a la luna, fingiendo que estábamos invocando el apocalipsis o algo así.

—Nunca le gustó que le dijeran lo que tenía que hacer. —Sonrío al pensar que mamá está detrás de la broma por el bien del pueblo de las casitas.

—Especialmente si se lo decía un hombre que debería saberlo mejor, al mudarse a un lugar como el nuestro. Ten por seguro, cariño, que hemos aprendido la lección sobre la investigación de nuevas personas.

—Me encanta, pequeñas zorras astutas.

—Gracias.

—¿Cómo va el embalaje de la casita? Todavía me siento mal por no estar allí para ayudarte.

—¿Qué te dije? No pierdas el tiempo en preocuparte por mí. Todo está hecho. Por eso te dejé un mensaje en el móvil de Gigi para que me llamaras cuanto antes. Encontré un montón de fotos tuyas. Debisteis de vivir en Venecia un tiempo antes de que ella se fuera a Tailandia. Hay un montón de fotos tuyas de bebé acurrucada junto al canal. Es difícil verte la carita por la cantidad de capas que llevabas. Supongo que en Venecia hará bastante frío en invierno al estar rodeada de tanta agua. Hay algunas fotos tuyas de pequeña, sentada en una trona en un café, y otras cuando debías de tener unos cuatro o cinco años y todavía tenías dientes de leche. Dios, eras una pequeña magdalena adorable.

—¿En Venecia?

—Eso parece. Al fondo se ve el Puente de los Suspiros, y en otra, la Plaza de San Marcos. Aunque no soy ninguna experta, hasta yo reconozco esos monumentos.

Mi aliento escapa en un suspiro.

—Pero, espera..., no estábamos en Venecia cuando yo tenía cuatro o cinco años. Al menos, no creo que estuviéramos. Yo nací en Tailandia, y nos quedamos allí unos cuantos años. Recuerdo que empecé en los grupos de educación infantil de la comuna cuando tenía esa edad.

¿O estoy recordando mal? A menos que... yo en realidad no naciera en Tailandia, como me dijo mamá. ¿Es este el eslabón perdido que estoy buscando? ¡Tal vez Tailandia llegó mucho más tarde, una vez que ella dejó Venecia!

La tía Loui chasquea la lengua.

—Bueno, esto no está claro entonces. Debe de haber ido y venido de Tailandia a Venecia porque tenéis edades diferentes en estas fotos. Pero en la más antigua supongo que tenías cuatro o cinco años, aunque quizá me equivoque. Tal vez solo tuvieras tres años.

¿Viví en Venecia los primeros años de mi vida? ¿Intentaron que funcionara por mi bien?

—Yo creo que lo recordaría de ser así.

—No, si solo eras una niña pequeña. No se me da bien esto de los niños. Tendrás que echar un vistazo tú misma a estas fotos y ver si puedes adivinar qué edad tenías.

—Vale. ¿Sale Giancarlo en las fotos?

—Hay un hombre en algunas, un tipo alto. ¿Qué tal si les saco fotos con el teléfono y te las envío? O puedo ir a la biblioteca y escanearlas. Las he encontrado esta mañana. Hay un montón de cajas.

—Las fotos del teléfono servirán por ahora, tía Loui. ¿Dónde estaban las cajas? Gigi y yo revisamos todos los armarios y cajones cuando buscamos posibles fotos para el montaje fotográfico.

—En la zona de almacenamiento detrás de la cama del *loft*. En realidad, muy abajo. Solo las encontré cuando bajé todos los atrapasueños de Ruby. Me costó mucho sacar las cajas. Al final tuve que pedirle a Jillian que me ayudara a llegar a las de abajo, porque es muy delgada. Me preocupaba que me quedara atrapada allí, medio dentro, medio fuera para toda la eternidad.

Sonrío ante la idea, pero mi mente se acelera. Si pasé unos años en Venecia, eso significa que sí intentó que funcionara con Giancarlo desde el principio. Quizá sí pasé algún tiempo con mi padre, aunque no lo recuerde. Siento algo especial, como si pudiéramos trabajar en ese vínculo temprano que se formó.

—Perfecto, te las envío ahora.

—¡Gracias, tía Loui!

Colgamos y mi teléfono emite pitidos con fotos que llegan. Tardan en cargarse, pero al final aparecen todas. Busco en cada imagen pistas sobre dónde estábamos y con quién. La tía Loui tiene razón, en las fotos de bebé estoy tan abrigada que es difícil distinguirme. Los inviernos de Venecia deben de ser gélidos, con el viento frío que sopla en los canales. A medida que las fotos avanzan, también lo hace mi edad. Soy un bebé pequeño y regordete con un conejo de peluche en la mano. Luego soy un poco mayor, y ahí está Giancarlo. Definitivamente es él, solo que más joven y robusto. Mamá no aparece en ninguna de las fotos. ¿Por qué?

Entonces me doy cuenta de la diferencia. La niña de las fotos tiene el pelo claro.

Esa niña no soy yo.

¿Por qué guardaría mamá fotos de ese niño?

Llamo a la tía Loui, con el corazón galopándome en el pecho.

—¡La niña no soy yo!

—¿Qué? —Su voz es un grito.

—¡La chica de las fotos no soy yo! Y mamá no sale en ninguna de ellas.

—Déjame coger las gafas y echar un vistazo. —Hay ruido estático en la línea mientras busca las gafas—. Maldita sea, no las he mirado tan de cerca antes. Si no eres tú, ¿quién es? ¿Y por qué tiene cajas llenas de fotos de esta chica?

—De esta chica y también de Giancarlo.

—¿Seguro que es él?

—No hay duda. Giancarlo sigue siendo esa misma presencia corpulenta. Es algo difícil de pasar por alto.

—Entonces, ¿quién es ella, si no eres tú?

Me devano los sesos buscando una explicación.

—¿Su hija? Debe de haberse casado después.

—Podría ser, pero entonces ¿por qué le enviaba las fotos a Ruby? Puede que siguieran siendo amigos por correspondencia, pero está claro que él continuaba enamorado de tu madre. ¿Por qué iba a enviar entonces fotos de su hija? Una o dos, puedo entenderlo, pero no tantas como para llenar cajas.

—Sí, es raro.

—¿Y dónde está? —pregunta la tía Loui—. ¿No la ha mencionado?

—No ha mencionado a nadie de su vida. Pero eso no quiere decir que no tenga esposa y familia en casa. Necesito averiguarlo con seguridad. Y necesito encontrar las cartas que mamá le escribió para saber qué sentía ella por él y por qué se fue con tanta prisa. Tal vez arrojen algo de luz sobre esto.

—¿Has registrado la librería?

—La mayor parte de ella.

—Lo más probable es que estén en su casa. Olvídate de las cartas por ahora, ya que ni siquiera sabemos si existen. Tienes que conseguir que te invite a cenar para ver si está casado y tiene hijos. Para ver si tiene alguna foto en las paredes, ese tipo de cosas.

—¿Cómo puedo conseguir que me invite a cenar a su casa cuando no es precisamente muy dado a las relaciones sociales?

—Búscate una excusa.

¿Qué pensaría? ¿Qué le hiciera preocuparse lo suficiente? Tal vez yo podría recurrir a su lado más amable...

—¿Qué pasa si digo que es mi cumpleaños y no tengo ni un alma con quien celebrarlo y echo de menos una comida casera con la familia?

—¡¡Sí!!

—¿Tal vez debería invitar a Óscar también? He estado pensando en confesarle toda la misión de encontrar a mi padre, y luego se puede promocionar como una celebración de cumpleaños de la librería... ¿O Gigi encajaría mejor?

—¡No, no puedes mencionar a Gigi, o entonces se vería que no estás sola! Por el momento finge que Gigi no existe. Él sabe que tú y Óscar sois nuevos en Venecia, pero es tu cumpleaños y estás desesperadamente sola en un país extranjero, y ellos son lo más parecido a una familia que tienes. Vas a tener que hacerlo muy bien.

Muevo la cabeza y me río.

—Vale. ¿Qué podría salir mal?

Una vez nos despedimos, se me pasa la emoción y me quedo con una sensación de nerviosismo. ¿Conocía mamá a este bebé? ¿Estaba Giancarlo casado cuando llegó mamá? Ella siempre estuvo tan a favor de las mujeres que me niego a pensar que tuvo una tórrida aventura sin que la fiel esposa de Giancarlo se enterase. Significaría que todo lo que representaba era una mentira, pero estoy empezando a enterarme de que hay muchas cosas de mamá que no compartió conmigo. ¿Estaba en su derecho? ¿Está bien que haya aprendido de sus errores, aunque no haya practicado lo que predicaba? El aire se ha vuelto frío y me quedo sentada durante un rato, dándole vueltas a la cabeza. *Ojalá estuviera aquí* para poder preguntarle.

Ojalá estuviera aquí.

24

Giancarlo nos despide con la mano mientras se adentra en la noche oscura y deja que cerremos la librería. Espero unos minutos, con el plumero en la mano, antes de acercarme a Óscar, que está clasificando los pedidos telefónicos para cuando vengan a recogerlos al día siguiente. Hemos hecho todo lo posible por aprender suficientes palabras en italiano para nuestras publicaciones en las redes sociales, de modo que también podamos atraer a los italianos amantes de los libros, y hasta ahora todo va bien. Solo hemos cometido algunos errores con nuestras traducciones y los lugareños han sido muy indulgentes.

Pero todavía no he conseguido nada con mi misión y, en todo caso, cuanto más se llena la librería con nuestras nuevas iniciativas, más se aleja Giancarlo. Como si se estuviera distanciando aún más. No tiene sentido. ¿Es que no quiere salvar este lugar?

Le doy un golpecito a Óscar en el hombro y salta como si le hubiera dado un susto de muerte. Es casi como si no pudiera soportar estar cerca de mí. ¿Sigue preocupándole el falso beso? Si pudiera retroceder en el tiempo... El chico actúa de forma errática cuando estoy cerca.

—¿Puedo hablar contigo un momento de una cosa?

Se limpia las manos en los vaqueros, dejando una mancha gris de polvo de librería.

—Claro, Luna —responde—. ¿Va todo bien?

—Bueno... Sentémonos en el sofá de Giancarlo, ¿vale?

Vamos allí y, por alguna razón, me siento audaz cuando me siento en el espacio que Giancarlo ha hecho suyo. Óscar se sienta a mi lado, pero se forma una depresión y rodamos el uno hacia el otro, y nuestras cabezas acaban chocando.

—Ay —digo.

—Lo siento.

Se aparta, pero volvemos a rodar y esta vez nos agarramos el uno al otro para estabilizarnos. Es una tontería y rompe la seriedad del momento, como si tratáramos de mantener el equilibrio en una cama de agua o algo así.

El corazón me late rápido y me obligo a concentrarme. Óscar es un buen tipo y sé que me guiará bien en esta confusión que siento. Sobre Giancarlo. Venecia. Todo.

—Necesito consejo y creo que eres la persona más indicada a quien pedírselo, ya que llevas un tiempo trabajando conmigo y con Giancarlo. Pero tienes que prometerme que no le vas a decir ni una palabra a nadie.

Sus ojos son profundos charcos de sinceridad.

—Lo prometo.

Le cuento la enrevesada historia de mi pasado y de cómo llegué a Venecia para encontrar a mi padre. No me interrumpe ni una sola vez, sino que me presta toda su atención, como si cada palabra fuera importante.

—Como puedes ver, estoy en un aprieto sobre cómo seguir adelante. Es el miedo, en realidad, lo que me impide pedírselo directamente. No quiero que me rechace y yo no encuentre ninguna respuesta, además tampoco quiero perder mi trabajo aquí.

Óscar respira hondo y sopesa lo que le he dicho. Me encanta que no se apresure a responder, que no ofrezca una solución inmediata. Percibe que hay que manejar esto con delicadeza. Le cuento el plan de la fiesta de cumpleaños de la tía Loui y le pregunto qué le parece.

—Bueno, es una forma de hacerlo. El problema evidente que le veo es que Giancarlo nunca caerá en la trampa. No es muy sociable, Luna. Simplemente no lo es.

—¿No? Porque, cuando le miro, veo a un hombre que está tan perdido en su soledad que no tiene ni idea de cómo cambiarla.

—Exactamente. ¿Y crees que esto lo va a sacar de su depresión?

—No lo sé. Pero tengo que intentarlo.

—¿Qué harás una vez que estés allí? ¿Decírselo?

—Tendré que hacerlo. ¿Qué otra opción tengo?

Se frota la cara.

—Esto explica por qué merodeas por la tienda como si estuvieras a punto de robar. ¿Qué estabas buscando?

—Cartas de mi madre a Giancarlo.

—¿Y las has encontrado?

—No.

—Esto es como sacado de un libro, no parece real. Las comunas, el vagabundeo, la fiesta de la luna llena, tú perdiendo tu ancla a este mundo. Has pasado mucho, Luna, y aun así te esfuerzas por encontrar respuestas. Una persona más débil no habría tenido valor. Lo sabes, ¿verdad?

—No sé si es coraje, Óscar, o un profundo deseo de saber de dónde vengo y quién me querrá, ahora que mi madre se ha ido.

—¿Te sientes sola?

Reflexiono antes de responder.

—Tengo a la tía Loui. A Gigi. A la comunidad del pueblo de las casitas. Pero necesito más, necesito respuestas. Quiero... —Es difícil explicar las emociones que flotan en mi interior—. Quiero que mi madre vuelva, y, como no puedo hacer que eso ocurra, entonces mi padre es la siguiente mejor opción. Siempre he querido ser parte de una familia normal, y no estoy restando valor a cómo crecí. Fue increíble. Es solo que esta vez quiero ser normal. Quiero que mi padre me llame y me diga que no llegue tarde a cenar. Quiero que se acuerde de mi cumpleaños y me despierte cantando *Cumpleaños feliz*. Quiero discutir sobre quién se ha comido el último trozo de *pizza* fría. Quiero robarle las monedas de la cabecera de la cama para comprar una barra de pan, como hacen Sebastiano y sus hermanos, cosas que solo una familia de verdad puede hacer. Cosas normales de la vida familiar. ¿Es mucho pedir?

Me dedica una sonrisa triste.

—No, Luna, no es mucho pedir. Y te voy a ayudar en lo que pueda.

Me recuesto en el sofá mientras nos quedamos en silencio, observando cómo el agua del canal golpea la piedra. Cuando Óscar se desplaza, me hundo más en el sofá, de lado, así que tiene sentido apoyar mi cabeza en su hombro cuando se presenta la oportunidad. Hay algo especial en Óscar: no ofrece lugares comunes y me escucha activamente, como si cada palabra que digo tuviera valor. Solo se complican las cosas si admito que siento unos primeros atisbos de algo por él, y se ha convertido en un amigo con quien puedo contar en Venecia, así que mi lado firme y práctico me dice que lo deje como está. A veces puedo ser muy reacia al riesgo, especialmente cuando se trata de temas sentimentales, y si mi breve incursión en el romance en Venecia me ha demostrado algo es que algunas cosas es mejor no decirlas. Óscar es una buen persona y no me gustaría que las cosas se pusieran feas en el trabajo cuando aquí formamos un buen equipo.

25

Unos días después, estoy limpiando el polvo en las estanterías que están cerca del sofá donde se sienta Giancarlo. Por primera vez, agradezco el polvo, porque se me mete en la nariz y en los ojos y me ayuda a resoplar y estornudar y a fingir que estoy triste. Lanzo una mirada por encima del hombro, pero su cabeza sigue inclinada sobre su libro. Haría falta un terremoto para llamar su atención. Exhalo un suspiro exagerado.

Ni por esas. ¿Está hecho de piedra?

Fingiré que se me saltan las lágrimas para acercarme a él.

—¿Qué te pasa? —me dice—. ¿Eres alérgica a algo?

Tengo un momentáneo titubeo al tener que actuar así, pero es probable que Giancarlo no se lo crea. Me acuerdo de las fotos de la niña. Del anhelo desesperado por saber con seguridad si Giancarlo es mi padre... Que no es demasiado tarde para nosotros. Pero si miento sobre mi fecha de nacimiento, ¿eso lo confundirá más cuando admita quién soy? Tendré que confesar todo esto cuando lo haga.

—Ah..., no... Es solo que este fin de semana es mi cumpleaños. Normalmente no me gustan las celebraciones y todas esas atenciones, pero al estar sola en Venecia me siento de repente algo perdida, un poco sola. Como si se me fuera a pasar otro año y no tuviera a nadie con quien compartirlo. No sé por qué me preocupa tanto...

—¿Qué pasa con el chico de las flores?

—Se cayó de una góndola y no lo he vuelto a ver.

—Bien.

Continúo moviendo el polvo.

—Celebrar un cumpleaños en un país extranjero es muy triste. Creía que habría hecho un montón de amigos para estas fechas, pero, como siempre estoy trabajando, no he tenido tiempo de hacer contactos. Lo único que quiero es una buena comida casera alrededor de una auténtica mesa italiana, en compañía de un par de amigos...

Él entorna los ojos, así que vuelvo a sorber.

—... Una cena sencilla. Nada elegante. —Pienso en los lugares habituales de Giancarlo—. Un pollo asado y ensalada de patatas, incluso. Una botella de vino. Tal vez un pequeño pastel.

—¿Me estás pidiendo que organice tu cumpleaños?

—Si insiste.

Entorna los ojos, pero no dice que no.

—¡Óscar! —Digo lo bastante alto para que me oiga—. El sábado es mi cumpleaños, y Giancarlo nos ha invitado a cenar en su casa. Espero que puedas venir. No molestes en comprarme algo, tu presencia es mi regalo.

Tal y como habíamos acordado antes él y yo, lanza un puño al aire como si todos sus sueños se hubieran hecho realidad.

—¡Me encantaría celebrar tu cumpleaños, Luna!

—¿No es fantástico?

La cara de Giancarlo es una nube de tormenta.

—¿Os vendría bien a todos a las ocho de la tarde? —pregunto—. Eso le da a Giancarlo suficiente tiempo para prepararlo todo después de que cerremos la librería.

—Por mí perfecto —dice Óscar mientras Giancarlo gruñe.

La tía Loui me ha dicho que renuncie a encontrar cartas, pero una parte de mí no puede hacerlo. Me queda un lugar de la librería donde buscar y, si no las encuentro allí, admitiré la derrota. El sitio en cuestión es un pequeño despacho que hay detrás del mostrador, que se ha convertido en un basurero de libros dañados. Bajo dichos libros hay un escritorio que, por lo que parece, no ha visto la luz del día en mucho tiempo.

Investigo los tomos para ver si pueden salvarse. Aunque tengan el lomo agrietado o el cartón mohoso, creo que pueden valer. Algunos llevan hermosos relieves dorados en las cubiertas, y hay algunos que pueden ser primeras ediciones. Hay potencial aquí para generar dinero para Giancarlo si investigamos lo que tenemos. He oído hablar de médicos de libros que pueden arreglar destrozos como estos. Valdría la pena recurrir a ellos en caso de que estos ejemplares tuvieran valor.

Hago un par de montones y saco el teléfono para ver qué puedo encontrar sobre los títulos. Una vez hecho esto, rebusco en los cajones y encuentro todo tipo de cosas. Hay una foto de un bebé. Es la misma niña rubia. Rebusco un poco más y encuentro más. Eso me da una idea.

—Giancarlo. —Hago ademán de quitarme el polvo de los vaqueros para que sepa que he estado trabajando y no fisgoneando—. He encontrado unos libros increíbles en el cuarto que hay detrás del mostrador. Algunos podrían ser primeras ediciones. Deberíamos averiguarlo.

—Sí, hay algunos. Pero están dañados, y no valen nada.

—Encontré un médico de libros en Roma, podemos enviarlos a reparar.

Hace un gesto con la mano, lo que significa que no puede molestarse en hacer algo así, o que se va, o las dos cosas; es difícil de decir.

—De acuerdo, déjamelo a mí. Voy a hacer unas fotos de los libros dañados y conseguiré algunos presupuestos de reparación antes de que investiguemos el precio potencial de venta.

—Humm.

—Además, he encontrado estas fotografías en el cajón. Parecen especiales, así que no he querido tirarlas. ¿Quién es esta niña tan guapa? ¿Tu hija?

Gruñe.

—Sí, mi hija.

Mis ojos se abren de par en par. Confirmado: ¡Giancarlo tiene otra hija!

—¿No quiere trabajar contigo aquí?

—¿Algún niño quiere estar encadenado al negocio familiar?

Recuerdo sus cartas a mamá diciendo lo mismo. Quería ser libre, pero no podía irse por sus obligaciones familiares. Ahora tiene más sentido. Tenía una hija que mantener. Tal vez toda una pandilla de niños.

—No, me imagino que a veces es un poco complicado, sobre todo si quieres viajar o reunirte con... amigos de todo el mundo, ese tipo de cosas.

—Dame la foto.

Se la entrego. La mira fijamente y una sonrisa le ilumina el rostro. Puede que sea la primera sonrisa de verdad que le veo.

—¿Está en Venecia? Me encantaría conocerla.

—¿Por qué?

—¿Por qué no? Todavía no conozco a mucha gente aquí.

—No lo creo, Luna. Está un poco... distante. No nos vemos a menudo.

—¿Oh?

—Sí, oh.

—¿Por qué? ¿Os habéis peleado?

—No es que sea de tu incumbencia, Luna, pero sí. Nuestra relación es tensa. ¿Por qué? Simplemente porque lo está. Ahora no quiero hablar más de eso.

—¿Puede venir a mi fiesta de cumpleaños?

Me hace señas para que me vaya.

—No.

—Bien, entonces seremos solo Óscar, tu mujer y yo.

—No tengo mujer.

—¿Me estás diciendo que estás soltero? ¿Un hombre como tú, con tu personalidad jovial y tu afición a las réplicas ingeniosas?

—Muy graciosa.

—¿Su madre sigue en Venecia?

—No. Entiendo tu interés, Luna. Óscar me dijo que has perdido a tu madre hace poco. Lo siento.

Me quedo callada. Tardo un siglo en recomponerme. ¡Se lo ha dicho!

—Bueno, sí, ha sido muy duro. Imposible, en realidad, existir sin ella.

—¿Y pensabas que Venecia sería la respuesta?

—Sí.

—Espero que encuentres algo de consuelo aquí.

Tengo tantas ganas de contárselo todo, pero ¿y si un cliente nos interrumpe y se arruina el momento? Lo haré en mi cumpleaños. Estaremos lejos de la librería, en la tranquilidad de su casa. No puedo alargar esto eternamente, porque Giancarlo no es de los que hablan. Quiero saber sobre su hija. ¿Se enteró de que tuvo una aventura con mi madre? ¿Perdió a su esposa por eso? Ella es la clave de este misterio. Necesito encontrarla.

—Gracias, yo también lo espero. ¿Cómo se llama tu hija?

—Sole, ¿por qué?

—Por nada.

26

Gigi y yo hacemos tiempo para ponernos al día entre el final de mi jornada laboral y el comienzo de la suya mientras caminamos por las soleadas calles de Venecia, que cada vez están más concurridas a medida que la temperatura aumenta.

—¿Cómo va todo en el Mejillón Enfadado? Tu Instagram se está beneficiando de tantas comidas italianas deliciosas.

—¿Quién puede resistirse a todas esas *pizzas* al horno de leña?

De repente, me doy cuenta de que sus mejillas están sonrojadas y tiene un brillo radiante que solo puede significar una cosa.

—¡Oh, Dios mío! ¡Hemos estado tan ocupadas y trabajando en turnos opuestos que no me he dado cuenta! Has conocido a alguien.

Grita y se pone a bailar. Solo Gigi haría algo así en un mercado abarrotado. La alejo de los puestos con la esperanza de evitar más explosiones de efusividad. En el amor, Gigi es ruidosa, incluso más de lo normal. Cuando nos conocimos, llevaba un año de relación, pero se acabó cuando él rompió con ella porque «sus valores no se alineaban» (traducción: no quería una relación exclusiva). Desde entonces, se ha mantenido alejada de cualquier hombre, pero sé que esa relación le hizo daño, y le ha llevado todo este tiempo volver a salir con alguien.

—Lo siento, Luna. Iba a decírtelo, pero no hemos coincidido, y luego me contaste lo de Cara de Idiota y pensé que era mejor callar por si tenías el corazón roto.

—¡No lo sientas! Siempre lo celebraré contigo, pase lo que pase. ¿Quién es el hombre misterioso? Déjame adivinar...

Intento intuir quién podría ser. Pero no nos hemos cruzado lo suficiente como para saber con quién se ha relacionado, salvo con las chicas del albergue. El trabajo ha ocupado la mayor parte de sus tardes. Ah. El trabajo.

—¡Alguien de la *osteria*!

Sonríe.

—¡Sí! Enzo, el hijo del dueño. Es un auténtico payaso, en el buen sentido. Es la persona más divertida que he conocido. Todavía me duelen las mejillas de lo que me he reído en el turno de anoche. Los sentimientos se me han colado. Al principio solo lo consideraba un amigo, un compañero de trabajo, pero, cuanto más tiempo pasábamos juntos, más me apresuraba a llegar al trabajo antes para verlo. ¿Y cuándo me ha ocurrido algo así? —Suelta una risita emocionada, como una adolescente enamorada por primera vez.

Es genial ver a Gigi radiante. Me llama la atención, nunca la había visto entusiasmarse así por un chico.

—Oh, Gi, es fantástico. Estoy deseando conocerlo.

—Tiene un hermano, ¿sabes? —Levanta la ceja.

—Pedirle a un amigo que me presente a alguien no es lo mío.

—Lo entiendo. ¿Cómo van las cosas por la librería? La misión de encontrar al padre parece haberse estancado, o no me has contado lo más reciente.

Le cuento todo lo de mi próximo cumpleaños y las fotos que la tía Loui y yo encontramos en la casita y en la librería.

—¿Qué? ¿Tiene otra hija?

—No fue muy comunicativo que se diga. Lo único que sé es que se llama Sole y que están distanciados, pero no quiso explicarme por qué.

Se detiene en seco y me mira fijamente. Su rostro palidece.

—¿Qué? —le pregunto, alarmada por el hecho de que su brillo de amor se haya disuelto tan rápidamente.

—¿Sole?

—¿Sí?

—¿No lo ves?

—¿Ver qué?

Se lleva una mano a la frente como si le hubiera entrado dolor de cabeza de repente.

—Sole y Luna... ¡El sol y la luna!

Siento que se me contrae el corazón. Se detiene.

—No, Gigi. No. Debe de ser una coincidencia. No puede ser...

—¡No, Luna, no lo es! Solo Ruby llamaría a sus hijas de esa manera.

—¿Qué estás sugiriendo? —El suelo se mueve. Retumba una advertencia—. ¡Mamá no habría dejado a su propia hija en Venecia! No la habría mantenido en secreto. No lo haría, Gigi. Ella era muchas cosas, pero no era así.

Una sensación de hundimiento se me asienta en el interior. Lo siento en lo más profundo de mi alma. Es por eso por lo que mamá se iba a su habitación a veces y no volvía a salir. Es por eso por lo que a veces estaba distante, cerrada. Por lo que era tan furtiva. De manera inexplicable, me acuerdo de la acuarela que había en la casita de mamá. La niña borrosa de perfil que yo creía que era yo, que tenía el pelo rubio por el sol que brillaba en el canal. Pero ¿era esa otra niña, ahora una mujer adulta, Sole? No, seguramente no.

—¿Es su hija? —pregunto, con la mente acelerada para atar cabos.

—Podría ser.

Cierro los ojos para no saber. Para alejar el dolor.

—¿Mamá dejó a Sole con Giancarlo? Recuerdo una de las primeras cartas que leí: «Me desperté con el sonido del llanto». Debía de ser el llanto de Sole cuando era un bebé. Se despertó y mamá se había ido y su hija necesitaba atención. Hablaba de lo que ella dejó atrás, es decir, de ellos.

Cuanto más lo pienso, más sentido tiene. Siempre he mirado a mi madre con gafas de color de rosa, siempre le he perdonado sus faltas, que han sido muchas. He disculpado sus errores. Ella estaba en lo alto de aquel pedestal y no podía hacer nada malo. Pero ¿por qué haría esto? ¿Qué razón tendría para abandonar a su propia hija?

—Está claro que es muy complicado, Luna. No puedes sacar conclusiones hasta que conozcas la historia completa. Eso no sería justo para ninguno de vosotros, sobre todo, para Ruby, que no puede decir la verdad ahora.

Tiene razón. Y puede que estemos totalmente equivocadas. Pero entonces pienso en la línea de tiempo y me doy cuenta de que tiene sentido.

—Mamá debió de dejar Venecia cuando estaba embarazada de mí. Estuvimos en Tailandia a partir de que yo era un bebé. Los primeros recuerdos que tengo son de Tailandia y de ir dando tumbos por la selva con los otros niños pequeños, con las madres de la tierra detrás de nosotros.

—Tal vez, pero todo sigue siendo un poco misterioso, ¿no crees? Quiero que tengas cuidado con poner todas tus esperanzas en este hombre, Luna. No quiero aguarte la fiesta ni nada por el estilo, pero ten cuidado con que las cosas no sean lo que parecen. —Gigi me frota el brazo para suavizar el golpe.

Me giro hacia ella, sin saber por qué espera que sea tan precavida cuando es obvio para mí cuál es la verdad.

—Mamá no habría dejado esas cartas si no quisiera que yo las encontrara. Creo que lo hizo a propósito, que dejó un rastro, que intuía que yo profundizaría en esto; ella sabía lo mucho que quiero encontrar a mi padre. No olvides aquella llamada cuando estábamos en Tailandia. Había algo urgente que quería contarme, y ahora me pregunto si era por esto y no por su enfermedad, como sospeché al principio.

—Supongo que nunca sabremos con certeza cuáles eran sus intenciones. Lo único que digo es que mantengamos la mente abierta.

Respiró hondo.

—Tengo que preguntarle a Giancarlo en la fiesta de cumpleaños. Es hora de averiguar la verdad de una vez por todas.

—Mira el lado bueno... ¡Podrías tener una hermana! Una familia ya hecha.

—Pero ¿así? No lo sé. Podría encontrarme con dos personas predispuestas a ser mis enemigos. Podría no gustarles por lo que pasó. O, peor, ¿y si mamá nunca les habló de mí? ¿Y si ella descubrió que estaba embarazada solo una vez que se fue? Eso probablemente dolería más.

—Bueno, de cualquier manera, no puedes dejar las cosas ahí. Tienes que arrastrarlas al presente, pateando y gritando. Tú puedes, Luna. ¿Y sabes qué? Por fin tendrás las respuestas que llevas toda la vida buscando.

Sonrío entre lágrimas.

—¿Es este uno de esos momentos de «cuidado con lo que deseas»?

Tengo un padre y una hermana. He estado vagando por el planeta sin saber que hay dos personas en este gran mundo que también se han preguntado dónde estaré yo.

Esa misma noche me encuentro con Óscar en una tavola calda. Entra corriendo al local, como si fuera una emergencia. Supongo que mi mensaje ha podido parecer un poco urgente.

—¿Estás bien, Luna? Tu mensaje... estaba lleno de emojis y no entendí bien lo que decía.

—Estoy bien, lo siento. Tiendo a abusar de los emojis cuando estoy tensa.

—Te perdono por esta vez. —Sonríe.

—Qué amable eres. —¿Estamos coqueteando cuando tengo un desastre entre manos? Me sacudo la estupidez—. He visto a mi amiga Gigi y le he contado todo lo de la búsqueda de las fotos de la hija de Giancarlo, Sole. Sole y Luna, el sol y la luna. ¿Mi madre tuvo un hijo con Giancarlo antes de que naciera yo? ¿Dejó Venecia cuando estaba embarazada de mí? ¿Por qué dejaría mi madre a Sole? ¿Intentaron tener una vida familiar y luego mamá quiso ser libre de nuevo? ¿Por qué haría algo así? ¿Destruir una familia y nunca mencionárnoslo a nosotros? ¿Una verdadera familia de sangre? Ella sabía que yo quería encontrar a mi padre; le pregunté por él muchas veces. Y ahora voy y descubro que también tengo una hermana. ¡No sé qué pensar!

Los ojos de Óscar se abren de par en par mientras pide dos *negronis*.

—Vaya, es demasiado para procesar, Luna. Son muchas preguntas. Debe de haber una razón muy válida para que tu madre haya hecho algo así. —Juega con el vaso—. No se me ocurre ninguna, ¿y a ti? Sí, claro, Giancarlo no es el hombre más alegre del mundo, pero no es mal tipo. De hecho, creo que es un ser humano muy decente al que le gusta ser reservado. Tiene que ser algo más. Incluso aunque tu madre quisiera viajar, no dejaría a una hija y se llevaría a la otra.

—Si estaba embarazada de mí en aquel momento, no se puede decir que tuviera elección. No podía dejarme atrás. —Imaginar tal cosa me duele en lo más profundo del alma. ¡La idea de que podríamos no haber sido deseadas! No me pega con la madre que conocí y amé—. ¿Quizá Sole sea hija de otra madre? ¿Tal vez ya estaba allí, o vino después? Pero, entonces, ¿por qué tendría mamá todas esas fotos?

—Tienes que preguntárselo a él —dice Óscar—. No queda otra.

Mi corazón galopa al pensarlo. No importa qué descubra, va a dolerme. Y tendré que decirle a Giancarlo que mamá ha pasado a mejor vida. Cuando pienso en tener que soltar todas estas bombas, siento una sensación de inquietud, pero no puedo huir de las cosas difíciles. Tengo que afrontar estas situaciones de frente y espero encontrar las respuestas que he estado buscando durante tanto tiempo.

El sábado el almuerzo se adelanta por los siguientes invitados de la conserjería de libros. Esta vez tenemos un grupo que visita Venecia para la boda de uno de sus amigos. Óscar y yo lo preparamos todo, incluidas las botellas de champán que nos han pedido.

—¿De dónde son los invitados de hoy? —le pregunto a Óscar cuando leo su hoja de reserva, que está casi en blanco—. Solo tengo sus nombres: Eva, Diego, Joaquín, Ignacio y Manuel.

—Son españoles. —Sonríe—. Así que está claro que tendrán un gran gusto literario.

—Está claro. —Muevo la cabeza a los lados—. Pero ¿es lo mismo? ¿Los clásicos son tan populares? ¿Y si son un grupo de chicos que salen una noche de copas o algo así? ¿Cómo voy a encontrar los libros adecuados para ellos?

—Ellos rellenarán el cuestionario y tú te guiarás por eso. No dudes de tus capacidades, Luna.

Nos avisan de que la góndola está en camino, así que nos ocupamos de comprobar si todo está listo. Cuando llegan, me sorprende ver que son jóvenes, de unos quince años. Un trío de chavales con acné juvenil que llevan traje y sonríen tímidamente. Pienso en el pedido de champán y frunzo el ceño. Cuando veo otra góndola justo detrás de ellos me relajo. Un par de adultos se bajan de la barca, que se balancea mientras Óscar les da la mano para ayudarles a bajar. Son una familia formada por dos adultos y sus tres hijos adolescentes, lo que hará que el evento sea divertido a la hora de elegir las novelas que les convengan a todos.

Van vestidos formalmente, como si fueran a la boda ya. Me encanta que se hayan esforzado tanto por la experiencia.

Les damos la bienvenida y Óscar les cuenta la historia de la librería en español. Debe de hacer una broma sobre mí porque todos se vuelven para mirar boquiabiertos y yo me sonrojo. Les dejamos que rellenen sus cuestionarios y que beban champán, del que sirven una copita a los adolescentes.

—Haz la vista gorda —dice Óscar, observando mi expresión de asombro—. Es normal para ellos.

—¿Qué les has dicho de mí?

—Les dije que todo esto fue idea tuya y que eres increíblemente brillante, además de hermosa.

—Oh, venga ya. No has hecho eso.

—Vale, no lo hice.

Le doy un empujón por si acaso, pero uno de los adolescentes se acerca a nosotros y pregunta dónde están los famosos gatos de la librería. Los gatos de la librería se han convertido en celebridades por derecho propio, y las publicaciones sobre ellos en internet son las que más *likes* obtienen. Como si se tratara de una señal, el tuerto Tolkien se materializa y salta a la mesa, volcando una copa de champán. Los invitados gritan de alegría, como si acabara de hacer un truco de magia y no les hubiera salpicado champán por toda la cara.

—¡Pero si es Tolkien, el gato maravilla! —chilla Eva y lo coge en brazos. Tolkien ronronea y coquetea como solo los gatos saben hacerlo—. ¡Es mi favorito! El descarado, y acaba de demostrarlo.

—Seguro que sí. Lo más probable es que haya tirado la copa de champán a propósito. —Me río—. Eso le divierte.

La de veces que le he pillado empujando una taza de café de la encimera para ver cómo se rompía. Óscar y yo le pillamos en el acto y colgamos los vídeos en las redes sociales, así que se ha hecho muy famoso por sus delitos.

Aparece Moby Dick, asomando solo la cabeza por encima de una pila de libros.

—Ahí está Moby Dick.

Diego, el padre, lo coge y lo sostiene como a un bebé, luego empieza a hacerle cosquillas en la gran barriga.

—Es mucho más grande en la vida real —dice.

Moby Dick se ofende y da un zarpazo a la mano que le acaricia.

Enseguida llegan todos los demás, incluida Madame Bovary, que se pasea con gran pompa como si fuera la reina, y en cierto modo lo es. Los otros gatos le dejan paso, como si fuera una modelo que se pavonea en la pasarela. Nuestra presentación se olvida mientras el grupo abraza a cada gato por turnos, excepto a Dante, que se sienta en lo alto de una estantería, donde nadie lo puede alcanzar, y nos mira como si esas atenciones le resultaran desagradables.

Unas horas más tarde damos por terminada la velada. Están encantados con sus libros y con la gran cantidad de selfis de gatos que se han hecho.

Nos despedimos de ellos y me dirijo a Óscar:

—Solo estaban aquí por los felinos, ¿verdad?

Me hace un gesto con la cabeza.

—¿Quién iba a pensar que lo que se haría viral serían los gatos y no la primera edición de un F. Scott Fitzgerald un poco encharcado?

—¿A que sí?

—¡Y ahora vamos a cerrar y a celebrar tu cumpleaños!

El pulso se me acelera al pensar en ello.

—¿Nos vemos aquí en una hora? —digo.

Tengo el tiempo justo para volver al albergue y pelearme por entrar en la ducha. Espero que aún quede agua caliente. Los sábados por la noche son muy ajetreados en el albergue, ya que todo el mundo suele prepararse para salir.

—Vale —responde Óscar.

27

Poco más de una hora después, nos encontramos de nuevo en la librería y caminamos juntos hacia el apartamento de Giancarlo. El estómago me da saltos de alegría y consigo disimularlo con charla intrascendente.

—¿Cuánto falta? —pregunto.

Óscar se saca el teléfono y comprueba el mapa.

—Unos cinco minutos más. No está lejos.

—De acuerdo, perfecto.

—¿Ya tienes noticias de ese burro de Sebastiano?

Digo que no con la cabeza y respondo:

—No. Y dudo mucho que llegue a tenerlas. Tampoco hay más que hablar. Estará esperando que mi visita termine pronto para no tener que enfrentarse a mí. Hay muchos hombres así en el mundo. Yo suelo ser más inteligente y darme cuenta.

—No te culpes, Luna. Son los hombres como él los que nos dan mala fama al resto de nosotros.

—Sí, no soy yo misma en estos momentos, y no estoy segura de por qué pensé que un romance de verano iba a ayudarme.

—¿Así que no considerarías una relación en este momento? —Su expresión es sincera y honesta, como si realmente le importara cómo me siento.

—No, tengo cosas más importantes de las que preocuparme.

No le digo que, después del desastre de lo de Sebastiano, estoy un poco nerviosa para abrirle el corazón a él. El pobre se inventaría la excusa de «el cliente está esperando» y saldría corriendo de nuevo.

—Lo entiendo. Tienes muchas cosas que hacer y esperemos que esta noche te traiga las respuestas que quieres.

Desvía la mirada, pero no antes de que perciba tristeza en sus ojos. ¿Será porque sabe lo mucho que significa esta noche para mí? Mi intuición parece haber abandonado el edificio. Debe de ser por toda la angustia que siento, por todos los secretos del pasado.

—Ooh, ya hemos llegado. —Óscar señala un bloque de apartamentos modesto—. Es en el quinto piso.

Subimos y llamamos al timbre. Los nervios se me disparan. Me gustaría tener a la tía Loui aquí para que me apoyara moralmente o se hiciera cargo si me empieza a temblar la voz y no me salen las palabras. Pero sé que está conmigo en espíritu, así que sonrío cuando la puerta se abre.

—*Buona sera, buona sera* —dice Giancarlo. Su corpulento cuerpo bloquea la luz y es difícil ver detrás de él—. Pasad. —Coge un paño de cocina de su hombro y nos hace un gesto para que entremos.

En el interior, huele a humedad, como si hiciera tiempo que no se abriera el apartamento. Cuando pasamos más adentro, el ajo impregna el aire y, a pesar de mis nervios, me ruge el estómago.

—La cumpleañera tiene hambre, eso es buena señal —comenta nuestro anfitrión.

Óscar y yo nos miramos un momento. Es la vez que más feliz he visto a Giancarlo. Si no lo conociera mejor, diría que está jovial de verdad. Es tan poco común. ¿Quizá le gustan mucho los cumpleaños? Sin embargo, por algún motivo, no creo que ese sea el caso. ¿Será simplemente que tiene invitados para cenar y eso ha aliviado su soledad? Sea lo que sea, me hace reflexionar.

¿De verdad voy a detonar una granada y a hacer saltar por los aires esta feliz escena doméstica? Respiro hondo mientras el pánico se apodera de mí. ¿Cómo puedo sacar a colación algo así con naturalidad? ¿Y cuándo? ¿Antes de la cena? ¿Después? ¿Durante? ¿Cuál es el mejor momento para anunciar «Oye, soy tu hija perdida. ¡SORPRESA! Y no me despidas, porque realmente necesito ese trabajo para poder quedarme aquí y conocer a la hermana que no sabía que tenía»? Ojalá hubiera hablado de esto con Óscar de camino aquí. En lugar de eso, le dirijo una mirada aterrorizada para hacerle saber que me estoy volviendo loca por dentro.

Y entonces se me ocurre que también tendré que decirle a Giancarlo que mamá ya no está en la tierra. No puedo hacerlo. Ahora que ha llegado el momento, no tengo el valor de decirle que la mujer que él amaba más que a nada en el mundo se ha ido para siempre. ¿Por qué pensé que todo esto era una buena idea? ¿Tal vez lo mejor que puedo hacer sea huir?

—¿Estás bien, Luna? —susurra Óscar, con una mano en la parte baja de mi espalda—. Tus ojos parecen un poco... vidriosos.

Así debe de ser el miedo.

—Estoy bien. Bien. Un vino estaría bien.

Oh, sí, buena idea, beber unas copas y ver cómo el alcohol ayuda con estas emociones tan intensas.

—¿Tinto o blanco? —pregunta Giancarlo.

Sigo perdida en el país de las hadas y digo distraídamente:

—Sí, muy buena idea. —La atmósfera de la habitación se vuelve pesada. ¿Por qué me miran así? Un sudor me invade la frente—. ¿Hace calor aquí, o soy yo? —Me tiro del cuello de la camiseta.

—Ah, déjame abrir algunas ventanas. —Giancarlo se aleja.

Óscar me mira a la cara.

—¿Qué te pasa, Luna? Pareces desquiciada. ¿Va todo bien? —Está tan cerca que puedo olerle la pasta de dientes de menta en el aliento.

—Esos blancos perlados tienen que permanecer blancos. De acuerdo.

—¿Qué? ¿Has bebido?

Eso me devuelve al presente.

—¿Qué? No, claro que no. Pero creo que está a punto de darme un ataque de pánico. Y la verdad es que no quiero que Giancarlo lo presencie.

Óscar mira rápidamente por encima del hombro a Giancarlo, que está levantando las pesadas ventanas de guillotina del salón.

—Al baño, ahora mismo —dice Óscar. Me coge de la mano y, por un pequeño pasillo, consigue encontrar el baño—. Siéntate en el borde de la bañera y mete la cabeza entre las piernas. Concéntrate en tu respiración, inhalando y exhalando, con calma y despacio. Vuelvo en un momento.

Hago lo que me dice y trato de borrar el pánico que se ha apoderado de todo mi cuerpo y que me impide recuperar el aliento. Ignoro el temblor de mis manos y los latidos erráticos del corazón. Estoy segura de que me voy a morir. Voy a morir sola en un diminuto cuarto de baño marrón al estilo de los años setenta, ¡sin decirle a mi padre que es mi padre!

¡Para, Luna, para!

Recuerdo las meditaciones que he hecho a lo largo de los años y me concentro en la respiración. Lo despejo todo de mi mente y bajo la cabeza. Al cabo de unos minutos recupero el control. Lentamente, me incorporo. El cuarto da vueltas mientras la sangre sale de mi cabeza.

—¿Te sientes mejor? —Óscar está arrodillado a mis pies.
—Sí.

Inhalo larga y lentamente para asegurarme. Nos sentamos y nos quedamos en silencio un rato, como si Óscar supiera que necesito más tiempo para recuperar la cordura.

—Le dije a Giancarlo que te ibas a refrescar antes de la cena. Está preparando un plato de *antipasto*, así que tienes un poco más de tiempo si lo necesitas.

Le dedico una sonrisa temblorosa.

—Gracias, Óscar. Esto no me había pasado nunca. No lo he llevado muy bien.

Me roza la rodilla y no puedo evitar sentir una sacudida ante su contacto. Estoy perdiendo la cabeza.

—Lo has manejado bien. Yo solía tener ataques de pánico todo el tiempo. Sé lo aterradores que pueden ser.

Óscar parece demasiado tranquilo para tener ataques de pánico, pero supongo que no tiene nada que ver.

—¿Qué los causaba?

—Lo de siempre, a la gente no le gustan mis recomendaciones de libros.

Me río de su broma y el ánimo se aligera de nuevo. Mi respiración vuelve a ser normal.

—¡Esos bestias!

Me devuelve la sonrisa. ¿Cómo es que nunca me había dado cuenta de lo armoniosos que son sus rasgos? Probablemente, desarmada por el blanco brillante de sus perfectos dientes.

—¿Verdad? Tuve un periodo de ataques de pánico después de la muerte de mi padre. Las cosas más pequeñas me lo provocaban sin ton ni son. Hasta mucho después no supe que era parte de mi proceso de duelo y de todos los cambios que estaban ocurriendo. Con el tiempo, aprendí a leer las señales de advertencia y a estar más preparado para ellas.

Ambos estamos en el club al que nadie quiere unirse. Perder a un padre. Pero ahora tengo la oportunidad de encontrar a otro y, en cambio, estoy sentada en el borde de una bañera.

—¿Y tú, Luna? —Baja la voz—. Supongo que ha sido la idea de confesárselo todo a Giancarlo esta noche lo que te ha provocado esto.

—Sí. ¿Cuándo se supone que debo hacer mención a eso en la conversación? Era todo sonrisas y parecía feliz de verdad al vernos... Me he dado cuenta de que esta noticia podría ser muy difícil de escuchar para él.

—No va a ser fácil, claro, pero es lo mejor. Para los dos. Ahora vamos, antes de que envíe una partida de búsqueda.

Le cojo de la mano y me conduce de nuevo a la cocina comedor. Nos sentamos en un taburete y observamos cómo las firmes manos de Giancarlo preparan un plato. Se ha tomado muchas molestias, pero no voy a poder comer nada. No, con mi estómago dando vueltas.

—Tiene una pinta increíble —digo.

Giancarlo sonríe y dice:

—La verdad es que es agradable volver a hacer este tipo de cosas. No recuerdo la última vez que tuve invitados.

¿Por qué está siendo tan amable? Hace que sea mucho más difícil decirle la verdad, y ello podría borrarle la sonrisa. ¿Y si todavía está esperando que vuelva mamá? Y tengo que ser yo la portadora de una noticia tan terrible...

—Tengo un regalo para ti. Está allí. —Señala con el codo un pequeño aparador donde hay una caja envuelta para regalo.

—Pero yo dije...

—Todo el mundo necesita un regalo en su cumpleaños, Luna. No le des importancia.

Entendido a la perfección, sonrío.

—De acuerdo, tienes razón. ¿A quién no le gustan los regalos? ¿Puedo abrirlo ahora?

—Claro.

Cojo la caja y desenvuelvo el delicado papel. Saco lo que parece una camiseta y la desdoblo. En la parte delantera, con letras de colores del arcoíris, dice: NO TE PREOCUPES, SÉ HIPPY. Suelto una carcajada.

—Gracias, es perfecta.

—De nada.

—Yo también tengo un pequeño regalo —dice Óscar y me entrega una cajita.

Ups, ¿había olvidado mencionarle a Óscar que en realidad no era mi cumpleaños, o es que sigue con la farsa?

—Ooh, me estáis mimando demasiado. —Abro la caja y saco una funda de teléfono muy resistente—. ¡Muy bueno!

Se ríe.

—Está hecha a prueba de balas. Tu nuevo teléfono de 1999 durará siglos con esa cosa.

—Es de principios de los 2000. Ya no los construyen así.

—Lo sé, lo sé. He estado allí. Tengo la tarjeta postal.

Le tiro un trozo de papel de regalo. Así que me ha tocado quejarme un poco de lo viejo frente a lo nuevo, pero es cierto. Los teléfonos antiguos son más duraderos.

—Hay mucho que decir de los teléfonos que...

—Sobrevivirán a un apocalipsis —dicen Óscar y Giancarlo al unísono.

Nos partimos de la risa.

—Gracias, estoy emocionada. Ahora, ¿dónde estaba ese vino?

Giancarlo me acerca dos copas.

—Tinto y blanco, como pediste.

—Vaaale.

En la cena, hablamos de la librería y de su cuota de clientes erráticos y consultas absurdas hasta que se nos acaba la conversación. Esa es mi señal.

Pero vacilo. A mi lado, Óscar me hace un gesto de ánimo. Me imagino a mi preciosa madre y me pregunto qué consejo me daría. Algo así como: «suelta el rollo, niña, y no marees más la perdiz».

—Gracias a los dos por hacer esta noche tan especial. No me he reído tanto en años. Pero tengo algunas cosas que confesar y puede que no sean fáciles de escuchar —suelto al fin.

Giancarlo frunce el ceño, los hombros se le tensan, y odio ser la causa de que pierda esa sonrisa jovial. ¿Lo sabe? ¿Lo ha percibido? Parece que ya no puedo decirlo; es como si la parte perceptiva de mí se hubiera apagado estas últimas semanas. A veces tengo la sensación de que Giancarlo y yo no nos parecemos en nada. Él es tan alto y fuerte, y yo soy pequeña y delgada como mi madre..., pero es algo más que el físico; es más profundo que eso.

—En realidad, no es mi cumpleaños. —Los hombros de Giancarlo se relajan. Aprieto los dientes y continúo—: Vine a Venecia por unas cartas de amor que encontré, unas cartas de cuya existencia yo no sabía nada hasta que mi madre murió hace poco. —La cara de Giancarlo palidece. ¿Ha comprendido que Ruby es mi madre y que ya no está aquí? Me doy prisa para no perder los nervios—. Las cartas son tuyas, Giancarlo. Tú se las escribiste a mi madre, Ruby. —Las saco de mi bolso y se las doy.

Los ojos se le anegan al hojearlas.

Se pone pálido.

—¿Ruby ha muerto? Lo siento, Luna. Sabía que tu madre había muerto, pero no sabía que esa mujer era Ruby. Dios, no me lo puedo creer. Un mundo sin Ruby. —Su cara se derrumba y no sé qué hacer. Esto es un gran *shock* para él.

Asiento con la cabeza, mis propias lágrimas se derraman y digo suavemente:

—Sé que la querías con todo tu corazón. Sé que tenía algunos problemas. Pero lo que no sabía es que yo tenía una hermana. Sole y Luna. El sol y la luna.

—Eso es tan de Ruby.

—¿Verdad? —Sonrío sintiéndome esperanzada por primera vez en años.

—No lo sabía, Luna. No sabía quién eras. ¿Por qué no lo dijiste antes?

—No estaba segura de cómo te lo tomarías. No estaba segura de quién eras, ni de por qué se marchó. Y entonces me enteré de lo de Sole y supe que tenía que actuar. Ni en sueños habría imaginado que también tenía una hermana.

Giancarlo se pierde en sus pensamientos y murmura:

—Media hermana.

—¿Media hermana?

¿Qué? Óscar me coge la mano por debajo de la mesa y me la aprieta.

Giancarlo me mira y lee la confusión de mi cara. Algo debe de encajar para él, pero no para mí. Todavía no. ¿Medias hermanas? ¿Qué quiere decir con eso? Así que mi madre no es la madre de Sole. ¿Mi madre no dejó a Sole entonces? O...

—Oh, Luna, lo siento. Lo siento mucho. Solo tengo una hija, mi hija Sole. La hija de Ruby, Sole. ¿Pensaste...?

Espera. ¿Así que también lo he perdido a él?

Siento un nudo en la garganta y trago, un nudo tan grande que estoy segura de que otro ataque de pánico es inminente.

—¿No es así? Pero entonces... —¿La historia de la luna llena era real? ¿Mi padre sigue siendo un hombre sin rostro y sin nombre?—. ¿No eres mi padre después de todo?

Mi corazón se rompe de nuevo. He llegado a querer a Giancarlo y sus maneras rudas. Imaginé todas las formas en que nos acercaríamos como padre e hija y compensaríamos todos los años perdidos. Y aquí estoy, todavía sin padre y sin posibilidad de saber de dónde vengo. Mi teoría de que mamá dejó Venecia embarazada de mí es solo eso: una teoría. Pero siempre lo he sabido, ¿no? En cuanto vi a Giancarlo y no sentí ese zapatazo instantáneo que se siente al saber... Opté por fingir que todo esto se resolvería como un cuento de hadas. Apagué mi intuición, pues me decía cosas que no quería oír.

—No, solo tengo una hija, Sole. —Giancarlo se pasa los dedos por su espesa cabellera—. Lo siento, Luna. Veo que esto es un gran *shock* para ti.

Es devastador y no sé qué hacer. Lo he llevado en mi corazón durante tanto tiempo, ¿y no es mi padre? En retrospectiva, veo todas las formas en que somos diferentes. Desde el principio tuve esos indicios de que no nos parecíamos.

Aun así, necesito confirmación.

—¿Sole es la hija de mi madre? ¿La primera hija de mi madre?

Giancarlo asiente con la cabeza con tristeza porque puede ver lo disgustada que estoy. Resulta que la verdad duele.

Entre lágrimas, le digo:

—¿Puedes decirme qué pasó? ¿Cómo ocurrió todo?

Óscar nos rellena las copas de vino, y, cuando intercambiamos una mirada, puedo ver mi tristeza reflejada en sus ojos. Me alegro de que esté aquí conmigo. Mañana, cuando me olvide de todo a causa de este dolor, él podrá recordarme lo que dijimos Giancarlo y yo. Puede dar testimonio por mí. Debe de sentir lo que estoy pensando porque dice:

—Estoy aquí para lo que necesites, Luna. Hoy, mañana y todos los días. Vamos a escuchar su historia y a ver si puedes obtener algunas respuestas.

Giancarlo toma un sorbo de vino, sus ojos aún están inundados de lágrimas también.

—Déjame hablarte de Ruby... Nos conocimos cuando tenía solo veinte años y entró en la librería buscando trabajo. Había escapado de los Estados Unidos y tenía la aventura metida en el alma. Nunca había conocido a nadie como ella, tan despreocupada, tan viva con la promesa de lo que podría ser. Para ella, el mundo era infinito y pensaba explorar cada centímetro de él. Nos enamoramos, de una manera muy intensa. Al principio, hicimos todos estos grandes planes. Viajaría con ella. ¿Qué podría ser mejor que ser joven y estar enamorado? El mundo que nos rodeaba se desdibujó.

»Mis padres no lo aprobaban. No les gustaba esa estrella errante que se había colado en mi universo y lo había sacudido. Pensaban que era una mala influencia. No escuché, no me importó. ¿Qué saben los padres del amor verdadero? Mi padre decidió entonces que me hiciera cargo de la librería, ya sabes. Nunca se lo perdoné. Estoy seguro de que lo hizo para poner un obstáculo entre nosotros. Y lo hizo. Desde aquel momento se esperaba que yo dirigiera el negocio familiar, así que no habría galanteo a la dama que amaba con todo mi corazón. No podía ir en contra del plan que mis padres tenían para mí (simplemente no se hacía en aquella época). Convencí a Ruby para que se quedara. Fue entonces cuando empezaron las discusiones. Ella me acusó de ser un felpudo, y yo la acusé de ser demasiado salvaje. Fue entonces cuando descubrimos que estábamos esperando... —Parpadea para no llorar al recordarlo—. Le rogué que se casara conmigo, que se quedara aquí para formar una familia. Pero ella no quería ni oírlo. Aceptó quedarse hasta que naciera el bebé, y ni un momento más. Esperaba que se llevara al bebé y eso me dolía más que nada. Pero me propuse convencerla de que se quedara. Durante aquel tiempo, seguimos trabajando en la librería y las cosas iban muy bien entre nosotros. Tan bien que dejé de preguntarle por sus planes, creía que había cambiado de opinión. ¿Para qué complicar las cosas?

»Cuando nació Sole, pensé que Ruby se enamoraría de este pequeño ser humano que habíamos creado. Que crearíamos un hogar y cuidaríamos a nuestra hija y de nuestro negocio y que viviríamos felices para siempre. ¿No es Venecia el lugar donde los sueños se hacen realidad? ¿Quién no querría esta vida? Pero pronto aprendí que ese tipo de cuento de hadas solo ocurre en los libros. La bebé Sole no se asentaba, no parecía dormir nunca. No dábamos abasto para cuidarla. Tuve que llamar a mi madre para que nos ayudara. Cada día, Ruby se alejaba un poco más. Yo iba de un lado a otro de la librería, cuidando de Sole, meciéndola para que se durmiera, preparando biberones y comidas para nosotros, limpiando la casa... Pensé que, si hacía todo eso, si se lo ponía lo más fácil posible a Ruby, se quedaría. Que no me quitaría a Sole. No podía vivir sin mi hija.

»Fue el momento más duro, pero mantuve una sonrisa en la cara y no cuestioné sus ausencias. No pregunté dónde había estado, por qué dejaba al bebé con mi madre cada vez más a diario.

Me duele el corazón al imaginar a Giancarlo haciendo todo lo posible para que ella se quedara. ¿Por qué no podía quedarse? Sea cual sea la razón, ella siguió a mi madre durante el resto de su vida. ¿Arrepentimiento? Aprieto la mano de Óscar por debajo de la mesa, una vez más, agradecida de que esté aquí conmigo para esto. Él me devuelve el apretón.

—Al final —continúa Giancarlo—, me dijo que tenía una idea, que se iría unas semanas y volvería. Estuve de acuerdo. Pensé que le vendría bien cambiar de aires un tiempo, que nos echaría de menos. Un día llegué a casa y encontré una nota. Y, por lo que escribió, supe que no iban a ser las pocas semanas que ella había sugerido. Por desgracia, tuve razón. ¿Te gustaría leer esa carta, Luna?

La energía de la habitación cambia de repente y siento a mi madre aquí, justo detrás de mí. ¿Qué pensaré de ella después de leer esta carta?

Se acerca al pequeño aparador y saca un fajo de cartas del cajón. Encuentra la que busca y me la pasa. Sus manos tienen un ligero temblor y sé que al compartir su historia también a él se le están abriendo viejas heridas.

Querido G.:

Siento tener que dejaros a ti y a Sole. Os quiero muchísimo, pero no puedo ser esa persona. Estoy estancada aquí. Me estoy agitando en esta vida. Por muy cruel que parezca, necesito irme. No puedo respirar. Pasé dieciocho años bajo el techo de mis padres, siendo partícipe involuntaria de sus malos tratos. Me ha dejado cicatrices que no sabía que tenía hasta hace poco. No quiero eso para nosotros. Para Sole. Quiero que tenga una vida hogareña feliz, y la tendrá contigo. Con tu familia. Yo soy estoy hecha un lío. Tal vez te cases con una buena chica de la zona y aumentes tu prole para que Sole tenga hermanos y hermanas y puedas fingir que no existo. Pensé que me gustaría ser madre, que sería natural, pero no ha sido así. Me avergüenzo de no poder establecer un vínculo con ella, de no poder calmarla. Solo tú y tu madre tenéis ese toque mágico, y eso me lleva a creer que esto nunca estuvo destinado a ser para mí. Ella es un regalo del universo para ti. Ella es tu sol, tus estrellas y tu luna. Y estoy feliz de poder haberte dado eso al menos. Te escribiré de vez en cuando, y te enviaré mi dirección de envío, pero, si no quieres, lo entenderé. Haz lo que sea mejor para ti y para Sole.

Siempre te querré. Pero no puedo ser la persona que necesitas, la persona que mereces.

Espero que un día encuentres el perdón en tu corazón.

Con todo mi amor,
Ruby

Para cuando termino la carta, las lágrimas corren por mis mejillas. Qué pérdida para Sole. Para Giancarlo. Y para mi madre. La veo más claramente a través de la lente del tiempo. Algo en ella se había roto desde su propia infancia y dudaba de sí misma como madre primeriza. Tanto que eligió huir, pensando que era la mejor opción para su hija. Solo alguien que sufriera de verdad haría algo así. ¿Alguien la vio detrás de su fachada y vio el dolor?

—¿Tuvo depresión posparto? —pregunto o digo. No estoy segura de cuál de las dos opciones.

En aquel entonces no había cultura sobre estos temas, pero lo percibo en sus descripciones. Su sentimiento de deficiencia como madre. Incapaz de calmar a su bebé, de tranquilizarlo. Sentía que era culpa suya. Y eso la persiguió siempre. Es por eso por lo que se metió en la cama durante largos periodos de tiempo. Se encerraba en sí misma. Apagaba la luz. Sentía arrepentimiento. El movimiento del suelo. El estruendo de los asuntos pendientes.

—Supongo que sí. Si hubiéramos sabido que existía algo así. Por aquel entonces, mi madre decía que Ruby tenía la tristeza del bebé. Esperábamos que mejorara una vez que Sole entrara en la rutina. Pero, por supuesto, ahora sé que era mucho más que eso. Se fue tan de repente, pero yo seguía creyendo que regresaría con el tiempo. Que después de una temporada nos echaría de menos. Le escribí casi todos los días, pero siempre se mantuvo firme en que estaríamos mejor sin ella, sin importar lo que yo le dijera para convencerla de lo contrario.

Intento procesarlo todo desde el punto de vista de mi madre. ¿Realmente pensaba que su propia hija estaría mejor sin ella? Percibo la tremenda cantidad de dolor que debió de sentir al dejarlos a los dos atrás. No es lo que haría una persona sana de mente.

—¿Se comunicó con Sole? —pregunto.

—No. —Mueve la cabeza con tristeza—. Cuando Sole tuvo edad suficiente, le conté todo sobre su madre, Ruby. Le enseñé todas sus cartas. Y la dejé tomar la decisión. Sole eligió no contactar con ella, y su madre lo respetó.

Pero ¿lo hizo en realidad?

—Vinimos a Venecia una vez.

Asiente con la cabeza.

—Ruby quería verla, aunque Sole se negara. Solo quería ver su cara una vez. Así que le dije dónde trabajaba. Se parecían tanto que supuse que Sole la reconocería al verla y yo la dejaría decidir qué hacer. Ruby insistió y yo solo esperaba que saliera bien por el bien de ambas.

—¿Solía trabajar en el Harry's Bar?

Las cejas se le juntan como si se preguntara cómo lo sé.

—Sí —responde.

—Fuimos a comer. Pero salimos de allí a toda prisa.

Sus hombros se desploman como si el recuerdo fuera pesado.

—Sole reconoció a Ruby e hizo que otro camarero le llevara una nota en la que le pedía que se marchara.

Qué horrible. Las esperanzas de ambas se desvanecieron. No recuerdo haber notado tal cosa, pero no estaba sobre aviso, así que ¿cómo iba a notarlo?

—Ella no fue la misma después de eso —explico—. Dejamos Venecia antes de tiempo. ¿Es por eso por lo que Sole y tú estáis distanciados, porque le dijiste a Ruby dónde trabajaba Sole?

Mueve la cabeza.

—Es más complicado que eso. Sole nunca superó la marcha de su madre. A medida que crecía, estaba más resentida, y con razón. Tiene sentimiento de abandono y cree que no fue lo suficientemente buena para mantener a su madre aquí.

Tantas capas de dolor.

—Me lo imagino. ¿Se agravará la cosa si ella se entera de que existo? —La hija que su madre crio: ¿quién podría perdonar algo así?

—Lo único que he aprendido con todo esto es que solo podemos ser sinceros. Tratar de ocultar la verdad nunca ayuda, ni siquiera si lo haces por las razones correctas. Durante la infancia de Sole, le dije que su madre estaba de viaje. Sole era demasiado pequeña para entenderlo, pero siempre preguntaba por qué no tenía madre como los demás niños del colegio. Así que yo le contaba cuentos sobre una mariposa que tenía que viajar por todo el mundo y vivir aventuras emocionantes. Eso despertó su imaginación, así que sacábamos los mapas y ella señalaba todos esos lugares exóticos. Su madre se convirtió en una criatura mítica, como un personaje sacado de uno de sus cuentos.

»Solo cuando fue mayor exigió saber por qué Ruby no estaba aquí, no estaba presente en su crecimiento. Tuve que explicárselo. Le mostré las cartas de su madre, pero ya era demasiado tarde. El daño estaba hecho. Sole no podía imaginar por qué yo no había sido honesto desde el principio. Pero ¿cómo decírselo a una niña de cinco años? Y, más adelante, a una niña de seis, siete, ocho años, ¿cómo le dices que la verdad es que no sabes por qué se fue su madre, ni si alguna vez volverá? Ruby escribía todas las semanas. Sole nunca estaba lejos de sus pensamientos. Para mí, eso demuestra lo mucho que la quería, pero entiendo que Sole no lo vea así. Entonces Sole tomó su propia decisión acerca de Ruby, y no había nada que yo pudiera hacer para que cambiara de opinión.

—¿Sigue Sole en Venecia?

—Sí, es la gerente de un *ristorante* de las afueras de San Polo. Le va bien. Paso por allí después del trabajo para ver si sigue ahí. —Pienso en la noche en que le seguimos Óscar y yo, en cómo iba de un lado a otro como si vacilase. ¿Estaba entonces comprobando cómo estaba su hija?—. Todos los días, espero que sea el día en que ella llame, en que visite la librería, pero nunca viene. Sole lleva mucho dolor en el corazón. Y aquí estás tú, Luna. Llegas a Venecia con la misma sonrisa que Ruby. Quizá seas el pegamento que nos una a todos de nuevo.

Si fuera tan fácil. Si fuera mi padre biológico.

—¿Mi madre nunca me mencionó?

Ella actuaba como si yo no existiera. Ella tenía toda esta otra familia, ¿y yo no merecía ni una mención por parte de ella? No es de extrañar que Giancarlo no reaccionara cuando escuchó mi nombre en la librería y me vio la cara. Él no tenía ni idea de que mamá tuviera otra hija.

Giancarlo niega con la cabeza con tristeza.

—Puede parecerte extraño, pero supongo que no quería disgustar más a Sole. Si Sole supiera de ti, bueno, tal vez se abrirían esas viejas heridas una vez más. Ruby sabía que un día yo le daría todas sus cartas a Sole, y no quería alterar ese delicado equilibrio mencionando a otra niña que estaba en esas grandes aventuras con ella. Sabía que Sole estaba herida, sabía que había poca esperanza de que tuvieran relación. Nada de lo que hizo Ruby fue malintencionado, a veces fue equivocado, pero lo hizo lo mejor que supo.

—Todavía la amas.

Sus ojos se abren y desvía la mirada.

—Y siempre lo haré.

Respiro hondo y trato de desenredarlo todo. Hay mucho que reflexionar, hay capas de amor y dolor que se superponen en el tiempo. No pretendo saber lo que siente Sole, pero puedo imaginarlo. Para mí, mi padre también era mítico, pero en su caso ella tenía fotos de su madre, podía ponerle nombre a la cara, y aun así su madre no venía.

Y Giancarlo. Crio a su hija de la mejor manera que sabía y esperó que su verdadero amor volviera y los convirtiera en una familia una vez más.

Y yo tenía a Ruby toda para mí, pero en realidad no. Mamá siempre estaba medio aquí, también. Aquellas veces en que se callaba, y en que lloraba durante días en su habitación. Aquellas lágrimas, aquel dolor, eran por esta familia, por las decisiones que tomó y que cambiaron nuestras vidas.

Exhalo temblorosa.

—Mamá era complicada, no hay duda, pero llevaba mucho amor en el corazón. Ojalá hubiera compartido esto conmigo para que yo pudiera ayudarla. Podría haberlo entendido. No era necesario que hubiera tantos secretos.

—Luna. —Giancarlo me palmea la mano como lo haría un padre. Lo que me faltaba para empezar a llorar. Me siento tan vacía por el hecho de que él no va a ser esa persona para mí—.

No podía arriesgarse a que resultaras herida como Sole. Estoy seguro de que hizo lo que creyó mejor para protegerte y mantenerte cerca.

—Sí, lo sé, pero siempre habrá un «¿y si...?».

El pobre Óscar se sienta a mi lado igual de conmocionado que yo.

—Las familias son complicadas —dice—. Pero aún estamos a tiempo de arreglar estos puentes.

Sin embargo, ¿se pueden arreglar?

—¿Y ahora qué? ¿Le hablamos a Sole de mí, o la dejamos en paz?

¿Sería una traición más, o ella lo vería como algo positivo? Solo puedo pensar que sería lo primero.

Giancarlo se reclina en la silla.

—Tenemos que decirle la verdad. Se merece saberlo, y, por experiencia, cuando te ciñes a los hechos, a la larga duele menos.

—Sí. Aunque será horrible que me odie automáticamente por ser la hija de Ruby. Esperaba venir a Venecia para encontrar a mi padre. Irme sin él y, en su lugar, hallar una hermanastra que me desprecia de verdad destrozaría las viejas cuerdas de mi corazón. No creo que pueda lidiar con eso además de todo lo demás.

Pero estoy siendo egoísta. Se trata de todos nosotros, no solo de mí.

—Déjame hablar con ella —dice Óscar—. ¿Por qué no trato de explicárselo yo por vosotros dos? A veces, la intervención de una persona ajena a la familia puede hacer que estas cosas sean más llevaderas.

Giancarlo y yo intercambiamos una mirada.

—No sé —dice Giancarlo—. Parece de nuevo que estamos huyendo, cuando deberíamos afrontar esto de frente.

Estoy de acuerdo, pero ¿nos escuchará Sole antes de darnos con la puerta en las narices?

—Quizá Óscar tenga razón. Queremos que Sole se tome un momento y escuche de verdad. Una tercera persona neutral podría favorecer esto mejor que nosotros. Al menos para que ella pueda decidir lo que quiere hacer.

Giancarlo se frota la cara y dice:

—Bien. Tal vez podrías seleccionar algunas de las cartas que Ruby escribió. Sole nunca ha querido leerlas, pero tal vez lo haga ahora y vea lo devota que era su madre con ella. Su amor por Sole es evidente en cada carta.

Las cartas de mamá. Las que escribía cada semana, sin falta. Eso no lo hace alguien que se olvidó de un hijo para mí, eso lo hace alguien que trató de dar lo que podía en ese momento, trató de mostrar su amor de la única manera que sabía.

—A menos que quieras leerlas primero, Luna.

Antes, yo deseaba desesperadamente saber qué contenían, pero ahora no estoy tan segura. No son mías para leerlas. Son correspondencia privada, cartas que les importaban a Giancarlo y a Sole. Quizá llegue el momento en que Sole las comparta conmigo, si me quiere en su vida. Tal vez no lo haga. Y tendré que respetar su decisión.

—No, está bien —respondo—. Son para ti y para Sole. Pero ¿te ayudaría darle a Sole tus cartas también? Las tengo todas aquí. —Saco el precioso fajo de mi bolso y se lo deslizo a Giancarlo.

Sonríe mientras las coge y las hojea.

—Las guardó —dice—. Nunca pensé que fuera una persona sentimental. Nunca fue una romántica empedernida, no como yo. ¿Alguna vez encontró el amor con otro hombre? —pregunta con un ligero temblor en la voz.

—No, nunca. Encontró el amor de sus amigas, las amistades más profundas que más le importaban. Tal vez dejó su corazón contigo, Giancarlo. ¿Alguna vez pensaste en eso?

Sus ojos se vuelven vidriosos.

—No, nunca lo hice.

Puede que mamá haya tenido aventuras aquí y allá cuando era más joven, no lo recuerdo bien, pero nunca amó a un hombre, no en el verdadero sentido de la palabra. Lo que me lleva a pensar que Giancarlo era su alma gemela, el primer hombre que la hizo madre y que aceptó que ella se marchase. Aceptó que ella tuviera que recorrer un camino diferente. ¿No es eso lo que es el verdadero amor, dejar ir, sin importar lo difícil que sea?

—Bueno, Luna. Sé que no soy quien querías que fuera, pero eso no significa que no pueda ser una figura paterna para ti. Eres tan parte de mí como Sole, porque también eres hija de Ruby.

—Ahora solo quieres hacerme llorar a raudales.

Me levanto y abrazo a Giancarlo, le doy un gran abrazo, como si acabara de encontrar mi hogar. Y tal vez lo haya hecho. Quizá el hogar te encuentra a ti, y no al revés. ¿Es este mi lugar en el mundo? ¿Es esto lo que he estado buscando? Tenemos un camino que recorrer antes de saber si pertenezco...

«Estoy en casa sana y salva». Es tarde, pero la tía Loui querrá saber que estoy bien.

Ella responde con un mensaje de texto: «¿Y?».

¿Por dónde empezar? «Te llamo mañana y te cuento. Te quiero x».

Estoy demasiado rota emocionalmente para pasar por todo eso. Hago algunos ejercicios de respiración profunda y trato de encontrar mi calma interior. Mi yo interior. Sé que es el momento de volver a conectarme espiritualmente y descubrir hacia dónde debo ir a partir de ahora.

Subo la desvencijada escalera hasta mi litera y dejo que los sentimientos afloren, como me decía mamá. Duros, tristes, desgarradores, sean los que sean, tengo que reconocerlos antes de poder darle sentido a todo. El primero más conmovedor es que Giancarlo no es mi padre biológico y, aunque eso me afecta profundamente, tengo la clara impresión de que la parte biológica no importa demasiado.

Él mismo lo dijo, que estará ahí para mí, como hija de Ruby, pase lo que pase. No esperaba eso. No esperaba venir a Venecia y encontrar a alguien que asumiera el papel de padre, por el amor que compartió con mi madre hace tantos años. Él siente que necesito eso. Necesito a alguien que esté ahí para mí, alguien con quien pueda contar. Quizá yo también pueda ser esa persona para él. Cuando realmente profundizo en todo esto, parece real. Genuino. Como si algunas familias no se hicieran, sino que se encontraran. Como en el pueblo de las casitas.

Antes tenía la sensación de que me faltaba una pieza, y ahora veo que esa pieza no era saber quién era mi padre biológico, sino encontrar por mí misma dónde encajar en el tapiz del mundo, con mis propios medios. Hay muchas personas que me han abierto los brazos de par en par y me han pedido que entre, me han prometido amor incondicional. Desde la tía Loui hasta Gigi y ahora Giancarlo. Y esto fue obra de mamá. Al enseñarme que a veces la familia es la que uno hace. ¿Y no soy yo la afortunada de que formen parte de mi vida personas excepcionales? No tengo que conformarme con una familia que no se preocupe por mí, como la que tuvo mamá. Su infancia sigue siendo un misterio, pero sé que estuvo llena de abusos emocionales. Por eso escapó. Y me enseñó a no conformarme nunca con menos que lo mejor. Creo que solo estoy comprendiendo la mitad de las lecciones que me enseñó al vivir la vida como una trotamundos y encontrar gente que fuera su gente. Los especiales, los que ella dejó para mí.

28

Después de una larga llamada con la tía Loui, cuya cabeza da tantas vueltas como la mía con el relato, me preparo para el trabajo a toda velocidad. A pesar de lo emocionalmente agotador que fue el no cumpleaños, obtuve algunas respuestas. Las motivaciones y los misterios de mamá están ahora más claros que antes.

Cuando llego, Giancarlo está en su posición habitual: con la nariz pegada a un libro. Pero, en lugar de gruñir, me sonríe.

—No te olvides de recoger mi desayuno —me dice.

—Por supuesto. —He estado recogiendo sus pedidos desde que llegué. Al hombre le gusta comer.

—Me tomé la libertad de pedirte algo también. Podemos comer juntos.

Así hacemos, y es la mejor parte del día. Mientras comemos beicon y tomamos un café fuerte, hablamos de sus libros favoritos y me cuenta más sobre la historia de la librería.

—¿Así que construiste el laberinto para Sole?

Asiente con la cabeza.

—La pequeña bribona siempre estaba aquí, antes y después de la escuela. Durante las vacaciones escolares. Tenía que mantenerla entretenida de alguna manera. Un niño no puede leer durante muchas horas... Hice ese laberinto de cien maneras diferentes, siempre lo cambiaba para ella. Hasta que un día, sin más, se le pasó la edad y se quedó como está ahora.

Mueve la cabeza, perdido en sus pensamientos mientras mira hacia el canal. El agua refleja la luz blanca en sus rasgos.

Hoy parece más joven, o con más energía. Quizá necesitaba sus respuestas sobre Ruby tanto como yo.

—El tiempo vuela de verdad, Luna. Los primeros años con Sole, después de que Ruby se fuera, fueron largos y duros, ya que aprendí a hacer y a ser todo lo que hacía falta para ella. Pero después los años pasaron a la velocidad de la luz. Y aquí estamos. Si me arrepiento de algo, es de no haber presionado más a Sole para que conociera a Ruby. Para que la conociera y viera por qué era tan especial que podíamos perdonarle todo. Pero ¿de qué sirven los remordimientos?

Todavía tenemos un largo camino que recorrer para encontrar la paz, pero hemos dado el primer paso. Ahora solo espero que Sole acepte reunirse conmigo para que ella también pueda hacerlo.

Después de desayunar vuelvo al trabajo. Cada pocos minutos, consulto el reloj y me pregunto cómo le irá Óscar en su misión de ver a Sole e intentar transmitir la información antes de que le cierre la puerta en las narices.

Por el rabillo del ojo, veo una figura, y, al girarme encuentro a Sebastiano allí, avergonzado.

—¿Qué haces aquí?

Levanta las palmas de las manos como si se rindiera.

—Necesitaba verte, Luna. Quería disculparme.

—¿Por qué exactamente? —Me cruzo de brazos a la defensiva.

Me lanza una sonrisa triste.

—Por arruinar lo que teníamos.

¿Me importa, de verdad? Pero luego pienso en todas las mujeres que él probablemente tenga en el anzuelo, en la forma en que juega el mismo juego, utilizando los mismos métodos, los mismos lugares. Por el bien de las mujeres inocentes que quedan atrapadas en su hechizo y luego son descartadas por la siguiente, tengo que hablar con él.

—Lo que haces, todo ese plan: el flechazo, el encanto, los interminables mensajes de texto, no está bien, ¿sabes?

¿Qué me atrajo de él en primer lugar? No me suelen gustar los refinados, los metrosexuales, los que saben hablar. Y entonces me acuerdo del friki de los libros. Las Brontë. Hemingway. Wilde. ¿También era mentira?

—Lo siento, Luna. Lo siento de verdad. Eres diferente a todas las demás, y quiero otra oportunidad. Tienes razón, tengo un plan que he usado con mujeres nuevas en Venecia. ¿Por qué no? Es algo para pasar el tiempo. Pero luego te conocí a ti. Y voy a cambiar, si me aceptas. Cuando dijiste que querías ir despacio, pensé que ya no te gustaba, eso es todo.

—¿Dónde está ambientado *París era una fiesta*?

—¿Qué?

—Tu libro favorito, ¿recuerdas? ¿Dónde está ambientado?

—Lo leí hace mucho tiempo. —Tiene la desfachatez de sonrojarse.

Pongo los ojos en blanco. ¿Sabía que estaba desesperada por trabajar en una librería, sumó dos y dos y pensó que era una forma de entrarme? ¿Tan calculador es?

—Sebastiano, nunca hubo nada entre nosotros y nunca lo habrá. Pero aprovecharse de una chica que está de duelo es un comportamiento muy bajo. Mentir sobre los libros ¡es casi imperdonable! Pero, si queremos salvar algún tipo de amistad, después de todo Venecia es un lugar pequeño, ¿puedes prometerme que pensarás en las mujeres a las que haces daño antes de volver a actuar así? ¿Puedes pensar en el hecho de que estás utilizando a las mujeres, haciéndoles creer que hay una oportunidad de amor real, por tu constante bombardeo de textos, y las llamadas que significan tanto, cuando todo se basa en mentiras? ¿Y si una de esas mujeres te creyera y decidiera cancelar el resto de sus viajes y se mudara aquí por ti? ¿Has pensado alguna vez en eso? ¿En que le romperías el corazón a alguien por jugar a este juego de casanova?

—Me encantan las mujeres. No hay nada malo en ello.

—Pues sé sincero con lo que quieres..., sé sincero por el bien de ellas. Eres un tipo muy guapo, Sebastiano, y, cuando te pones serio y dejas de representar un papel, también eres un tipo muy agradable. ¿Por qué no ser tú mismo? Puede que descubras que disfrutas más de la vida de esa manera.

Se mete las manos en los bolsillos de los vaqueros.

—Llevo tanto tiempo haciendo esto que ya ni siquiera sé quién es esa persona.

—Pues empieza por ahí. Empieza a averiguar quién eres primero.

—Vivo con una bomba de relojería. Cada día mi madre me presiona para que siente la cabeza, para que encuentre una buena chica con la que casarme. Tengo el deseo de estar con tantas mujeres como sea posible, porque, una vez que me haya casado, se acaba todo. Me casaré, vendrán los niños y me haré cargo de la *trattoria*. Mi vida será un largo día de trabajo, por siempre y para siempre.

¡Vaya, cómo la gente hace estas jaulas para sí mismos!

—Solo tienes una vida, Sebastiano. Y eres tú mismo quien la haces. Puedes decir que no a tu madre, lo sabes. Puedes tomar las riendas de tu vida y hacerlo a tu manera.

—Dices eso porque no conoces a mi madre.

Me río.

—Bueno, al final te perdonará y quizá siendo tú mismo encuentres a alguien especial, y entonces quién sabe qué tipo de vida querrás.

—Eres especial. Y quiero eso contigo.

En ese momento entra Óscar, con los ojos encendidos al ver a Sebastiano. Levanto una mano para que sepa que todo está bien y se dirige al despacho que hay detrás del mostrador.

—No lo dices en serio, Sebastiano. Solo crees que me quieres porque no he caído bajo tu hechizo.

Los hombros se le hunden y asiente con la cabeza.

—Probablemente tengas razón. Pero siempre pensaré en ti como la que se escapó.

Giancarlo se acerca, con la cara de trueno preparada, y tengo que reprimir una sonrisa. Es una pisada tan paternal la que tiene.

Sebastiano lo ve y se apresura a decir:
—Espero que sigamos siendo amigos. *Ciao*, Luna.
—Claro. *Ciao*.
—¿Qué quería ese bobo? —murmura Giancarlo.
Le hago un gesto.
—Nada que no pueda manejar. ¿Cómo sabías que este chico era un casanova? —le pregunto.
Gruñe.
—Siempre lo veo con una mujer diferente del brazo. Tiene cierta reputación en Venecia, y no es halagadora. Su *nonna* siempre se lamenta de que no sienta la cabeza.
—Esperemos que pueda darle la vuelta a eso.
—Es demasiado tarde para él.
—¡Oh, Giancarlo, nunca es demasiado tarde! Pero espero, por su bien, que encuentre lo que busca, porque, para mí, esa es una manera superficial de vivir y no creo que le traiga ninguna alegría. Está tan acostumbrado a ser encantador y a comportarse como un gran vividor que ha olvidado quién es en realidad y lo que quiere. Como cualquier buen antagonista, seguramente sea redimible.
—Tú y tu libro habláis. Eso solo pasa en la ficción, Luna. —Una sonrisa le juega en la comisura de la boca.
—Sabes que no es así. ¡Solo quieres tener razón!
—¡Sí, lo sé! —truena, y se aleja murmurando para sí.
Ah. La figura paterna cobra vida. Me gusta mucho, no hay duda.
Encuentro a Óscar en el despacho, ordenando papeles que ya había ordenado.
—¿Escuchando a escondidas? —le pregunto con una sonrisa.
—¡Nunca! —Me devuelve la sonrisa—. Eres una mujer de mundo, Luna. Sé que no necesitas que te salven, que no necesitas que el héroe de capa y espada te rescate, pero, por si acaso, me quedé cerca. Sobre todo, porque tenía muchas ganas de golpear a ese tío al menos una vez en la mandíbula, pero veo que no era necesario.

¿Por qué está tan enfadado con Sebastiano? ¿Es por mi culpa, o hay algo más?

—Por eso, gracias. Pero ¿tu madre nunca te enseñó que la violencia nunca es la solución?

—Sí, y qué pena que sea así.

—¿Por qué lo odias tanto?

Suspira.

—Porque le contaste lo de tu madre y lo que significó para ti perderla, y él cogió esa vulnerabilidad y la usó contra ti. ¿Quién hace eso? Saca a relucir mi instinto de protección. ¡Ni siquiera sabía que lo tenía!

Nos reímos del desorden de la situación. ¡Qué pocos días han pasado!

—Bueno, estoy bien. Le dije lo que le tenía que decir, y solo espero que piense en ello y trate de no romper ningún corazón en el futuro.

—¿Rompió el tuyo?

Me río.

—¡Oh, vamos, no! Ya estaba roto y no quedaba sitio para nadie más.

—Bien. —Y con eso vuelve al papeleo; sigue barajando y clasificando.

—¿Cómo te fue con Sole?

—Fue... rápido. Vamos a buscar a Giancarlo, ¿vale?

Nos reunimos con él en el sofá. Óscar comienza:

—Sole estaba en el *ristorante* esta mañana, preparándose para el día. Me presenté y le di las cartas.

—¿Y cómo se lo ha tomado? —pregunto.

—No muy bien. No conozco las palabrotas italianas, pero puedo adivinar que eso es lo que me ha lanzado.

Giancarlo sonríe.

—Esa es mi Sole.

—Mamá era igual. La peor hablada de la historia. Quizá se parezcan más de lo que ella cree.

Esa idea me alegra el corazón: la idea de que pueda ser tan

parecida a mamá sin conocerla. ¿Qué otras similitudes comparten?

Óscar mueve la cabeza. Existe la posibilidad de que nuestro mensajero se resista a volver.

—Como habíamos planeado le entregué las cartas, las cartas tuyas, Giancarlo, y de Ruby —dice—. Quería saber quién era yo y qué tenía que ver con esto. Le dije que trabajaba en la librería y que se las pasaba de parte de su padre. Luego me preguntó cómo habíamos conseguido tener las cartas de Giancarlo, supuso que Ruby estaba en Venecia y me dijo que no la vería. No supe qué decir a eso.

Me doy una palmada en la frente.

—No tuvimos en cuenta eso. ¿Qué le has dicho?

—Le dije que no, pero que su padre necesitaba verla. —Óscar se queda callado. Demasiado callado. Es como si tratara de contener sus propias emociones y me doy cuenta de que esto es demasiado para todos nosotros—. Estoy bastante seguro de que ella entendió lo que eso significaba. Hubo un momento en el que casi pude ver los engranajes funcionando en su cerebro. Como si se diera cuenta de que ello debía de querer decir que Ruby se había... ido. Fue brutal en realidad; la luz dejó sus ojos y se quedó congelada.

—Debería haber ido a verla —dice Giancarlo, con la voz cargada de arrepentimiento.

—Ella podría no haber cogido las cartas entonces —digo, tratando de aliviar su preocupación—. No importa cómo lo hiciéramos, siempre iba a ser doloroso.

—*Sì, sì*—dice, sosteniéndose la cara entre las manos.

—¿Qué pasó luego?

—Sole me hizo un gesto con la cabeza, cogió las cartas de la mesa y se marchó. La llamé para decirle que volvería en unos días, pero no respondió. Por si sirve de algo, sujetaba las cartas contra su corazón. Me dio la esperanza de que esas palabras ayudaran. Pero no lo sé con seguridad.

—Así que ahora esperamos... —digo, retorciendo un hilo de mis vaqueros. Mientras lo hago, me acuerdo de la chica que vi en el parque de los Giardini Reali aquel día en que tenía a mamá en mente. La chica con los mismos andares, el mismo movimiento de pelo de mamá. La chica que creí que era mamá, por un breve instante—. Giancarlo, ¿tienes una foto de cómo es Sole ahora?

—Puedes buscar en la página web del *ristorante*. Hay una foto de ella allí.

Saco el teléfono a toda prisa y la busco. Voy a la pestaña «Acerca de nosotros» y hago clic en ella. Y ahí está. Mi aliento abandona mi cuerpo en un suspiro. Es la chica que vi aquel día, y es la viva imagen de mi madre, hasta en el hoyuelo de una mejilla.

Miro a Giancarlo.

—Son iguales —digo—. Como dos gotas de agua. —El dolor de mi corazón se aligera, no sé por qué, tal vez porque hay alguien en este mundo que siempre me recordará a mi madre, alguien que podría llenar ese vacío que ella dejó, si tan solo estuviera dispuesta. ¿Tal vez yo también pueda ayudarla?—. La vi en Venecia. Cuando la vi, pensé que lo estaba imaginando. Que mi corazón roto estaba tratando de evocar a mi madre, así que volví a mi libro sin más cuando ella pasó por delante de mí.

Los ojos de Óscar se abren de par en par.

—Probablemente fuese mejor así. Imagina que la hubieras parado ese día y le hubieras dicho que se parecía a tu madre. En ese momento ni siquiera sabías que Sole existía.

Muevo la cabeza. Como siempre, el destino actúa cuando debe. Por eso no he podido leer el tarot, esto tenía que ocurrir de forma natural en este orden concreto.

—Solo espero que tenga un corazón indulgente... —digo, porque, por encima de todo, quiero que Sole forme parte de mi vida. Y entonces me doy cuenta—. Ella es el eslabón perdido. Ella es lo que he estado buscando, solo que no lo sabía.

29

Nos sentamos en una terraza de la azotea mientras Enzo nos regala una historia sobre su infancia. Gigi tiene razón, es divertidísimo. Su sentido del humor autocrítico es contagioso, y es agradable reírse tan fuerte que literalmente tengo que sujetarme los costados y decirle que pare, que mis músculos del estómago no lo soportan más.

Gigi se ha adaptado a la vida de Venecia como una profesional. Y tengo la sensación de que quiere hablarme de algo importante. Vuelvo a tener esa sensación de que se avecina algo grande y de que está luchando por saber cómo abordarlo conmigo. Estoy segura de que esta noche se trata de eso. Esta cena es para poder dar la noticia, sea cual sea. Está radiante de felicidad, una Gigi más suave y ¿cómo puedo envidiarla? Si es feliz, me alegro por ella. De vez en cuando veo que se le borra la sonrisa: es la preocupación por lo que sea. Quiero que disfrute del resto de la cálida velada veneciana, en esta lujosa terraza donde comemos marisco fresco y sigue llegando un plato tras otro, hasta el punto de que voy a entrar en estado de estupor si sigo comiendo.

Siempre supe que nuestro viaje juntas tendría un final. Cuando se vive como yo, es solo cuestión de tiempo. Pero, como han demostrado las mujeres de la época de la comuna y el pueblo de las casitas, el hecho de que ya no viajemos juntas no significa que nuestra amistad haya terminado. Solo acaba de empezar. No obstante, espero a que sea Gigi la que me lo diga, aunque lo sé.

—Así que os he puesto al corriente de lo último de mi vida —empiezo, jugueteando con la servilleta—. Y me he quitado un peso de encima al compartir todo esto con mi mejor amiga, la única persona, aparte de la tía Loui, que sabe todo lo que hay que saber sobre mí.

Gigi traga con fuerza. ¿Qué pasa?

—Así que ahora es tu turno —digo, y sonrío para tranquilizarla.

Podemos superar cualquier cosa. Somos amigas para toda la vida y, aunque esté a punto de anunciar que se va a la Antártida, nuestra amistad continuará.

—Bueno, sé que teníamos planes para conseguir un piso compartido una vez que tuvieras la casita alquilada y ahorráramos un poco con nuestros trabajos.

—Bien.

La tía Loui encontró a las inquilinas ideales. Una pareja de pescadoras que han dado la vuelta al mundo unas cuantas veces y ahora quieren disfrutar del ocaso de sus vidas en el pueblo de las casitas. La tía Loui las llama Thelma y Louise y dice que son unas *hippies* fuertes y capaces que, además, son un poco glamurosas y aportan un poco de brillo al lugar. Si alguien tiene que hacerse cargo de la casa de mamá, me alegro de que sean ellas. Hemos hablado por teléfono un par de veces y parece que entienden, sin que yo haya tenido que decírselo, lo sagrado que es ese lugar para mí. Me envían fotos de las rosas silvestres de mamá y mensajes de buenos días como si percibieran lo que es importante para mí, esto es, que las cosas que mamá amaba sigan vivas. Como su jardín. A Thelma también le gustan los gnomos, así que ha aumentado la colección y les ha puesto nombres a todos.

En este momento, parece que a Gigi no le salen las palabras, así que respondo por ella:

—¿Y tú y Enzo planeáis iros a vivir juntos?

Se muerde el labio.

—Así es.

—Guau, Gigi, esa es una gran noticia. ¿Te vas a quedar en Venecia mucho tiempo?

—Sí. Me mudaré al piso de Enzo, que está encima de la *osteria*.

—¡Me alegro tanto por los dos! Y, Enzo, espero que estés preparado. Tu piso va a recibir el cambio de imagen de su vida.

Gigi ya me dijo que él también es un maniático del orden, así que deberían vivir en relativa armonía en ese aspecto. Aun así, no entiendo por qué a Gigi le está costando tanto esto. Claro que la echaré de menos en el albergue, pero no es como si se fuera a otro continente. Hay algo más. Pero ¿qué?

Enzo sonríe.

—¡Estoy preparado! Voy a decir que sí a todo porque ella es mi reina, y yo soy su fiel servidor. Al menos, eso es lo que me ha dicho ella.

¡Eso se parece más a la Gigi que conozco y quiero!

—Es lo mejor que se puede hacer. Entonces, ¿cuál es la segunda parte de este anuncio? Sé que hay más.

Gigi sonríe.

—La chica con el don de la clarividencia que sigue negándolo.

—¡No es eso! Le pregunté a la bola mágica del ocho.

Nos reímos a carcajadas y eso reduce la tensión. Me doy cuenta de lo que va a decirme un momento antes de que lo haga. Así que soy un poco clarividente, qué puedo decir. O simplemente estoy usando el sentido común, cuando me doy cuenta de que Gigi no ha tocado el champán que hay en la mesa y tampoco ha probado ninguna ostra, y a ella le encantan las ostras.

—¿Hay una pequeña Gigi y Enzo en camino? —pregunto.

—¡SÍ! —grita tan fuerte que otros comensales se vuelven hacia nosotros—. Oh, Dios, Luna, ¡ha sido tan difícil aguantar esto! No lo habíamos planeado exactamente, pero ha ocurrido y estamos muy contentos. Date la vuelta un minuto y no escuches, Enzo, porque no quiero que esto se te suba a la cabeza.

Él escucha a su reina y cumple, pero de todos modos oye cada palabra. Se ven tan bien juntos, es una pareja perfecta.

—¿Recuerdas cuando te dije que no tenía sentido estar con un chico a no ser que incendiara mi mundo? Bueno, pues Enzo lo ha incendiado y luego le ha echado gasolina. He encontrado mi lugar aquí con ellos, en la *osteria* familiar. Su madre me adora, su padre me protege mucho por el bebé, y Enzo me quiere como debe hacerlo un hombre. Hace lo que se le dice. No quiero marcharme nunca y, gracias a Dios, he encontrado al señor Perfecto en un país con la mejor comida del mundo.

Me río y me levanto para abrazarlos. Gigi siempre quiso sentar la cabeza y formar una familia, pero nunca se conformaría con menos que lo mejor. Sé que está en el lugar adecuado, en el momento adecuado. Y, cuando siga adelante —sé que lo haré—, la tendré a ella, a Enzo, al bebé y a Giancarlo para visitarlos. Y tal vez una hermana, quién sabe lo que el destino me tiene reservado.

—Brindemos —digo y lleno el vaso de agua de Gigi—. Por Venecia, por el amor verdadero y por encontrar la pieza que falta.

—*Salute!* —dicen al unísono.

Hace un día de lo más caluroso en la tienda cuando nos preparamos para acoger el servicio de conserjería de libros. Estoy formando a un nuevo empleado, Mario, porque la librería ha estado muy ocupada últimamente. Giancarlo dice que la cosa se calmará cuando acabe el verano, pero no quiero que se quede en la estacada si alguno decide marcharse. Y con «alguno» quiero decir yo. De vez en cuando tengo esa sensación de pinchazo que significa que es hora de volver a vagar, hora de seguir adelante. Si no es ahora, entonces pronto.

—Giancarlo, ¿por qué la farsa de contratar solo a uno de nosotros cuando Óscar y yo empezamos? —pregunto, ya que no he dejado de darle vueltas al asunto.

Me dedica una sonrisa traviesa.

—El personal nunca se queda mucho tiempo, así que pensé que, si hacía que pareciera un poco más difícil ser contratado, entonces los dos os esforzaríais más en la limpieza de después del invierno antes de que uno de vosotros se diera por vencido y se marchara.

—¡Qué maquiavélico!

—Pero ha funcionado, ¿no? Como fanáticos del orden os pusisteis. Aunque os unisteis a mí, y no estaba muy seguro de qué hacer al respecto. Todos estos cambios, los mensajes de ViewTube. ¿No se puede dejar a un hombre leer en paz?

—Eres toda una sensación en ViewTube estos días. —Sonrío.

Quién iba a pensar que filmar a Giancarlo en actitud pétrea y distante iba a tener el éxito que ha tenido. La gente está fascinada por este librero reticente, tanto como Giancarlo se resiste a que le grabemos. No dejamos de molestarle hasta que acaba cediendo, y estoy segura de que está disfrutando de la notoriedad. No sé cómo se las apañó, pero Óscar incluso consiguió convencerle para que hiciera uno de esos retos de baile de TikTok con Dostoievski en brazos, y ahora no puedo dejar de verlo.

Mario levanta una caja de libros de segunda mano y los desempaqueta. Es un trabajador estudioso y serio, y se lleva bien con Giancarlo. Utilizan el menor número posible de palabras para comunicarse, lo que les pega mucho a los dos. Cuando le explico cómo funciona el servicio de conserjería de libros, apunta un montón notas, lo cual es un buen augurio. Mario se toma esto muy en serio.

Recibimos la llamada de que nuestros invitados están en camino, así que le grito a Óscar que venga a ayudar. Giancarlo me sorprende al darme una palmada en el hombro y anunciar:

—¿Por qué no dejas que Mario y yo nos encarguemos de esto? ¿Comprobar que somos capaces hacerlo? Óscar y tú podéis salir a comer.

Ah. Lo sabe.

—No voy a dejar Venecia todavía —le digo.

—Pero están llegando ya.

—Sí.

—Así que será mejor que aprendamos, ¿eh, chico? —le dice Giancarlo a Mario.

Me emociona que esté dispuesto a ayudar y vaya a hacerlo. ¿Significa eso que se ha enamorado de su pequeña librería otra vez?

—Eso estaría genial, pero puedo quedarme y ayudar —insisto.

—Son italianos, ¿no? Puedo impresionar a algunos italianos con la literatura, no te preocupes.

—De acuerdo. —Sonrío.

Probablemente hará mucho mejor trabajo que el mío, porque cuando Giancarlo quiere es todo un encanto. Es el italiano que lleva dentro, supongo. Ha nacido con ese sentido innato de la moda y esa forma de agradar a la gente.

—Llévate a Óscar y cargadme a mí vuestro almuerzo. Los dos os lo habéis ganado.

—Vaya, ¿te estás ablandando con la vejez, Giancarlo, o qué?

—No se te ocurra pedir una botella de vino cara. Todo tiene un límite, ya sabes.

—De acuerdo, pediremos uno intermedio. —Cojo el bolso y me llevo a Óscar antes de que cambie de opinión.

Habíamos planificado tener una rápida reunión de estrategia sobre las cuentas de las redes sociales de la librería, así que la podemos hacer durante el almuerzo.

—¿Adónde vamos? —pregunto y enlazo mi brazo con el de Óscar, emocionada por salir a escondidas en un día de trabajo.

—Vamos al lugar favorito de Giancarlo.

Es el pequeño lugar cerca de donde nos besamos por primera vez.

—Vale.

Nos instalamos en el pequeño bar. Es más informal que un restaurante, y a Giancarlo le gustará que no gastemos demasiado de su dinero.

—Mira estos números.

Saco mi teléfono del bolso para mostrarle a Óscar una publicación de Facebook que ha sido compartida miles de veces. Pero, antes de encontrarla, hago clic en una notificación y me sorprendo al ver una foto de Óscar y mía, con las cabezas juntas. Intento ubicar cuándo fue tomada y quién la publicó, pero el nombre es inventado, KittyCatsForLife, y el texto está en español.

—¿Qué es esto? —Se lo enseño.

Coge mi teléfono y lee el mensaje. El rubor le sube por las mejillas.

—No es nada. Solo los españoles del evento de conserjería de libros, que dicen que lo pasaron bien la otra noche.

—Oh, ¿Eva y su familia?

Vuelvo a coger el teléfono y miro de nuevo. Hay bastante texto, así que le doy a traducir y lo leo:

> *Nos enteramos de la existencia de los famosos gatos de la librería, así que, por supuesto, teníamos que visitarlos en Venecia. Gatos, libros y champán, el trío perfecto para nosotros. Lo que no esperábamos encontrar era una historia de amor entre Óscar y Luna, nuestros anfitriones. Óscar nos contó la historia de la librería y admitió que se consolaba leyendo y escribiendo su propia novela porque el amor no correspondido era su cruz. Le preguntamos de quién estaba enamorado y señaló a su compañera Luna. En ese momento quedó claro que hacían una pareja perfecta: se les notaba. Parecía que no podían admitir sus sentimientos ni encontrar el camino el uno hacia el otro. ¿Por qué? No pudimos averiguarlo. Después se convirtió en un gran tema para nuestra familia. Ya han pasado unos meses y no nos hemos olvidado de la visita a esa preciosa librería donde conocimos a nuestros felinos favoritos. Hoy estábamos revisando las fotos cuando hemos encontrado esta instantánea de Óscar y Luna y nos hemos preguntado: ¿habrá florecido el amor entre los libros o seguirán ocultando sus verdaderos sentimientos?*

—Óscar, ¿es esto cierto?

Me hace un gesto con la mano.

—No. Sí. Tal vez.

—¿Dónde están tus palabras en momentos de crisis?
—Desaparecieron en mi hora de necesidad.
—Pero...
—Está bien, Luna. Sé que no estás preparada para el amor ahora mismo. Para ser sincero, yo tampoco estoy muy seguro de hacia dónde voy con todo esto. Me encanta estar aquí, pero sé que estás preparada para seguir adelante, te he oído hablar de ello con Giancarlo. —Se sonroja y desvía la mirada.

Paso del cielo al infierno en un instante. ¿Han cambiado los sentimientos de Óscar desde la visita de Eva y su familia? ¿Se han suavizado hasta convertirse en una amistad?

—No es el momento adecuado para nosotros, supongo —comento.

Estoy a punto de partir hacia costas desconocidas, y ¿quién quiere ser arrastrado así, sin plan, sin horario, a merced del viento? Óscar tiene planes como escritor y siempre ha defendido que la librería es donde más inspiración encuentra. No puedo pedirle que me siga por capricho cuando ni siquiera sé a ciencia cierta qué es esto. ¡Ni siquiera sé si él quiere! Hemos tenido que lidiar con muchas cosas: Sebastiano, salvar la librería, el negocio de conserjería de libros y todo el lío acerca de mi padre. Una parte de mí se pregunta si, de haber sido dos mochileros normales y corrientes sin líos que desenredar, las cosas habrían sido diferentes.

El chico correcto en un mal momento.

Ojalá tuviera la bola mágica del ocho. Todo parece estar en el aire, así que no lo presiono. En lugar de ello, vuelvo a cambiar al tema de los asuntos de la librería.

Una semana después, estoy reponiendo el expositor frontal de novelas románticas. Giancarlo al final aceptó que merecían ser compartidas, probablemente porque han sido nuestros *best sellers* y tiene muchas guardadas. Todo el mundo quiere que lo quieran, es lo que he aprendido. Y hay muchos tipos de amor. Desde la familia a la amistad, pasando por los novios.

Óscar se ha mostrado amable, aunque distante. Lo tomo como una señal de que hago bien en no actuar según mis sentimientos; aun así, hay una parte de mí que suspira por lo que podría haber sido. Cada día que pasa me acerca más a la idea de dejarlo, y no puedo evitar sentir que las cosas quedarán sin resolver entre nosotros. Tenemos que hablar, pero ¿cómo hacerlo? Antes me rechazó con bastante facilidad, así que parece que solo quiere que le dejen en paz.

¿Haré el ridículo si digo que quiero explorar estos sentimientos? ¿Y cómo, si me voy? Podría quedarme, pero siento en lo más profundo de mi alma que ya casi es hora de irme y siempre escucho esa voz interna que ha estado tan callada últimamente. Missoula me llama. Aunque la tía Loui no lo ha dicho, me necesita una temporada. Y si algo he aprendido de todo esto es que la familia es lo primero y siempre lo será.

Una vez he ordenado los montones, me limpio el polvo de las manos, refunfuñando para mis adentros y anotando mentalmente que debo comprarme ese delantal, por muy tonto que parezca.

—Novelas románticas, eso es nuevo. —Levanto la vista hacia la voz.

Es ella. Sole.

Ahora que ha llegado el momento, no sé muy bien qué decir. No quiero asustarla. Ella aún no sabe de mí, no se me menciona en ninguna de las cartas. ¿Digo algo ahora y me arriesgo, o veo si está aquí para hacer las paces con Giancarlo primero?

—Humm, sí. Lo convencí. Ha sido un poco como una misión, ya sabes cómo es, testarudo, bullicioso.

—Testarudo. Gruñón.

Compartimos una sonrisa de complicidad.

—¿Supongo que fuiste tú quien trajo las cartas de Ruby?

¿Cómo lo sabe?

—Sí. Las encontré... después.

—Gracias por traerlas. Sé que debe de haber sido difícil para ti también.

—¿Sabes quién soy?

La angustia se le dibuja en el rostro. Es lo único que puedo hacer para no acercarme a ella: decirle que todo va a salir bien. Aparece el fantasma de una sonrisa.

—Ojalá pudiera decir que soy como Ruby en ese sentido, que tengo el don de saber, pero no es así —dice—. Os vi a las dos, aquella vez en el Harry's. Aunque no mostré mi cara, me asomé para ver cómo era mi madre. Quién era ella. Y te vi con ella. No hace falta ser un genio para notar el parecido, aunque tu color es diferente.

Respiro hondo.

—Lo siento, todo. Ruby era buena persona, aunque tomara algunas malas decisiones.

Tengo el instinto de defender a mamá. Fue una gran madre, pero puedo entender que Sole no lo vea así.

Me hace un pequeño gesto con la cabeza.

—Sí, puede ser —dice—. Pero es difícil para mí pensar eso de ella.

—Lo sé. Lo entiendo. Pero, por lo que veo, nunca dejó de quererte, aunque lo hiciera desde la distancia.

Es por eso por lo que mamá eligió establecerse en Missoula. No estaba cansada de la vida itinerante, sino que quería una base para que Sole pudiera encontrarla fácilmente. Por eso se instaló justo después de nuestro viaje aquí. Siempre tuvo la esperanza de poder compensar a Sole, de que llegaran a tener algún tipo de relación. Si el tiempo no se hubiera agotado.

La luz del sol se posa en fragmentos sobre el cabello rubio de Sole y le hace un halo. ¿Es una señal? Mamá está por aquí.

—Eso es justo lo que pasa. Nunca se lo dije a papá, pero Ruby me llamó todas las semanas durante años después de aquel viaje que hizo aquí. Siempre le colgaba. Quería que sufriera, como yo sufrí. Pero ella persistía. Llegué a amar esas llamadas, a escuchar su voz, pero no sabía cómo salvar esa distancia, ni perdonarla. Las llamadas cesaron hace unos meses, entonces lo supe, supe fue que le había pasado algo. Y el arrepentimiento que sentí entonces... —Niega con la cabeza y se le llenan los ojos de lágrimas—. Ahora es demasiado tarde para decirle que la perdono. Que la quería, aunque me doliera admitirlo.

Me acerco a ella y la aprieto contra mí mientras llora.

—Ella lo sabía, Sole. Estoy segura de ello. Si me das la oportunidad, puedo contarte todo sobre ella, y las veces que se aisló del mundo, que ahora sé que es porque te echaba de menos. Y cómo esperaba que la encontraras en Missoula. Se instaló allí con la esperanza de que un día fueras a verla. Ni siquiera ella sabía que terminaría como terminó.

—¿Cómo te llamas? —pregunta de repente.

Sonrío.

—Luna.

Se ríe.

—El sol y la luna.

—Son el uno para el otro.

Me mira con complicidad.

—Y el uno no puede existir sin el otro.

Esta vez se adelanta y me abraza mientras lloro. El suelo no tiembla ni se agita. En cambio, la luz del sol se posa sobre nosotras dos y nos baña en su cálido resplandor.

30

Espero a Gigi bajo la torre del reloj de San Marcos, en el lado norte de la Piazza San Marco, que se ha convertido en nuestro punto de encuentro habitual. Me encanta la esfera azul del reloj y sus símbolos dorados del zodiaco, que demuestran que incluso Venecia tiene un lado espiritual. A lo lejos veo la ágil figura de Gigi, pero hasta que no está más cerca no percibo el pequeño bulto de la incipiente barriga. Su rostro está realmente radiante —¡supongo que algunos tópicos son ciertos!—. El embarazo le sienta bien.

—¡Luna! Lo siento, llego tarde. Esto puede ser demasiada información, pero ya necesito orinar todo el tiempo. Me lleva una eternidad llegar a cualquier parte.

La abrazo y, al hacerlo, tengo una visión del futuro de Gigi. Está pintado de manera tan vívida en mi mente que casi me deja sin aliento. Normalmente mis visiones no tienen demasiado sentido, pero esta es clara. Cuando nos separamos, ella dice:

—¿Qué pasa con esos ojos vidriosos? Se suponía que tenía que ser yo la sería un desastre hormonal de lágrimas.

¿Cómo puedo decirle la verdad? Su futuro con Enzo va a durar toda la vida. Su familia crecerá y será el centro de todos los aspectos de sus vidas. El amor de Gigi por la comida y la cultura veneciana se colará en sus huesos hasta que olvide que ha vivido en otro lugar. Hablará italiano con fluidez, y sus hijos se burlarán de su pronunciación de ciertas palabras.

¿Quizá, como yo, Gigi también tenía que encontrar su lugar en el mundo? ¿Anhelaba un lugar al que llamar hogar, un lugar en el que encajara, como yo? Su confianza en sí misma siempre me convenció de que sabía dónde quería estar, pero ¿era todo una pose? ¿Y ella también quería ser de un sitio?

—¡Me alegro tanto por ti, Gi! Es como si hubieras encontrado tu propia utopía aquí. Todo ha sucedido muy rápido, pero tengo la sensación de que todo estaba predestinado a pasar.

Encontramos una mesa.

—¿A que sí? He querido ser madre desde que tengo uso de razón, pero ya empezaba a pensar que no lo iba a conseguirlo. Con casi treinta y cinco años y sin ningún hombre en el horizonte, me preguntaba si tal vez no estaría en mi destino.

—Bueno, definitivamente has encontrado un lugar al que llamar hogar, ¿verdad?

—Lo he encontrado. De verdad. Y me acuerdo de cuando estábamos en el pueblo de las casitas planeando este viaje y nos preocupaba a qué nos enfrentaríamos. No sé si son las hormonas, pero a veces tengo la sensación de que tu madre ha participado en esto. ¿No es una locura?

Sonrío y digo:

—No es una locura. Sería solo su manera de orquestar algo desde el más allá con los que me han consolado, los que han estado ahí cuando los necesitaba, como tú.

—¡Estás tratando de hacerme llorar a propósito!

Nos reímos.

—¿Cómo te va con Enzo?

—Mejor, imposible. Es tan ruidoso como yo. Es muy divertido. A veces desearía haberlo conocido antes, ¿sabes?

—Lo conociste justo en el momento adecuado.

Ella levanta una ceja.

—Viste algo cuando me abrazaste, ¿a que sí? Tú sabes algo. —Su voz es fuerte y alta.

Reprimo una sonrisa.

—Sí, pero no puedo decírtelo, o no se hará realidad. —Vale, eso es mentira, pero tampoco quiero tentar a la suerte.

—Ayyy, ¿dónde está la gracia entonces?

—Permíteme decirte que estás exactamente donde debes estar en el momento adecuado.

—¿Y qué hay de ti, Luna?

—Todavía estoy trabajando en eso.

—¿Óscar?

Me encojo de hombros.

—Casi no le veo estos días. Ha estado ocupado trabajando en su novela. Cuando viene a la tienda, tiene una mirada salvaje, como si no hubiera dormido. Supongo que cuando estás conectado a tu trabajo de esa manera, la vida real pasa a un segundo plano.

—¿Así que no le vas a decir lo que realmente sientes?

—No lo creo. ¿Qué importa? Pronto volveré con la tía Loui.

—Vamos, Luna. ¿No prometiste que ibas a encarar tus emociones de frente? ¿Y si él siente lo mismo, y ninguno de los dos está dispuesto a hablar primero?

¿Tiene razón Gigi?

—No puedo evitar pensar que esa chispa que compartimos quizá se haya esfumado en su caso, eso es todo. Si no, ¿no intentaría alcanzarme? No estoy segura de que deba correr tras él.

—¿Así que en lugar de eso vas a huir?

Oh, eso me golpea justo en la parte blanda del corazón. Le hice una promesa a mi madre, ¿no?

31

Mientras el verano se despide un año más, Venecia se ve azotada por la lluvia, pero siguen acudiendo turistas que recorren las calles. Las ventas de la librería aumentan cada día y seguimos con el servicio de conserjería de libros. También selecciono libros para las personas que rellenan los formularios de la página web y les envío esos tesoros a todos ellos. Me encanta cuando llegan las reseñas sobre lo bien recibidos y queridos que son esos libros en sus nuevos hogares, a pesar de estar un poco desgastados, un poco marcados. ¿Acaso no lo estamos todos? Y son esos golpes y abolladuras los que hacen que nuestras propias historias sean tan grandes, tan ricas y variadas: son el tapiz de nuestras propias vidas desordenadas, que nos han traído hasta aquí, hasta este mismo punto.

Apenas he visto a Óscar. Ha estado muy ocupado escribiendo su novela y probablemente me haya evitado en el proceso. Mario ha cogido los turnos extra cuando Óscar no ha podido ayudar, pero sé que hoy le toca el turno.

Pillo a Giancarlo tecleando con un dedo en el viejo ordenador y me cuesta no reírme de la expresión de feroz concentración de su cara. ¿Qué está haciendo? Siente un odio furibundo hacia la tecnología, así que debe de ser importante. Me acerco sigilosamente por detrás de él y miro por encima de su hombro. Está escribiendo un correo electrónico.

—¿Un pedido *on-line*? —le pregunto haciendo que salte de sorpresa.

—Ah..., no.

—¿Entonces?...

¿Se está sonrojando? Me acerco un poco más y le observo el rostro. Definitivamente, se ha sonrojado.

—Es Mary. Me envió un correo electrónico hace unos días. Estoy respondiendo, eso es todo.

Intento ocultar mi sonrisa, pero es imposible.

—¿Mary, la del crucero?

Asiente con la cabeza.

—Solo somos amigos, antes de que te hagas ilusiones.

Se me ensancha el corazón.

—Es bueno tener amigos.

Los ojos se le abren de par en par y me doy cuenta de que hay más de lo que dice.

—Verás, le prometí a Ruby que la esperaría siempre, y lo hice. Pero ahora...

—Pero ahora es momento de seguir tu corazón, Giancarlo. —Lo abrazo con fuerza, impresionada por la clase de persona que es. Hizo una promesa y la cumplió.

—Vuelve al trabajo. —Finge ser rudo.

—Y vuelve a ser él mismo... —Sonrío y me alejo.

El viento azota la librería, como un largo suspiro lírico. Como si me llamara, ese mismo canto de sirena. Y sé lo que significa ese sonido. Es hora de seguir adelante. Hay más que explorar para mí, más que encontrar, más que desenterrar. Ha llegado el nuevo librerito, un gatito del tamaño de la palma de mi mano que encontramos acurrucado cerca de la puerta, mojado y maullando por comida. Giancarlo me dejó ponerle nombre, así que será Supertramp. Es el nombre por el que llamaban a Christopher McCandless en *Hacia rutas salvajes*, el libro que llevaba Óscar cuando nos conocimos y que tuvo un desafortunado final.

Es una bolita de pelo que hace que incluso Dante juegue con él, aunque de mala gana. Madame Bovary le permite hasta que le dé un zarpazo en la cara, pero se le echa encima sin contemplaciones cuando se pasa de la raya. Tolkien también le está enseñando malos hábitos. He pillado a Supertramp dando manotazos a un vaso de agua, pero todavía es demasiado pequeño para tener suficiente fuerza para moverlo. Sin embargo, no tardará mucho. Me va a dar pena perderme el paso de Supertramp de gatito a gato, pero al menos sé que ha encontrado su hogar y que estará aquí a mi vuelta, sea cuando sea.

Dejar a Giancarlo y a Sole será como dejar atrás mi corazón, pero no es para siempre. Igual que a la tía Loui. Ahora tendré dos lugares en este gran mundo donde refugiarme cuando lo necesite. Cuando la llamada a casa suene fuerte y clara, sabré dónde ir, en qué amplios brazos amorosos tengo que caer.

Cómo decirles que ha llegado el momento. Que mi parte salvaje ha vuelto. Y cómo decírselo a mi querida Gigi, a la que ya le crece la barriga. El tarot dice que son gemelos, pero ella aún no lo sabe. Su primera ecografía no lo detectó, pero la próxima lo hará. Y Enzo estará encantado. Sus padres también.

Voy al *ristorante* a visitar a mi hermana Sole. Creo que nunca me cansaré de decir «mi hermana». Cuando ve la expresión de mi cara, lo sabe. Hemos hablado muchas veces de esto.

—¿Tan pronto?

Asiento con la cabeza.

—Pero volveré. El próximo verano, como muy tarde.

Lo que he aprendido es que puede que siga teniendo ganas de vagar, pero los vínculos familiares necesitan más cuidados, más atención, porque el mañana no está garantizado. El primer puerto de escala es la tía Loui, luego ¿quién sabe dónde iré? Tendré que esperar un susurro del viento, y entonces lo sabré.

—Vale, puedo soportarlo mientras me llames cada semana —responde.

—Cada día, más bien.

Me abraza. Es una sensación tan extraña y maravillosa tener un hermano. Estamos inextricablemente unidas y nuestra relación se hace más fuerte cada día. Las viejas heridas se van curando de manera muy muy gradual. No se van a desvanecer, pero se endurecerán allí donde estén las cicatrices.

—¿Vendrás a cenar y se lo diré a Giancarlo entonces? —me pregunta.

He estado viviendo en su pequeño apartamento las últimas semanas. Giancarlo insistió en ello. Nos llevamos muy bien y se ha convertido en lo que se entiende por un padre para mí. A veces no puedes elegir quién es tu familia, sino que ellos te eligen a ti. Y el amor que siento por él es tan grande como el mundo, como diría mi madre.

De alguna manera, nuestra pequeña familia de tres personas se ha convertido en una unidad sólida. Eso es todo lo que yo quería. Está claro que nunca sabré quién es mi padre biológico, y ya no importa tanto, porque lo que he encontrado en Venecia es aún más especial. No he perdido la esperanza de llegar a conocerlo algún día, pero ya no ocupa mis pensamientos tanto como antes.

—Sí, iré. Va a llorar, ya sabes.

Lo que más me gusta de Giancarlo, este gran oso de hombre, es que muestra sus emociones con bastante libertad estos días.

—¡Todos vamos a llorar!

—No tenemos remedio.

Y estamos esperanzados. Por el brillante futuro.

Nos abrazamos y vuelvo al trabajo. Hay otra cosa que tengo que resolver.

Óscar y yo hemos estado dejando de lado nuestros sentimientos durante demasiado tiempo. Se lo tomó muy a pecho cuando le dije que no estaba preparada para enamorarme de nuevo. Pero lo que en realidad quería decir era que no estaba preparada para el amor con el hombre equivocado.

Cuando llego, está detrás del mostrador, clasificando los pedidos que esperan ser enviados. Solo hay otra cosa que esta historia necesita. El enamoramiento.

—Luna, estás ahí —dice, como si llevara toda la vida esperándome.

Lo tomaré como una señal. Además, le pregunté a la bola mágica del ocho si hoy era el día en que debía decirle a Óscar lo que realmente siento y me dijo: «Sin duda». Y el tarot mostró la carta de los Enamorados, así que es un comienzo auspicioso.

—Óscar, me voy pronto, pero quería decirte...

Su cara se apaga.

—¿Te vas? —me pregunta.

—Pronto.

Decido decirle a Óscar que siento algo por él y que, aunque él no sienta lo mismo, he de hablar, me lo debo a mí misma. Una cosa que he aprendido de esta experiencia y de la de mi madre antes de que yo existiera es que decir mi verdad es la propia forma de libertad de dicha verdad. Y que es una cosa que debo decir en voz muy alta para que se me escuche por encima del estruendo.

—La cosa es... —prosigo.

—Espera. —Se mete en el despacho a toda prisa y regresa con un montón de papeles encuadernados. Su novela.

—¿La has terminado?

¿No se da cuenta de que estoy a punto de declararle mis sentimientos por él? Sí, seguro que una novela terminada es algo para delirar, pero ¡aun así...!

Asiente con la cabeza.

—Quiero que la leas antes de irte. Me he emocionado tanto con esta novela, Luna, que tenía que terminarla. Pensé que te enseñaría... Quizá cambie las cosas.

—¿Cambiar qué cosas exactamente?

—Te encanta la palabra escrita, su sonido, su forma, el modo en que las palabras encajan para componer la frase y la historia perfectas. Las metáforas te dan vida y tampoco te importa un malentendido o dos. Te gustan todos los tropos románticos, pero sobre todo el amor de segunda oportunidad. He intentado hacer todo eso y más en estas páginas, Luna. Para ti. Puede que aburra soberanamente a los clientes con mis recomendaciones de libros, pero resulta que cuando se trata de hablar en voz alta de asuntos del corazón mi confianza se desvanece. Así que, en lugar de malinterpretar y torpedear lo que siento por ti, te he escrito una novela: una novela romántica.

—¿Escribiste esto para mí?

—Y en un plazo de tiempo limitado también. No quería que te fueras sin saber lo que siento. Y está ahí, si es que tienes tiempo de leer 77 000 palabras más o menos.

No puedo evitar reírme, pero me llega al alma. *Ha escrito un libro para mí.* Me ha escuchado hablar con lirismo de mi amor por la palabra escrita y se ha esforzado por mostrarme el camino que sabía que yo apreciaría.

—¿Qué pasa en el libro?

—Muchos altibajos. Alerta de *spoiler*: se enamoran perdidamente el uno del otro y admiten sus sentimientos en la última página. En una librería del canal.

—Guau. —Sonrío y me siento mareada de repente. No puedo esperar a leerlo.

—¿Quieres saber cómo termina?

No espera una respuesta, da un gran salto hacia mí y me atrae hacia sus brazos. Cuando nos besamos, estallan fuegos artificiales y siento como si mis piernas fueran de gelatina. *Las estrellas se alinean.* Mi aura, mis chakras, todo hormiguea. Se me escapa una pequeña risa cuando miro hacia abajo y veo que estamos rodeados de los gatos de la librería, como si nos dieran su bendición.

—¿Vendrás conmigo, Óscar, a mis viajes?

—Ya he hecho la maleta.

Y el alma reconoce al alma mientras el sol invernal de Venecia se desvanece y la luna asciende.

Y nace nuestro cuento: érase una vez, en la pequeña librería de Venecia.

Una carta de Rebecca Raisin

Muchas gracias por haber elegido leer *La librería de Venecia*. Espero que lo hayas disfrutado. Si es así y quieres ser el primero en conocer mis nuevos lanzamientos, haz clic abajo para inscribirte en mi lista de correo: *https://signup.harpercollins.co.uk/ join/signup-hq-rebeccaraisin*.

Espero que te haya gustado La librería de Venecia y, si es así, te agradecería mucho que dejaras una reseña. Siempre me gusta saber lo que piensan los lectores, y también ayuda a que nuevos lectores descubran mis libros.

Estoy activa en las redes sociales y me encantaría conectar contigo allí. Principalmente, hablo de mi proceso de escritura y te mantengo al tanto de lo que está por venir. También me encanta hablar de los libros que estoy disfrutando, y estoy un poco obsesionada con compartir mi pila de libros pendientes y pedir otras recomendaciones de libros también. Todavía estoy tratando de aprender a usar TikTok; ten paciencia mientras me muevo a tientas por ese sitio.

Gracias,
Rebecca

http://www.rebeccaraisin.com/
https://twitter.com/jaxandwillsmum
https://www.facebook.com/RebeccaRaisinAuthor
https://wwwtiktok.com/@rebeccaraisinwrites

Agradecimientos

Un enorme gracias a mi familia, como siempre, por animarme cuando esos plazos de entrega se acercan tan rápido. Sois los mejores.

A los lectores nuevos y antiguos, espero que hayáis disfrutado del viaje a Venecia tanto como yo he disfrutado escribiéndolo. Luna ocupa un lugar especial en mi corazón y espero que también se instale en el vuestro.

A los blogueros de libros, *bookstagrammers*, *booktokkers* y libreros, gracias por todo lo que hacéis para defender mi trabajo. Sois increíbles y os aprecio.

A Hilary Steel, ¡gracias por estar en este viaje! El vino y el queso fueron fabulosos, así como los ánimos durante el día y la noche. ¡«Hagámoslo» es ahora nuestra frase de cabecera! ¡Eres una bola de energía y me inspiras!

¡Gracias, Abi Fenton, por todo! Me encanta poder charlar sobre una idea confusa contigo hasta que toma forma y se convierte en un libro con personajes que se vuelven tan reales ¡que siento que pierdo a mis amigos cuando lo terminamos!

Y gracias a Helena Newton por su ojo de lince en la corrección de textos, que ayuda a que la historia brille aún más. Y también a Helen Williams por su aguda lectura de pruebas. Siempre me encanta recibir el libro una vez que has usado tu magia.

Belinda y Frankie, Londres llama y estoy deseando veros pronto. Gracias por vuestro apoyo y vuestra amistad.

www.ingramcontent.com/pod-product-compliance
Lightning Source LLC
LaVergne TN
LVHW091628070526
838199LV00044B/989